KB117996

대불호텔의 유령

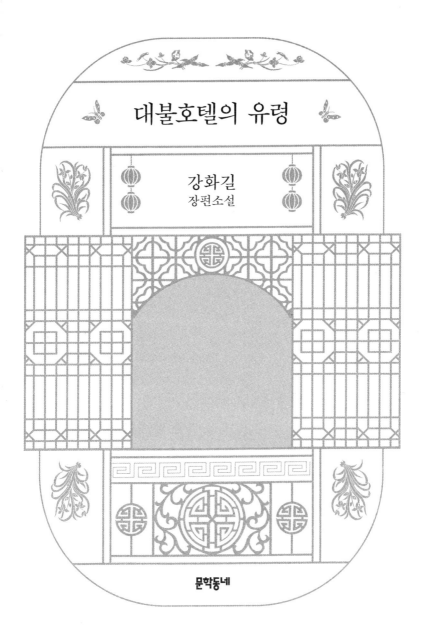

대불호텔의 유령

강화길

장편소설

문학동네

차례

이것은 소설이다.

소설에 불과하다.

프롤로그

그러나 몇 년 전, 「니꼴라 유치원」이라는 소설을 쓸 때의 일이
다. 그 소설은 안진이라는 도시의 어떤 소문난 유치원을 배경으
로 한 이야기였는데, 학부모들이 자기 아이를 그곳에 입학시키기
위해 치열한 경쟁을 벌인다는 것이 주된 내용이었다. 때문에 나
는 당연하게도 주인공을 꽤나 고생시켰다. 그녀는 후보 2번으로
접수된 민우라는 아이의 엄마였다. 나는 그녀가 애를 쓰면 쓸수록
유치원의 음험한 비밀을 알게 된다는 식으로 이야기를 전개했다.
나는 모두가 궁금해하기를 바랐다. 과연 민우 엄마는 어떤 선택을
하게 될까. 진실을 알면서도 아이를 유치원에 보낼까. 아니면 아
이와 함께 그 높은 담벼락 밖으로 빠져나올까. 이렇게 말하고 있
지만 사실 「니꼴라 유치원」은 결코 어둡거나 우울한 소설이 아니

다. 아마 내가 쓴 소설 중 가장 밝고 유머러스한 작품일 것이다. 정말이다. 나는 이 소설을 좋아하며 개인적으로 많이 아낀다.

이후에도 나는 안진을 배경으로 한 소설을 몇 편 더 썼다. 첫 장편소설인 『다른 사람』의 배경도, 「호수」를 비롯한 몇몇 다른 단편소설의 배경도 안진이다. 아니, 사실 내 소설의 인물들은 다 안진에 산다. 전라북도의 조용한 중소도시. 구區는 오직 두 개이고, 그다지 크지 않은 호수가 하나 있으며, 혼자 사는 여자들이 많다. 그들은 새벽에 홀로 산책을 하며 자주 운다. 잠잘 때는 꿈을 꾸지 않는다.

소설을 쓰기 시작한 이후, 언젠가부터 나는 같은 질문을 받곤 했다. "혹시 안진은 당신의 고향인 전주를 모델로 한 곳인가요?" 나의 대답도 늘 같은데, 그럴 수도 있고 아닐 수도 있다는 것이다.

이건 사실이다.

나는 스물다섯 살에 전주를 떠났다. 하지만 그때까지 계속 그곳에서만 살았던 것은 아니다. 전주에서 태어나기는 했지만 그 직후 삼 년은 익산, 정확히 말하면 개칭 이전의 지명인 이리에서 살았고, 이후 웅포에서 일 년을 지낸 뒤 다시 이리로 갔다가 순창에서 반년을 살았다. 그리고 전주로 갔다. 이후 계속 전주에서 살았지만 우리 가족은 이사를 자주 했다. 아마 내가 기억하는 횟수보다 더 많을 것이다. 한동네에 오래 머무르게 된 건 열여섯 살 이후부터다. 그리고 지금 나는 서울에서 지내고 있다. 이곳에서는 또 얼마나 이사를 많이 했던가. 한 사람 인생에서 이 정도 이동은 얼마든지 일어날 수 있다고 생각하고, 때문에 특별한 경험으로 여기지는 않는다. 그럼에도 불구하고 지금 굳이 이 이야기를 꺼낸 이유는, 어쨌든 그때의 경험들이 내 소설의 공간에 영향을 미쳤다고 생각하기 때문이다.

바로 안진.

안진은 실재하는 곳이 아니다. 그러나 그 어느 곳보다 내가 잘 알고 있는 장소이다. 내가 아는 모든 장소의 이런저런 면모를 합치고 가공하여 새롭게 만들어낸 곳. 그러니까 안진은 내가 살아온 모든 곳이자 완벽하게 상상된 공간이었다.

그러나 니꼴라 유치원은 달랐다.

그곳은 실재했다.

그때 그 유령도.

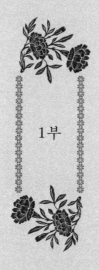

1부

whatever walked there, walked alone

– Shirley Jackson, *The Haunting of Hill House*

1

전라북도 이리시 창현동 성당 옆에는 부설 유치원이 하나 있었
다. 부모님은 나와 남동생을 모두 그 유치원에 보냈다. 천주교인
이어서 그런 것도 있지만, 「니꼴라 유치원」에서 묘사했듯 그 유치
원이 이리에서 꽤 유명한 교육기관이었기 때문이다. 다섯 살 아래
의 남동생이 다닐 무렵에는 덜했던 모양이지만, 내가 입학할 때는
정말로 경쟁이 치열했다. 그러나 부모님은 소문만 들었을 뿐 그
실상은 잘 몰랐다. 경쟁이 치열하다고 해봤자 뭐 얼마나 대단하겠
나. 그래봤자 유치원인데. 일단 가보자. 그러면 어떻게든 되겠지.
그렇게 생각했다고 한다. 그러나 입학 접수를 하러 간 날 아침, 부
모님은 건물 밖까지 줄을 선 사람들을 보고 깜짝 놀라고 말았다.
세상에! 이리시의 학부모란 학부모는 다 온 것 같았다. 내 이름은

당연히 후보 명단에도 오르지 못했다. 그해 나는 다른 유치원에 다녔고, 다음해에야 창현동 유치원에 입학했다. 부모님이 다른 사람들처럼 접수일 새벽부터 줄을 선 덕분이었다.

내게 창현동의 그 유치원이 정말로 좋았냐고 묻는다면, 어떻게 대답해야 할지 잘 모르겠다. 좋았던 것 같기도 하고 그냥 평범했던 것 같기도 하다. 사실 나는 빨리 집에 가서 혼자 만화영화를 보고 싶어하는 부류의 아이였기 때문에, 매일 모두와 함께 노래를 부르고 율동을 하는 그 생활이 그렇게 재미있지는 않았다. 어서 집에 가서 편히 있고 싶다는 생각을 더 많이 했던 것 같다. 하지만 한 가지, 분명히 기억하는 사실은 있다. 그 유치원에서 매를 맞는 일은 없었다. 엉덩이를 두드려 맞거나, 꿀밤을 쥐어박히거나 뭔가를 모른다고 망신당하는 일은 없었다. 그건 확실하다.

그러나 지금부터 내가 할 이야기는 확실함과는 거리가 멀다.

내가 소설에서 써먹은 것, 그러니까 강렬한 영감을 받은 것은 그 유치원의 교육적 목표나 성과가 아니었다. 줄을 서야 할 정도로 입학 경쟁이 치열했고 내 부모님 역시 거기에 뛰어들었다는 일화였다. 뭔가 좀 웃기면서도 섬뜩한 느낌이 드는 소재라고 생각했다. 고백하자면, 때문에 애초 나는 유머러스하고 수다스러운 작품을 쓸 생각이 전혀 없었다. 나는 「니꼴라 유치원」을 아주 괴팍하게 만들 생각이었다. 잔인하고 못된 감정이 가득한 소설로 쓸 생각이었다. 정말 그런 소설을 쓰고 싶었다. 인물들이 맹렬하게 경쟁하는 이야기. 원한과 증오, 악의로 들끓는 이야기. 나는 복수가 무엇인지 보여주고 싶었다. 그러나 소설은 완전히 다른 방향으로 나아갔다. 의도와는 완전히 다른 소설이 되었다. 그렇게 쓰여졌다.

물론 이런 일은 흔하다. 사실, 소설을 시작할 때 나는 매우 감정적인 상태다. 엄청난 소재를 발견했다는 착각에 흥분해 있다. 하지만 감정과 소재가 뭉쳐진 덩어리를 자르고 다듬는 과정에서 내가 진짜 다뤄야 하는 것이 무엇인지 마주하게 된다. 질문하게 된다. 나는 무엇을 쓰려 했던가. 무엇을 써야 하는가. 그에 답하며 더듬더듬 걸어나가다보면 어떤 실루엣이 조금씩 보인다. 결국 소설은 언제나 의도와 다른 작품이 된다. 그래서 나는 소설을 완성하고 나면 작품이 처음 쥐고 있었던 감정과 소재에서 얼마나 멀리 떨어졌는지를 확인해보곤 한다. 안심하기 위해서다. 시작할 때의 마음에서 멀리 떨어질수록, 당시 목도한 어떤 상황에 대한 나의 감정에서 멀리 떨어질수록 내가 소설을 썼다는 사실이 분명해지기 때문이다.

그러나 이렇게 완전히 다른 소설을 쓴 건 난생처음이었다. 이건 의도에서 멀어진 정도가 아니었다. 딛고 선 땅이 훅 뒤집힌 느낌이었달까. 「니꼴라 유치원」은 지금껏 내가 써왔던 스타일, 이야기, 주제와 아주 거리가 멀었다. 하지만 그보다 더 의아했던 건, 어쨌든 내가 이 소설을 완성했다는 사실이었다. 그게 그렇게 호들갑을 떨 일인가? 소설을 완성했다면 된 거 아닌가?

아니다.

왜냐하면 나는 이 소설을 쓰지 못하리라 생각했기 때문이다.

뒤집힌 창작 의도, 스타일, 그런 것이 문제가 아니었다. 이 소설을 써야겠다고 생각한 순간부터, 나는 그냥 단 한 줄도 쓸 수 없었다.

그래. 단 한 줄도.

비유가 아니다. 말 그대로다. 나는 컴퓨터 앞에 정지된 상태로 아주 오래도록 앉아 있었고, 손가락 하나 까딱하지 못했다. 처음에는 슬럼프라고 생각했다. 하지만 그때 나는 첫 책도 출간하지 않은 신인 작가였다! 꼴랑 단편소설 서너 편을 발표했을 뿐이었다. 겨우 그걸 쓰고 슬럼프라고? 말이 안 됐다. 하지만 책상 앞에만 앉으면 머릿속이 뭉개졌다.

아, 그때의 느낌을 어떻게 표현해야 할까.

어깨와 머리가 짓눌리듯 아팠고, 속이 메슥거렸다. 매일 밤 악몽을 꿨고, 밥도 거의 먹지 못했다. 뭘 좀 쓰겠다는 마음을 먹기만 하면 속이 뒤집히고 식은땀이 났다. 누군가에게 두들겨맞는 것 같기도 했고, 목을 졸리는 것 같기도 했다. 불안했다. 너무 불안했다. 뭐랄까…… 마치 뭐에 씐 것 같았다. 글을 쓰는 것이 두려웠다. 무슨 일이 일어날 것만 같았다. 끔찍하고 지저분한 일에 처박힐 것만 같았다. 빠져나오지 못할 것 같았다. 영원히 허우적대다

나 자신을 잃어버리게 될 것 같았다. 괴로웠다. 너무 괴로웠다. 그렇게 얼마나 시간을 보냈을까. 한 달? 두 달? 결국 어느 날 나는 마음을 굳게 먹었다. 더는 이렇게 시간을 허비할 수 없다고 말이다. 속으로 중얼거렸다. 한 글자라도 쓰자. 그래, 일단 쓰자. 써야 계속 쓸 수 있어. 하지만 이제 와 돌이켜보면 그런 생각도 든다. 나는 왜 그렇게까지 쓰고자 했을까. 대체 쓴다는 것은 무엇일까. 나는 왜 그렇게 끝까지 포기하지 못했을까? 왜?

어쨌든 나는 결국 책상 앞에 앉았다. 심호흡을 하고 키보드에 손가락을 올렸다. 간신히 제목을 썼다.

'니꼴라 유치원'.

아, 음험하고 비밀스러운 곳. 사람들이 몰려들고, 욕심을 부리고! 경쟁하고 질투하고 미워하고! 내 아이, 오직 내 아이를 위해서라면 무엇이든 할 수 있는 사람들!

그 순간, 어떤 소리가 들렸다.

분명히 기억한다. 칠판을 손톱으로 긁는 듯한 고통스러운 소음이 귓속에서 길게 울려퍼졌다. 그리고 나는 상像에서 튕겨져 나왔다. 이제 내 앞에는 아무것도 없었다. 어둠과 적막만이 있었다. 나는 혼자였다. 그제야 나는 알아차렸다. 세상에. 이건 슬럼프가 아니다. 나는 정말로 뭐에 씌었다. 내가 어린 시절로 돌아가려고 할 때마다, 그때의 감정과 기억을 되살려 무언가를 만들어내려고 할 때마다 실제로 누군가가 훼방을 놓고 있는 것이다. 내 머리를 밟아

짓누르며 낄낄 웃고 속삭이는 것이다. 누구지? 대체 누구야? 나는 머릿속 소리에 집중했다. 나를 잡아먹으려 하는 그 감정을 뚜렷하게 느꼈다. 증오. 원한. 미움. 나는 그 목소리를 들었다. 네가 쓸 수 있을 거라고 생각해? 네가? 감히 네까짓 게? 착각하지 마. 너는 그 무엇도 아니야. 아무것도 아니야. 그 순간 나는 깨달았다. 아아, 나는 그 목소리를 알고 있었다! 무언가에 쐰 이 기분. 앞으로 나아가고 싶지만 몸이 움직이지 않는 느낌. 누군가에게 꽉 붙들린 듯한 절망감.

아주 오래전에도, 나는 이런 식으로 붙잡힌 적이 있었다.

여섯 살 무렵, 아주 어렸던 그 시절, 나는 처음으로 그 소리를 들었다. 너는 아무것도 아니야. 그것은 나를 미워하고 증오했다. 나를 짓밟고 싶어했다. 얼마나 오랫동안 잊고 있었던가. 얼마나 방심했던가. 그것으로부터 자유로워졌다고. 멀어졌다고! 나는 감히 기뻐했다. 하지만 그것은 나를 잊지 않았다. 내가 어린 시절로 돌아가려 하자마자 틈을 놓치지 않고 내게 다시 달려든 것이다.

이제 나는 그 소리의 정체를 잘 알고 있다.

그것은 바로 악의惡意.

그래. 바로 악의다.

그러나,

과연 진짜였을까. 그저 소설이 잘 써지지 않아 괜한 핑계를 댔던 건 아닐까. 사실 그때도 그런 생각을 하긴 했다. 어린 시절의 기억을 어떻게 진짜라고 확신할 수 있단 말인가. 하지만 성인의 기억은 다르다고 말할 수 있을까. 나는 근래 일어난 일을 과연 온전히 기억하는가? 확신할 수 있는가? 내가 소설을 쓸 때 동원하는 기억들도 마찬가지 아닐까. 과연 그 모든 걸 다 진실이라고 말할 수 있는 걸까.

이를테면, 이런 일이 있었다. 그 유치원 건물 지하에는 음악실이 있었다. 여름에도 한기가 느껴질 만큼 온도가 낮은 곳이었다. 둥근 돔 형태의 천장 때문인지, 노래를 부르면 소리가 커다랗게 둥둥 울렸다. 그럴 때면 건물이 꼭 살아 있는 것만 같았다. 거대한 짐승의 뱃속에 들어온 듯했다. 꿈틀거리며 음산한 노래를 흥얼거리는 붉은 벽돌. 그 소름 끼치는 한기와 불안하고 은밀한 선율은 매력적이면서도 공포스러웠다.

그런데 어느 날, 나는 그 음악실이 유치원이 아니라 내가 졸업한 고등학교 건물에 있었다는 사실을 알게 되었다. 나는 기독교 선교사가 설립한 백 년이 넘은 고등학교에 다녔는데, 바로 그 오래된 건물 지하에 음악실이 있었던 것이다. 조금 더 정확히 묘사하자면, 음악실은 선교사의 이름을 따서 지은 스톤관 옆의 대강당 건물 지하에 있었다. 그리고 스톤관과 대강당 사이에는 학교 뒤뜰로 이어지는 긴 회랑이 있었다. 야간자율학습이 시작되기 전이면 기독교인 친구들은 지하 음악실에 모여 기도를 했고, 그러면 수많은 목소리가 그 긴 회랑을 통과하며 아름답게 울려퍼지곤 했다. 그 소리를 들을 때면, 대체 왜인지 모르겠지만, 기억 속의 나는 회랑 안을 언제나 홀로 걷고 있다.

어째서 나는 두 기억을 혼동했던 것일까. 하필이면 왜 유년 시절에 나를 괴롭힌 소리가 훗날의 잔상과 뒤섞인 것일까. 악의가 정말로 유년 시절에 처음 등장했다면, 그 시절의 나를 붙잡고 있는 것이라면, 음악실을 떠올렸을 때는 나를 내버려뒀어야 하는 게 아닐까. 그건 무려 열일곱 살 때의 경험이니까. 아아, 혹시 악의는 어린 시절 이후 나의 일부가 되어버린 것일까. 그래서 기억이 구분되지 않는 것일까. 만일 그것도 아니라면, 이 모든 것이 나의 착각과 핑계란 말인가. 나는 오래 고민했으나 어떤 답도 얻지 못했다. 내 기억을 믿을 수 없다는 사실만 확인했을 뿐이다.

그래서 지금부터 할 이야기도 내가 분명히 겪은 일이라고, 확신하는 것이라고 말하기는 어렵다.

2

창현동 유치원 입학에 실패했던 바로 그해의 일이다. 1991년이었고, 나는 여섯 살이었다. 엄마는 나를 집에서 가까운 유치원에 보냈다. 미미유치원? 나나유치원? 뭐 그런 이름이었던 것 같다. 엄마는 나를 그 유치원에 보내는 걸 별로 내켜하지 않았다. 창현동 유치원이 아니어서 그렇기도 했지만, 다른 이유가 하나 더 있었다. 유치원 옆의 허름한 적산가옥에 어떤 '사기꾼'이 살고 있기 때문이었다.

그 사람은 자신이 조선의 마지막 황녀 이문용이라고 주장했다.

일단, 분명히 말해두자면 그 '사기꾼'은 생애 마지막 십이 년을 전주 경기전慶基殿에서 보낸 문용 옹주가 아니다. 그리고 '사기꾼'이라는 말은 순전히 우리 엄마의 표현이다. 자, 이걸 어디서부터 어떻게 설명해야 할까. 그래. 엄마의 어린 시절로 거슬러올라가보자.

엄마는 1958년생으로 이리 토박이다. 중학교 시절 엄마에게는 절친한 친구가 한 명 있었다. 열여섯 살 때 그녀가 인천으로 전학을 가기 전까지 두 사람은 매일같이 붙어다녔다. 지금부터 그분을 이모라고 부르겠다.

이모. 나의 보애 이모.

엄마와 보애 이모는 중학교 입학식 날 같은 반이 되자마자 서로에게 끌렸다. 두 사람은 함께 있으면 늘 즐겁고 편안했다. 닮은 점이라고는 하나도 없었다. 엄마는 키가 크고 마른데다가 약간 날카로운 인상이었다. 이모는 통통하고 엄마보다 키가 작았다. 진지하고 과묵한 엄마와 달리 이모는 수다스럽고 넉살이 좋았다. 애교도 많았다. 언제나 웃는 얼굴로 사람들을 대했다.

이모는 이리 출신이 아니었다. 그녀는 열세 살에 인천에서 이리로 이사왔다. 그러니까, 이모가 이리에 살았던 시간은 실제로는 겨우 이 년 남짓이었다. 그녀의 아버지는 아주 좋은 사람이었지만, 친아버지가 아니었다. 형제는 없었다. 오직 어머니와 새아버지, 그리고 이모뿐이었다. 보애 이모의 친아버지는 청인淸人, 그러니까 지금은 화교라 불리는 사람들 중 한 명이었다. 때문에 친아버지가 돌아가시고 삼 년 뒤 어머니가 새아버지와 재혼하기 전까지 이모의 이름은 김보애가 아니라 퇴보애였다.

학교에서 이 사실을 아는 사람은 아무도 없었다. 오직 엄마만 알았다. 그리고 엄마만 알고 있는 이모의 비밀이 또 있었다. 글쎄, 이건 비밀이 아닐지도 모르겠다. 이모는 언제나 이 이야기를 무척 자연스럽게 꺼내곤 했으니까. 그냥 엄마가 이모의 마음을 조금 더 이해했다고 해두자.

이모는 자신의 어머니를 이름으로 부르곤 했다.

"세상천지에 우리 박지운처럼 나한테 못되게 구는 사람은 없을 거야!"

그 농담에는 어떤 피로감과 애정이 복잡하게 얽혀 있었다. 실제로 박지운은 딸에게 꽤 냉담했다. 보애 이모는 운동도 잘하고 공부도 곧잘 했지만, 박지운은 단 한 번도 칭찬을 해준 적이 없었다. 늘 이렇게 말했을 뿐이다.

"겨우 그 정도 가지고 잘난 척하지 마라."

보애 이모는 박지운 앞에서 늘 주눅이 들었다. 뭔가를 더 잘해야 한다는 마음에 시달렸다. 그래서 사람들에게 친절하고 싹싹하게 굴었다. 자신이 대접받고 싶은 방식으로 남들을 대접했다. 덕분에 보애 이모는 어디서든 사랑받는 사람이 되었다. 아이러니한 일이었다. 보애 이모가 가장 사랑받고 싶어하는 사람은 정작 그녀에게 관심을 주지 않았으니까. 박지운은 오직 자신에게만 관심이 있었다. 아무 연고도 없는 이리로 이사온 것도 박지운의 고집 때문이었다. 재혼한 직후, 그녀는 새 출발을 하고 싶어했다. 청인의 아내로 살았던 과거를 지우고 싶어했다. 만일 딸이 사춘기에 가까워지고 있다는 걸 알았다면, 아이에게 안정적인 환경이 필요하다는 걸 알았다면 그런 선택을 하지 않았을 것이다. 음. 아니다. 알았다 해도 아마 박지운은 감행했을 것이다. 서슴없이 이삿짐을 쌌을 것이다. 박지운 자신이 더 중요하다고 생각했을 테니까. 그래서 어느 날 그녀는 새 남편과 딸아이에게 이사를 통보했고, 그들 가족은 인천을 떠나 아주 멀리 떨어진 전라도의 소도시로 왔다. 박지운은 의기양양하게 하숙집을 차렸다. 그때 보애 이모는 겨우 열네 살을 앞두고 있었지만, 박지운이 무리하고 있다는 걸 쉽게 알아챌 수 있었다. 박지운의 살림 솜씨는 별 볼 일이 없었던 것이다. 게다가 남들에게 전혀 관심 없는 사람이 타인을 먹이고 재우는 하숙집을 하겠다니! 보애 이모의 우려는 정확히 맞아떨어졌다. 그들이 이리에 살았던 이 년여간, 박지운의 하숙집은 아주 천천히 망해갔으니까. 결국 박지운은 보애 이모와 새 남편에게 다시 통보했다.

"여기 사람들은 입맛이 너무 까다로워. 안 되겠어. 다시 인천으로 가자."

당시 보애 이모의 새아버지는 속된 말로 막노동꾼이었고, 아주 건강하고 낙관적인 사람이었다. 그는 아내를 많이 이해했다. 그런 남자였다. 그는 잠시 생각하는가 싶더니 별말 없이 알았다고 대답했다. 그렇게 그들은 다시 인천으로 돌아가게 되었던 것이다.

새아버지는 보애 이모가 스무 살이 되던 해 췌장암으로 세상을 떠났다. 급성이었다. 암 진단을 받기 전날까지 그는 친구들과 씩씩하게 술을 마셨다. 너무 건강했기 때문일까. 암도 그의 몸 곳곳으로 아주 씩씩하게 퍼져나갔다. 그는 반년을 넘기지 못했고, 박지운은 이렇다 할 만큼 병시중을 들어보지도 못했다.

그러나 그녀는 장례식장에 찾아온 사람들에게 이렇게 말했다.

"남자들 때문에 내 인생이 다 지랄 났소."

그날 이후, 보애 이모는 한동안 박지운과 대화하지 않았다.

그 유난스러움.

이기심.

위악.

지겨웠다.

박지운은 지금 알츠하이머를 앓고 있다.

                              *

 그리고 나는 바로 그 때문에 엄마와 보애 이모가 가까워질 수밖에 없었을 것이라 생각한다. 박지운은 놀라울 정도로 나의 외할머니, 그러니까 엄마의 엄마와 비슷했기 때문이다. 엄마는 보애 이모의 많은 것을 이해했을 것이다. 그래서 다행이라고 나는 생각한다.
 두 사람에게 서로가 있었다는 사실이 말이다.

이모가 인천으로 돌아간 뒤, 두 사람은 일주일에 한 번씩 편지를 주고받았다. 그 연락은 꽤 오랫동안 지속됐다. 고교 시절에는 이 주에 한 번으로 줄었지만, 엄마가 취업을 하고 이모가 대학에 간 후에도 편지는 이어졌다. 종종 전화통화도 했다. 만나자는 이야기를 했고, 정말로 가끔은 만났다. 인천에서, 이리에서, 또 어딘가에서. 그러나 세월이 지나면서 연락은 드문드문해졌고, 편지와 만남 역시 이어지다 끊어지기를 반복하다…… 끊겼다.

그러나 엄마는 이모를 잊지 않았다. 엄마는 내게 이모와 함께 보낸 시간에 대해 자주 이야기해주곤 했다. 그들은 매일 아침 골목에서 만나 학교에 같이 갔고, 방과후에는 만화방에 갔고, 주말에는 도시락을 싸서 공원에 갔다. 가끔은 버스를 타고 전주 경기전까지 나들이를 가기도 했다. 그 이야기를 듣고 있으면, 그 시절 엄마가 행복했으리라는 생각이 들었다. 질투도 났다. 그들의 우정은 매우 깊고, 신뢰가 두터워 보였으니까. 내게는 그런 친구가 없었다.

내가 시무룩해하면, 엄마는 멋쩍은 미소를 지으며 이렇게 대꾸하곤 했다.

"그래서 내가 더는 친구를 사귀지 못한 거잖니."

사실이었다. 엄마는 다른 친구에 대해서는 이야기한 적이 없다.

엄마의 우정은 보애 이모가 다 가져갔다. 그러니 두 사람은 다시 만날 수밖에 없었을 것이다. 유일하다는 건 계속 기억한다는 것이니까.

두 사람은 쉰두 살이 되던 해 다시 만났다. 엄마가 결혼하고 나서 연락이 끊겼으니, 거의 이십오 년 만이었다. 그런데 그 과정이 꽤나 드라마틱했다. 보애 이모가 새아버지 쪽의 아주 먼 친척 장례식장에 갔다가 중학교 1학년 때 같은 반이었던 친구 정미옥을 만났다. 알고 보니 정미옥은 그 친척의 막냇동생과 결혼한 사이였다. 정미옥은 보애 이모에게 꽤 재미있는 이야기를 했다. 자신이 남편과 결혼한 게 다름 아닌 박지운의 하숙집 덕분이라는 것이었다. 무슨 소리인가 했더니, 이랬다. 돌아가신 그 친척은 월부판매를 하던 세일즈맨이었는데, 전라도에 올 때마다 박지운의 하숙집에 머물며 동네 사람들에게 이것저것 팔다가 떠나곤 했다. 그러던 와중에 어쩌다보니 정미옥의 부모와 꽤 가까워졌고, 보애 이모네 가족이 이사를 간 뒤에도 인연을 이어갔다. 정작 보애 이모네 가족은 그뒤로 그 친척과 거의 왕래하지 않았는데 말이다. 그렇게 세월이 흘러 몇 년 후, 친척의 막냇동생과 정미옥의 중매가 이루어졌다! 아이고, 보애 이모는 세상 좁다는 사실을 새삼 실감했다. 그리고 단 한 번도 잊어본 적 없는 자신의 단짝 친구를 떠올렸다. 그 순간 이모는 뭔가를 느꼈다. 그러니까 온몸을 찌르르 떨게 만드는 어떤 전율 같은 것. 이모는 직감적으로 깨달았다. 그러니까, 평소처럼 '영소는 알아서 잘 지내고 있겠지 뭐……'라고 눈감 아버리면 안 된다는 것을 말이다. 그리하여 이모는 본능적으로 그 순간을 꽉 붙잡았다. 절대 놓치지 않기로 했다. 이모는 정미옥의 손을 부여잡고 다급히 물었다.

"애, 애, 미옥아, 그럼 너 혹시 영소 번호 아니? 영소 어디 사는 지 알아?"

안타깝게도 정미옥은 영소—그러니까 나의 엄마—의 연락처 를 알지 못했다. 엄마에게 친구는 오직 보애 이모뿐이었으니 당연 한 일이었달까. 대신 정미옥은 이모에게 다른 사람의 연락처를 알 려줬다. 자신의 중학교 단짝 친구였던 김미진의 연락처였다. 그렇 게 길고 긴 연락이 시작되었다. 김미진은 민주의 번호를 알려주었 고, 민주는 수연이의 번호를 알려주었으며, 수연이는 재인이의 연 락처를 알려주었다. 보애 이모는 그렇게 계속 동창들의 번호를 묻 고 또 물어, 결국 자신의 단짝 친구 번호를 알아냈다. 이모는 그날 바로 전화를 걸었다. 나의 엄마. 박영소. 쉰두 살이 되도록 단 한 명의 친구만을 기억하는 사람에게.

얼마 후 두 사람은 전주에서 만났다. 그다음에는 인천에서 만났 다. 계속 만났다.

그 만남은 지금까지 계속 이어지고 있다.

*

소설가로 막 데뷔했던 그해 여름, 엄마와 보애 이모의 식사 자리에 따라간 적이 있다. 나는 그때 처음으로 인천 차이나타운에 가봤다. 그리고 보애 이모도 처음 만났다. 우리는 람청루覽清樓라는 유명 중식당에서 코스 요리를 먹었다. 사실, 람청루에 간다는 말을 듣지 않았다면 나는 그 자리에 나가지 않았을 것이다. 엄마와 옛 친구의 만남에 내가 뭐하러 낀단 말인가. 하지만 나는 람청루의 음식을 먹어보고 싶었다. 텔레비전에 자주 나오는 요리사인 이청화가 사장으로 있는 음식점이었다. 그녀는 어린 시절 미국 이민을 포기하고 한국에 남아 청요릿집을 이은 사람으로 유명했다. 재미있는 사실은, 온갖 산해진미로 유명한 식당을 운영하면서도, 그녀가 가장 자신 있어하는 요리는 다름 아닌 설탕이 듬뿍 든 중국 호떡이라는 점이었다. 나는 그 이야기가 새삼 반갑고 기뻤는데, 바로 내가 그 중국 호떡을 굉장히 좋아했기 때문이다. 팬에 납작하게 눌러 굽는 한국 호떡과 달리 중국 호떡은 뜨거운 화덕에서 구웠다. 그러면 반죽은 화덕 안에서 공처럼 둥글게 부풀며 익었다. 나는 갓 구운 호떡을 받아들자마자 그것을 손바닥으로 탁, 눌러 납작하게 만들곤 했다. 그러면 바삭한 빵이 부서지면서 안쪽의 설탕과 한데 어우러졌다. 나는 그 조각들을 하나씩 집어먹는 걸 좋아했다. 세상에, 그 호떡을 제일 잘 만든다니. 정말 궁금했다.

하지만 이청화는 중국 호떡을 식당에서 판매하지는 않았다. 그 따뜻하고 달콤한 음식은 누군가의 꿈을 이어받아 만드는 것이라고 덧붙였을 뿐이다. 이청화는 그런 사람이었다. 말을 신비롭게 다듬을 줄 안다고 할까. 심지어 그녀는 람청루의 요리 비법에 대해서는 이렇게 이야기했다.

"당연히 비법이 있죠. 저희 음식점 지하실에 몰래 보관되어 있어요."

아무튼 그날, 나는 이청화를 봤다. 아니, 본 정도가 아니었다. 그날 그 시간에 코스 요리를 먹은 사람이 우리밖에 없었던 건지, 아니면 손이 부족했던 건지, 또 그게 아니면 우리가 마음에 들어서였는지는 모르겠지만 요리가 나올 때마다 이청화가 우리 자리로 직접 서빙을 해줬다. 심지어 음식에 대해 일일이 설명까지 해줬다! 세상에, 나는 연예인을 보는 듯한 기분에 조금 넋이 나갔다. 반면 엄마와 이모는 이청화에게 관심이 없었다. 두 사람은 서로에게만 신경썼다. 그리고 엄마는 이상하게도 유독 그날 내게 질문이 많았다. 뭐하다 나왔어? 소설은 많이 썼어? 요즘은 뭐가 재밌어? 그런 식으로 질문을 쏟아내면 내가 신경질을 낸다는 걸 엄마는 모르지 않았다. 그런데 그날은 마치 작정했다는 듯 이것저것 물어댔다. 나는 보애 이모 앞이라 엄마에게 짜증을 낼 수가 없었다.

이제는 안다. 엄마는 당신의 자식을 친한 친구에게 보여주고 싶었던 것이다. 어떻게 생겼는지, 무슨 일을 하는지, 성격은 어떤

지…… 내게는 꽤나 귀찮은 일이었지만, 엄마에게는 중요한 문제였다. 재미있는 건 보애 이모도 그럴 생각이었다는 것이다. 그날 그녀는 자신의 아들, 그러니까 진을 데리고 나올 생각이었다. 그런데 하필이면 그때 그에게 급한 일, '상사의 부름'이 떨어지는 바람에 우리 셋만 만나게 되었던 것이다. 나는 두 사람이 밥을 먹고 우롱차를 마시며 옛이야기를 하는 걸 가만히 지켜보았다. 듣던 대로 보애 이모는 다정했고, 농담을 잘했다. 그리고 정말로 자신의 어머니 박지운의 흉을 참 잘 봤다.

그날 이모는 이런 이야기를 했다.

"나는 언제나 박지운을 믿었다, 얘. 그녀가 하는 말은 다 옳다고 생각했어. 그래서 그 말을 철석같이 믿었지. 학교 다닐 때 박지운이 매일매일 1등만 했다는 말을 말이야. 영소야, 너도 알잖니. 박지운이 내 성적표를 볼 때마다 혀를 끌끌 찼던 거 말이야. 나는 그게 다 내가 박지운에게 못 미치기 때문이라고 생각했어. 심지어 박지운은 영어도 곧잘 했다고 했으니까. 하지만 알다시피 나는 영어는…… 깡통이잖니. 그래서 박지운이 늘 안타까웠지. 그렇게 공부를 잘했는데, 똑똑했는데, 친아버지를 만나는 바람에 다 헛된 게 되었구나. 박지운은 어디 취직을 하거나 대학에 갔어야 했는데 아버지 때문에 결혼을 해버렸구나. 그래서 미안하고 안타까웠지. 내 존재가 너무 미안했어. 알다시피 내가 동생이 없잖니. 새아버지와 살면서 아이를 안 낳은 이유도 그런 게 아닐까 싶었어. 실제로 박지운이 그런 말을 했어. 더는 자식에게 발목을 잡히기 싫다고 말이야. 그게 언제였더라. 응, 아마 내가 열일곱 살쯤 되었던 때인 것 같다. 하긴, 애를 더 낳을 나이는 아니긴 했어. 그런데 말이야. 내가 나중에 새아버지한테 들은 건데, 세상에, 새아버지가 불임이었다는 거야! 박지운은 사실 애를 하나 더 낳고 싶어했는데, 새아버지가 불임이라는 걸 알고 밤새 울었다나? 영소야, 이거 정말 웃기지 않니? 내가 그걸 새아버지 돌아가시기 며칠 전에 직접 들었어. 그때 정신이 번쩍 들었지. 어쩌면 박지운이 했던 말들이 다 진실이 아닐 수도 있다. 역시 그때부터였던 것 같아. 내가 박지운에게서 정신적으로 독립하게 된 게 말이야. 아우…… 그런데 맛있는 음식 앞에 두고 이게 다 무슨 소리니. 나 진짜 늙었나 봐. 네 딸 보기 창피하다."

그날, 람청루 음식값은 엄마가 냈다. 보애 이모는 엄청나게 당황했다. 그곳은 인천이었고, 때문에 엄마가 밥을 산다는 건 이모에게 있을 수 없는 일이었다. 애초 람청루를 예약한 사람도 이모였고, 코스 요리를 먹자고 한 사람도 이모였다. 그러나 이모는 엄마의 기세를 꺾지 못했다. 엄마가 이모를 바라보며 이렇게 말했던 것이다.

"한 번쯤은 네 고향에서 대접하고 싶었어."

그러자 이모의 표정이 변했다. 기쁨과 슬픔으로 복잡하게 일그러진, 말 그대로 어떻게 형용할 수 없는 그런 얼굴로. 이모는 떨리는 목소리로 엄마에게 말했다.

"이러는 게 어딨어. 이러면 내가 어떡하니."

그러자 엄마가 이모의 손을 잡으며 대답했다.

"너도 참, 네가 나한테 어떤 사람인데."

여전히 그 말을 기억한다. 잊지 않는다.

*

보애 이모의 친아버지는 청인이었기에 한국 국민으로 살지 못했다. 그래서 1958년, 보애 이모는 외국인으로 태어났다. 이모의 고향은 중국이 되었다. 그러나 그녀는 인천에서 나고 자랐다. 인천 토박이였다.

엄마가 말한 '네 고향'은 바로 그런 의미였다.

*

자, 이제 그 '사기꾼'에 대해 이야기해보자. 아니다. 약간 더 시간이 필요하다. 이 이야기부터 하자. 두 사람에게 서로가 있었던 시절, 그러니까 이모와 엄마가 붙어다니던 1971년의 어느 겨울날 아침, 담임 선생님이 두 사람을 불렀다. 그는 보따리 하나와 편지한 통을 두 사람에게 건네주었다. 그리고 주소 하나를 알려주며 방과후에 거기에 좀 다녀오라고 했다.

"어지간하면 내가 가겠는데, 도저히 시간이 안 맞는구나."

그러면서 교통비와 약간의 간식비를 줬다. 엄마와 이모는 곧장 무슨 말인지 알아들었다. 두 사람은 교통비만 받았다.

그즈음 이리에서는 모르는 사람이 없었다. 좌익 활동을 하던 시동생에게 생활비를 받았다는 이유로 전주교도소에 수감중이던 어느 할머니가 자신을 고종 황제의 숨겨진 딸이라고 주장했다는 사실을 말이다. 그녀는 출소 후 이리에 살고 있었다. 이름은 이문용.

전주 이씨 문중은 그녀의 존재를 인정하지 않았다. 일단 증거가 없었다. 출생 기록도 없고, 고종 황제 역시 생전에 그러한 딸의 존재를 언급한 적이 없었다. 다른 황실 사료들을 아무리 뒤져도 그녀와 어머니 염상궁의 흔적을 찾으려야 찾을 수가 없었다. 문중은 그녀가 거짓말을 한다고 주장했다. 하지만 믿는 사람들도 있었다. 그녀의 주장은 사실관계가 어긋나는 부분도 있었지만 대체로 일관성이 있었다. 고종을 기억하는 사람들이 그녀가 고종과 많이 닮았다고 증언하기도 했다. 염상궁의 존재를 알고 있었다는 사람도 나타났다. 하지만 그것만으로는 부족했다. 문중에서는 설왕설래를 계속했다. 문중 안에서도 이문용을 믿는 이들이 조금씩 늘어났다. 엄마와 이모의 담임 선생님이 바로 그들 중 한 명이었다. 그녀가 진짜 옹주인지, 거짓말쟁이인지, 그 진위를 가리는 일이 엄마와 이모가 중학교를 다니던 당시에도 계속되고 있었다. 그리고 담임 선생님이 두 사람에게 준 주소는 바로 그 문용 옹주의 집이었다.

학교가 끝나자마자 두 사람은 곧장 산등성이 마을로 향하는 버스를 탔다. 이리 사람들은 외곽의 판자촌을 그렇게 불렀다. 산등성이 마을. 좌석에 앉아 가파른 고개를 오르며 엄마는 흥분했다. 옹주, 황녀, 황족. 그 단어들은 마법과도 같았다. 옹주를 만나러 간다니! 인정받지 못한 황족을 만난다니! 이전에 엄마는 이모와 함께 잉그리드 버그먼 주연의 〈아나스타샤〉를 보고 한동안 그 영화에 푹 빠져 있었다. 실제로 그 영화는 엄마가 제일 좋아하는 영화로 남았다. 내가 결혼하기 전 '독신으로서는' 마지막으로 전주에 내려갔던 날, 나와 엄마는 새벽에 그 영화를 함께 보았다. 나는 끝까지 보았고 엄마는 중간에 잠들었다. 하지만 다음날 엄마는 말했다. "몇 번을 봐도 너무 좋아. 그렇지 않아?"

그러나 마법은 옹주의 집을 찾아가면서 아주 서서히 힘을 잃었다. 엄마가 생각한 옹주의 집은 열네 살짜리의 상상답게 다소 신비로운 구석이 있는 곳이었다. 물론 엄마도 옹주의 집이 화려할 거라고는 생각하지 않았다. 그 산등성이 마을은 시에서도 가장 외곽에 있었고, 다 쓰러져가는 판잣집들로 가득했으니까. 그래도 엄마는 세상의 인정을 받지 못하는 고독한 여인이 홀로 살고 있는 곳이라면 뭔가 다를 거라고 생각했다. 그러나 그녀의 집은 산중턱에 있는 흔해빠진 판잣집이었다. 어떤 비범함이 새겨진 공간이 아니라, 그 동네 누구나 살고 있는 무수한 판잣집 중 하나. 무엇보다 엄마의 환상을 파괴한 건 어처구니없게도 옹주의 외모였다. 엄마는 아주 막연히, 그녀가 아름다울 것이라 기대했다. 아, 잉그리드 버그먼. 그녀는 엄마에게 너무 큰 환상을 심어주었다. 옹주는 평범한 할머니였다. 체구가 작고 등이 조금 굽었으며, 하얀 한복을 입고 있었다. 머리는 쪽을 쪄서 비녀를 꽂았는데, 숱은 그리 많지 않았다. 광대뼈가 툭 불거져 나오고 얼굴이 조금 넙데데했다. 가냘프지도 어여쁘지도 않은 그 노인이 너무 낯설어, 엄마는 문 앞까지 나온 그녀에게 인사조차 제대로 못하고 쭈뼛거렸다. 엄마와 이모를 어려워하기는 옹주도 마찬가지였다. 그녀는 느닷없이 찾아온 소녀들을 경계의 눈빛으로 바라보았다. 그때였다. 이모가 밝은 목소리로 인사를 하며 그녀에게 보따리와 편지를 건넸다. 그러면서 덧붙였다.

"할머니, 많이 추우시죠? 어서 들어가세요."

이모는 말을 마치고 스읍, 하고 숨을 짧게 들이마신 뒤 몸을 살짝 떨었다. 그제야 엄마는 이모가 많이 추워하고 있다는 걸 눈치챘다. 옹주는 그런 이모를 잠시 바라보더니, 두 사람 앞에서 편지를 펼쳐보았다. 긴 내용이 담겨 있지는 않은 모양이었다. 그녀는 금세 편지를 접었다. 그러고는 엄마와 이모에게 안으로 들어오라고 했다.

순간, 엄마는 스르륵 풀렸던 마법이 다시 돌아오는 것을 느꼈다. 혹시 선생님의 편지에 우리에 관한 특별한 이야기가 적혀 있는 건 아닐까. 그래, 나와 보애만 콕 집어서 심부름을 시켰잖아. 어쩌면 오로지 우리만 들어줄 수 있는 부탁을 하려는 것일지도 몰라. 그때 옹주가 무뚝뚝한 말투로 두 사람에게 말했다.

"뭐 좀 먹고 가거라."

이모가 반갑다는 듯 웃음을 터뜨리며 물었다.

"와, 정말 그래도 돼요?"

옹주가 고개를 끄덕였다. 표정이 살짝 풀어져 있었다. 그래서 두 사람은 그녀의 방에 들어갔다. 단칸방에 놓인 세간살이는 아주 단출했다. 자개 장식이 다 떨어져나간 검은색 수납장과 깔끔하게 갠 이불. 문가에 걸려 있는 옷가지들. 가난하다기보다는 검소한 인상이었다. 옹주는 엄마와 이모에게 따뜻한 보리차와 삶은 고구마 두 개를 내주었다. 그러더니 이불을 옆으로 옮기고는 그 자리에 앉으라고 했다.

"여기가 더 따뜻하단다."

정말로 그랬다. 이불이 덮혀놓은 바닥은 두 사람의 언 몸을, 특히 이모의 몸을 녹이기에 충분했다. 엄마와 이모는 허겁지겁 고구마를 먹고 보리차를 마셨다. 옹주는 그들 옆에 앉아 선생님이 보낸 보따리를 풀었다. 그리고 엄마는 담임 선생님의 심부름이 무엇이었고 편지에 어떤 내용이 담겨 있는지 짐작할 수 있었다. 보따리에서 청록빛 옷감이 미끄러지듯 흘러나왔던 것이다. 엄마는 그

고운 색깔에 시선을 빼앗겼다.

옹주가 삯바느질로 생계를 유지한다는 이야기는 들은 적이 있었지만, 실제로 보는 건 당연히 처음이었다. 엄마는 무척 놀랐다. 옹주의 바느질 솜씨가 아주 훌륭했던 것이다. 엄마는 가느다란 바늘이 옷감에 촘촘하고 야무지게 박힐 때마다 조심스럽게 숨을 내쉬었다. 뭐랄까, 세상의 무언가가 조금씩 완성되고 있다는 느낌을 받았다. 실제로 그랬다. 낡은 옷이 새것처럼 변했고, 천 쪼가리에 불과했던 것이 작은 소매로 변했다. 엄마의 눈앞에서 무언가가 만들어지고 있었다. 아름다웠다. 그러다 시선을 돌려 보애 이모를 보았을 때, 엄마는 친구가 자신과 똑같은 감정을 느끼고 있다는 걸 알았다. 보애 이모 역시 황홀한 표정으로 옹주의 바느질을 멍하니 바라보고 있었던 것이다. 엄마는 슬며시 미소를 지었다. 그리고 아무 말도 하지 않았다. 그 순간이 조금이라도 더 길어졌으면 했다. 두 사람은 옹주의 손끝을 가만히 바라보고, 옹주는 자신의 할일을 하는 그 순간이 말이다.

산등성이를 다 내려갈 즈음 눈발이 날리기 시작했다. 와아, 이모가 감탄하며 손바닥으로 눈송이를 받았다. 그리고 엄마에게 말했다.

"있잖아, 영소야. 저분 진짜 옹주가 맞는 것 같아."

"응. 그런 것 같아."

엄마의 대답에 이모는 미소를 지으며 또다시 손에 눈송이를 받았다. 방금 전보다 훨씬 큰 눈송이가 그녀의 손바닥에 사뿐히 앉았다. 이모가 또 말했다.

"그냥, 좀…… 귀티가 나는 것 같지?"

"귀티?"

"응."

추웠다. 하지만 공기는 맑고 깨끗했다. 기분좋은 감각이 엄마의 마음에 마법처럼 흘러들어왔다. 엄마는 옹주의 꼿꼿한 자세를 떠올렸다. 바느질을 하는 내내 그녀는 한 번도 자세를 흐트러뜨리지 않았다. 그 상태로 옷을 만들었다. 어쩐지 그녀는 계속 그렇게 살아왔을 것 같았다. 무슨 일이 있건 한 번도 꺾이지 않고, 강한 마음으로 한자리에서 버텨왔을 것 같았다. 그제야 엄마는 이모의 말을 이해할 수 있었다. 그래, 그것이 바로 귀티였다. 무언가를 망치는 것이 아니라 무언가를 만들어내는 것. 꼿꼿하고 흔들림 없는 자세로, 망설이지 않고 계속 그 일을 하는 것. 엄마는 옹주의 말이 믿음을 얻기를, 그래서 세상 사람들이 모두 그녀의 '귀티'를 알아봐주기를 바랐다.

함박눈이 내리기 시작했다.

엄마의 바람은 절반만 이루어졌다. 전주 이씨 문중에서 이문용을 끝까지 인정하지 않았기 때문에 그녀는 정식으로 '옹주' 칭호를 받지 못했다. 그러나 전주시에서 그녀를 황족으로 대우하여 경기전에 기거할 수 있도록 해주었다. 문용 옹주는 그곳에서 십이 년을 살았다. 그녀는 내가 태어나고 일 년 뒤인 1987년에 세상을 떠났다.

얼마 전, 엄마는 홀로 경기전에 갔다. 내가 결혼한 후 엄마는 그렇게 자주 혼자 산책을 한다. 때마침 보애 이모에게서 전화가 걸려왔다. 엄마가 경기전에 와 있다고 하니, 이모는 반가워하며 사진을 찍어 보내달라고 했다. 엄마는 한옥 지붕들이 잘 보이도록 정성스레 구도를 잡아 사진을 찍었다. 그리고 다시 이모와 통화를 하며 문용 옹주에 대해 이야기했다. 그분이 말년에 여기서 살다 돌아가셨다고. 이모는 심부름을 시켰던 담임 선생님에 대해서는 기억했지만, 그날 두 사람이 산등성이 마을까지 심부름을 갔던 일은 거의 떠올리지 못했다. 아 맞아, 그랬지. 그날 눈이 많이 오지 않았어? 그랬던 것 같다! 하면서 옛일을 아주 잠시 더듬어볼 뿐이었다.

그런데,

자신이 조선의 마지막 황녀라고 주장하는 사람이 이리에 한 명 더 있었던 것이다. 바로,

'사기꾼'.

놀랍게도 그녀의 이름 역시 이문용이었다. 엄마는 그 이름이 가짜가 틀림없다고 했다. 엄마는 믿었다. 자신이 만난 사람이 진짜 옹주이고, 이 '사기꾼'은 가짜라고 말이다.

지금 생각하면 엄마가 그 '사기꾼'을 미워했던 이유는, 아마 그녀가 엄마의 소중한 추억, 그 겨울날의 풍경을 파괴하는 사람이기 때문이었던 것 같다. 만일 '사기꾼'이 진짜 문용 옹주라면 그간 엄마가 믿어왔던 것이 무의미해질 테니까. 세 사람이 한방에 조용히 앉아 있던 시간. 그 다정함. 믿음. 누군가가 잘되기를 바랐던 진심. 어린 날의 추억. 그 모든 것이 말이다.

어쨌든 엄마에게는 다행스럽게도, '사기꾼'을 지지해주는 사람은 없었다. 적어도 경기전의 문용 옹주는 자신의 탄생 비화와 그때까지 살아온 삶에 대해서 나름대로 솔직하게 털어놓고 사람들을 설득하려 했다. 그 이야기는 과장되고 틀린 부분이 있을지는 몰라도 완전히 거짓말처럼 느껴지지는 않았다. 그 때문에 이씨 문중은 웅성거리며 의견을 달리했던 것이고, 결국 그중 일부의 지지를 받을 수 있었던 것이다. 하지만 '사기꾼'은 자신이 진짜이고 경기전의 문용 옹주가 가짜라는 주장만을 반복했다.

무엇보다 그녀는 문용 옹주가 경기전에 살기 시작하면서 나타난 사람이었다. 엄마가 가장 분노한 점이 바로 그것이었다. 엄마는 그 '사기꾼'이 속이 빤히 보이는 사람이라고 했다. 엄마는 말했다. 귀티가 전혀 없는 사람이라고. 바로 그런 사람이, 당신의 자식이 절대로 닮아서는 안 되는 사람이 미미유치원인지 나나유치원인지 아무튼 내가 다니는 유치원 옆에 살고 있었던 것이다. 문용옹주가 죽었으니 이제 자신을 인정해달라고 주장하면서.

그리하여 나는 매우 흥분했다.

내가 누구 딸이겠는가. 인정받지 못한 황족. 숨겨진 딸. 이런 말들은 어린 나를 매혹시키기에 충분했다. 나는 라푼젤과 신데렐라, 백설공주 이야기를 마르고 닳도록 읽던 애였다. 나는 그 사람을 한 번만 보고 싶다고 생각했다. 내게 그 사람은 '사기꾼'이 아니었다. 말 못할 비밀을 안고 있는 사람, 억울함을 풀어줘야 하는 사람이었다. 나는 정말로 그렇게 생각했다. 어쩌면 이 사람이 진짜이고, 경기전의 그 문용 옹주가 가짜일 수도 있잖아? 그렇게 생각한 아이는 나만이 아니었던 모양이다. 우리 유치원 옆에 '옹주'가 산다는 이야기가 아이들 사이에 파다했고, 덕분에 온갖 소문이 다 나돌았다. 그 목소리들. 수군거림들. 그 사람이 진짜 옹주래? 옹주와 공주의 차이는 뭐야? 에이, 진짜 옹주는 죽었어. 아니야, 그 사람이 거짓말을 한 거야. 유치원 옆에 사는 사람이 진짜 옹주야. 네가 어떻게 알아? 둘이 같은 감옥에서 지냈대. 진짜? 응. 유치원 옆에 사는 옹주가 뭔가를 잘못해서, 경기전의 옹주가 약점을 잡은 거래. 약점이 뭐야? 몰라. 아무튼 우리 엄마가 그랬어. 아니야! 사실은 둘이 쌍둥이야. 그런데 둘이 그 출생의 비밀을 몰라서 서로를 미워하는 거래. 정말? 응, 정말이야. 아니야, 아니야. 둘이 같은 고향 친구래. 서로 황녀 흉내를 내다가 미쳐버린 거래! 둘 다 자기가 진짜라고 정말로 믿게 된 거래. 그런데 너희들 그거 알아? 저 집 아래에는 무덤이 있어. 공동묘지! 옛날에 일본 사람들이 조선 사람들을 죽여서 저 아래에 다 묻어놨대. 정말? 응. 그래서 그 원한이 그 옹주에게 들러붙은 거래. 그래서 저러고 사는 거래. 그러니까 저 집에 가면 안 된다고 그랬어.

절대 안 돼.

하지만 나는 틈만 나면 그 집에 갈 방법을 궁리했다. 지금 생각하면 그건 내 나름의 유희였던 것 같다. 유치원 생활이 그리 재미있지 않았으니까. 무엇보다 그 사람을 잊을 겨를이 없었다는 게 컸다. 유치원 버스에서 내리면 그 허름한 적산가옥이 바로 보였다. 대문은 늘 살짝 열려 있었다. 마치 어서 들어오라는 듯, 나를 기다리고 있다는 듯 말이다. 온종일 잊고 있다가도 그 광경을 보면 나는 몸이 달았다. 그녀를 만나고 싶었다.

하지만 나의 소원은 아주 빠르게 어그러졌다. 유치원을 다닌 지 한 계절이 지났을 무렵, 그 사람이 세상을 떠난 것이다. 그 소식 역시 유치원에서 들었다. 아이들의 소문이란 어쩌면 그렇게 어른들의 세계 못지않게 빠르고 가차없을까. 방에서 시체가 발견되었다고 했다. 죽은 지 이미 사흘이 지난 때였다고도 했다. 그 소식을 듣고 나는 슬펐다. 그 사람을 기리고 싶다고 생각했다. 얼마나 외로웠을까. 아니, 거짓말이다. 나는 그렇게 착한 아이가 아니었다. 엄마는 거짓말쟁이나 이기적인 사람이 되면 안 된다고 했지만, 나는 이미 그런 애였다. 모르겠다. 그렇게 살지 않는 게 가능하긴 한가. 이렇게 묻는 건 비도덕적인가. 쓰레기 같은 짓인가. 그래? 그때 나는 쓰레기 같은 짓을 했다. 그곳을 보고 싶다고 생각했다. 고독한 여인이 말라죽어간 허름한 집을 말이다. 그 비극의 장소는 대체 어떻게 생겼을까. 누구도 발견하지 못한 신비로운 분위기로 가득차 있겠지. 보고 싶다. 그걸 느끼고 싶다. 아니, 이것도 진실은 아니다. 솔직히 모르겠다. 대체 그때 나는 왜 그랬을까. 왜 그집에 들어갔을까.

어린 시절을 되새길 때마다 그 이유를 찾으려 애썼다. 그러나 명확한 이유는 찾을 수 없었다. 사실 이유 같은 건 없었는지도 모른다. 나는 그냥 원했고, 원하는 대로 행동했을 뿐이다. 거기에 무슨 대단한 이유가 있겠는가. 의미를 부여하고 싶어하는 건 어른이 된 지금의 욕망일 뿐이다. 그렇게라도 해야 그날 일에 대해 조금 더 확신할 수 있으니까. 내 행동에 의미가 있었다고 믿을 수 있으니까. 말하지 않았는가. 이 모든 이야기를 나조차도 다 믿지 못한다고.

그래서 나는 그날 유치원 자유시간에 밖으로 슬쩍 빠져나왔다.

열린 대문 사이로 들어갔다. 그러자 마당 너머, 똑같이 살짝 열려 있는 미닫이문이 보였다. 뒤를 돌아봤다. 아무도 없었다. 나는 문 앞으로 다가갔다. 신발을 벗고 마루 위로 올라섰다.

……후회하는가?

　바로 눈앞에 보이는 방에 들어갔다. 두 개의 방이 미닫이문을 사이에 두고 연결되어 있었다. 그러니까 커다란 방이 하나 있는 셈이었다. 지금 생각하면 의아하다. 전혀 일을 하지 않던 노인이 어떻게 그런 집에서 혼자 살 수 있었을까. 아무리 허름한 옛집이라지만 결코 작지 않은 규모였다. 혹시 이 기억도 잘못된 것일까?
　세간살이를 다 치워버린 방안은 텅 비어 있었다. 그 사람의 흔적은 조금도 발견할 수 없었다. 나는 방안 한가운데 가만히 서 있었다. 아무것도 볼 수 없었고, 느낄 수 없었다. 그때, 미닫이문 건너편에서 어떤 소리가 들렸다. 그걸 어떻게 표현해야 할까. 귓속을 파고드는 소리. 아니, 무언가를 긁는 듯한 소리. 노랫소리. 수천 명의 목소리가 한꺼번에 내 머리 위로 쏟아졌다. 소름이 돋았다. 나는 더이상 그 집에 있으면 안 된다는 걸 깨달았다. 하지만 목소리들이 나를 이리저리 밀쳐댔다. 어딜 가! 어딜 가려고? 나는 엉겁결에 다른 방으로 연결되는 미닫이문 앞으로 다가갔다. 너도 어디 한번 당해봐. 억울하게 지내봐. 외롭게 살아봐. 열린 문 틈으로 방

건너편이 보였다. 눈을 가져다댔다. 그 끝에, 이번에도 역시 벽장 문이 살짝 열려 있었다. 나는 그쪽으로 걸음을 옮겼다. 열어. 열어 봐! 문을 밀어 열었다.

벽장 안은 어두웠다. 아무것도 보이지 않았다. 그러나 눈은 금세 어둠에 익숙해졌다. 벽장 안 이곳저곳을 천천히 둘러보았다. 텅 비어 있었다. 그런데…… 아래쪽에 뭔가 있었다. 나는 고개를 숙였다. 보여라. 보여라. 봐. 봐! 어서 봐!

보였다.

발뒤꿈치 하나가 벽장 모서리에 바짝 붙어서 있었다. 오른발 뒤꿈치에서 발목으로 이어지는 부분에 실처럼 가느다란 상처가 길게 나 있었다. 그곳에서 피가 배어나오고 있었다. 발등에는 굵은 핏줄이 툭 불거져 있었다. 검버섯이 잔뜩 피어 있었다. 나는 멍하니 그 발을 내려다보았다. 얼마나 지났을까. 갑자기, 발뒤꿈치가 꿈틀거리며 천천히 움직였다. 등에 으스스 소름이 돋았다. 어째서? 왜 움직이는 거지? 왜 몸을 돌리는 거지? 나를 보기 위해서. 나를 꽉 붙들기 위해서.

발이 순식간에 방향을 틀었다. 발톱이 다 빠진 발 하나가 나를 마주했다. 나는 몸을 덜덜 떨며 뒷걸음질쳤다. '그 사람'이 내게 가까이 다가오려는 듯 발뒤꿈치를 들어올렸다. 동시에 머리 위에서 큰 소리가 났다.

쿵!

쿵!

쿵!

비명도 지르지 못했다. 정신을 차렸을 때 나는 도망치고 있었다. 소리들이 나를 쫓아왔기 때문이다. 쿵. 쿵. 쿵. 쿵. 쿵. 쿵. 쿵. 쿵. 쿵. 쿵. 쿵. 쿵. 쿵. 쿵. 나는 복도에서 한 번 넘어졌고, 급히 일어났다. 울면서 마당을 뛰었고, 문밖으로 뛰쳐나왔다. 무서웠다. 그 소리가 품고 있는 어마어마한 감정들이, 그 끔찍한 비명들이 너무나도 무서웠다.

……후회하는가.

이제는 그 감정이 무엇인지 안다. 말할 수 있다. 절대 풀리지 않는 원한. 그리하여 눈에 보이는 무언가를 망치고 지워버리고 싶어 하는 마음.

악의.

유치원에 돌아왔을 때, 자유시간은 다 끝나 있었다. 나는 숨을 죽이며 아이들 사이로 비집고 들어갔다. 선생님들은 내가 어딘가로 사라졌다가 돌아왔다는 사실을 모르는 듯했다. 집에 갈 무렵, 선생님 한 명이 나를 보고 놀라며 이렇게 말했을 뿐이다.

"어머, 얘 발이 왜 이러지?"

오른쪽 뒤꿈치가 잔뜩 까져서 피가 배어나오고 있었다.

3

다음해 나는 창현동 유치원에 입학했다. 그리고 그 사고가 났다. 방학식 날이었다. 유치원 현관은 대부분의 관공서 건물처럼 탁 트인 넓은 형태였는데, 그날 나는 현관 한쪽 벽에 기대서 있었다. 그 자리에서는 바깥 풍경이 훤히 보였다. 부모님은 열 걸음 정도 떨어진 곳에서 원장 수녀님과 이야기를 나누고 있었다. 두 분은 그녀와 대화하면서도 수시로 나를 돌아보며 내가 잘 있는지 확인했다. 아빠는 말했다. 마지막으로 고개를 돌렸을 때, 내가 현관 바깥을 향해 손을 흔들고 있었다고.

"친구를 발견했던 것 같아."

잘 모르겠다. 내가 기억하는 건 이런 것들이다. 잔디 운동장, 아이들, 성모마리아상, 성당으로 이어지는 오솔길, 담벼락 위에 올라앉은 참새 한 마리. 그리고 커다란 유리 양끝을 잡고 걸어들어오던 아저씨 두 명.

그들은 내가 서 있는 곳의 반대편 벽에 유리를 기울여 세워놓은 뒤 밖으로 나갔다. 나중에 안 사실인데 이층 창문에 새로 끼울 유리였다. 다른 물건을 가지러 가면서 잠시 그곳에 둔 것이라 했다. 나는 내 키보다 훨씬 큰 그 유리에 압도되었다. 그리고 내 기억에 의하면 분명히, 나는 유리를 향해 손을 흔들었다. 그 너머에 뭔가가 있었기 때문이다. 이렇게 말하는 것이 이상하게 들린다는 것을 안다. 하지만 분명 뭔가 있었다. 보이지 않았지만 정말로 있었다. 그리고 나는 이끌리듯 유리를 향해 다가가며 이렇게 생각했다.

'손을 뻗으면 잡을 수 있을 것 같다.'

그건 누군가의 목소리 같기도 했다.

'잡아야 해.'

내 손이 유리를 통과할 거라고, 그래서 내가 그것을 움켜쥘 수 있을 거라고.

'그러니까 잡아야 한다. 잡아야 해.'

나는 손을 뻗었다.

'그래, 잡아!'

언젠가 아빠는 그때를 회상하며 이렇게 말했다.

"지금도 이해가 잘 안 돼. 정말 이상해. 유리는 분명 벽에 기대어져 있었거든. 애가 조금 건드렸다고 해서 그 큰 유리가 갑자기 반대로 뒤집어질 수는 없는 거잖아?"

그러나 뒤집어졌다.

내가 손을 댄 순간, 유리는 거세게 휘청이더니 내 쪽을 향해 기울어졌다. 나는 뒷걸음질치며 본능적으로 몸을 웅크렸다. 그리고 바닥으로 쓰러졌다. 머리와 어깨, 골반을 땅에 세게 부딪혔다. 내 몸 위로 유리가 쓰러지는 걸 느꼈다. 와장창 깨지는 소리를 들었다. 귓속이 아파왔다. 그 광경을 부모님은 이렇게 전했다. 내가 얼마나 놀랐는지 눈을 꼭 감은 채 바닥에 웅크리고 가만히 누워 있었다고. 조금도 움직이지 않고 가만히.

다급히 웅크린 덕분인지 나는 다치지 않았다. 팔다리와 배, 가슴에 유릿조각들이 흩어져 있었으나 손등을 조금 긁힌 것 빼고는 별일이 없었다. 하지만 부모님이 정말로 마음을 졸인 순간은 그다음에 찾아왔다. 아빠가 바닥에 누워 있는 나를 조심스레 안아올리자, 내가 말했던 것이다.

"아빠, 소리가 안 들려."

*

무언가에 쓴 기분. 앞으로 나아가고 싶지만 몸이 움직이지 않는 느낌. 누군가에게 붙들린 느낌. 온 힘을 다해 나를 찍어 누르고, 나를 지워버리고 싶어하는 바로 그것들.

*

청력은 이틀 만에 돌아왔다. 부모님은 안도의 한숨을 쉬었다. 귓속에 유릿조각이 들어가지도 않았고, 모든 검사 결과가 정상이었는데도 내가 계속 소리가 안 들린다고 했으니까. 엄마는 많이 울었다. 그리고 내가 적막 속에서 보낸 시간이 너무 길다고 생각했는지, 며칠 동안 쉬지 않고 말을 걸었다. 하지만 부모님의 생각과 달리 이틀의 시간이 그저 조용하기만 하지는 않았다. 오히려 시끄러웠다. 세상 사람들의 소리가 들리지 않았을 뿐이다.

엄청나게 많은 소리가 들렸다. 유리창이 깨지던 소리. 적산가옥의 벽장 앞에서 들었던 소리. 유치원 아이들의 목소리. 그건 기억이었을까. 아니면 정말 누군가의 목소리였을까. 그것들은 계속 내 귀에서 맴돌았다. 목소리는 어느 순간 혼잣말이 되기도 하고, 누군가와의 대화가 되기도 했다. 그러다가 내게 말을 걸기도 했다. 아니, 사실 처음부터 그 모든 목소리는 나를 향해 말했다. 너는 어리석어. 실수투성이야. 멍청이. 감히 여기에 함부로 들어왔네. 넌 항상 그런 식이지. 앞으로도 그럴 거야. 아가야, 걸렸구나. 걸렸어. 옳다구나. 어서 일어나! 여기 한가운데 서. 다들 보게 똑바로 서라고! 어서 고백해. 네 잘못을 시인하고 무릎을 꿇어. 너를 초라하고 보잘것없게 만들어라. 잘 들어. 앞으로 너는 이렇게 살게 될 거야. 내가 있는 한 영원히. 네가 이룬 것들은, 이뤄갈 것들은 어차피 모두 무너지게 될 거야. 그건 네 것이 아니

야. 너는 다 빼앗기게 될 거야. 꼴좋다. 꼴좋아. 그러니 실수하지 말았어
야지. 미움을 사지 말았어야지. 이 모든 건 네 탓이야. 아가야, 정말 네 탓
이란다. 그렇게 경고했는데. 꼴좋다. 꼴좋아. 아, 좋아. 너무 좋아! 좋아
좋아 좋아 좋아 좋아 좋아 좋아 좋아 좋아 좋아 좋아

이 개 같은 년. 너는 아무것도 아니야.

아무것도 쓸 수 없을 거야.

*

나이를 먹으면서 이상한 소리를 듣는 일은 줄어들었다. 사고는
몇 번 더 있었다. 갑자기 침대 다리가 부러지면서 매트리스가 주
저앉았다. 신발장이 앞으로 넘어지는 바람에 그 밑에 깔렸다. 살
짝 발을 헛디뎠을 뿐인데 심하게 넘어져 무릎이 다 깨졌고 며칠
걷지를 못했다. 선풍기 바람을 쐬려고 옆으로 누우며 손으로 턱을
괴었는데 갑자기 팔이 빠졌다. 하지만 그런 일들은 자라면서 서서
히 줄었다. 중학교에 올라갈 무렵부터는 거의 아무 일도 일어나지
않았고, 스무 살을 넘긴 뒤로는 이전에 내게 그런 일들이 벌어졌
다는 사실이 마치 꿈처럼 느껴졌다.
    하지만 내 안에 뭔가가 남아 있었다. 도저히 참을 수 없는 어떤

감정이 속에서 계속 들끓었다. 나는 고심 끝에 의사를 찾아갔다. 「니꼴라 유치원」을 쓰기 한참 전의 일이다. 선생님은 내가 두려움을 지닌 사람이라고 말했다. 불안장애가 있다고 했다. 누군가 나를 해칠지도 모른다고 생각하는, 자칫하면 피해망상으로 발전할 수 있는 마음. 그것이 내게 있었다. 「니꼴라 유치원」을 쓰려고 마음먹은 즈음, 그러니까 목소리가 다시 들리기 시작했을 때, 나는 또 병원을 찾아갔다. 그리고 이렇게 말했다.

"요즘 너무 참을 수가 없어요. 화가 치밀어오르고, 누구하고든 대거리를 하고 싶어요. 사안을 논리적으로 따지거나 시시비비를 가리고 싶다는 말이 아니에요. 그냥 감정적으로 참을 수가 없습니다. 무언가를 마구 두드리고, 소리를 지르고, 누군가를 후려갈기고 싶습니다. 사실, 사는 내내 시시때때로 그랬어요. 하지만 선생님, 그러면 안 되잖아요. 안 되는 거잖아요. 그래서 참고, 참고, 참으며 곪았고요. 어쩌면 그 때문에 소설을 썼던 걸지도 모르겠습니다. 적어도 제가 설정한 공간 안에서는 얼마든지 자유로울 수 있으니까요. 동시에 감정을 정돈해야만 계속할 수 있는 일이기도 하죠. 강렬한 감정 그 자체는 결코 소설이 될 수 없으니까요. 하지만 그런다고 모든 분노와 증오가 사라지는 건 아니었습니다. 어쩌면 그 목소리의 예언이 이루어진 건지도 모르겠어요. 너는 엉망이라고. 별것 아니라고! 그래서 더는 들리지 않게 되었던 건지도 몰라요. 그 목소리의 말대로 되었으니까요. 도망치고 싶어요. 어디로든요. 그전에는 이야기 속으로 도망칠 수 있었어요. 하지만 지금은 이야기 속으로 들어갈 수가 없어요. 허구의 세계를 상상하면 할수록, 목소리가 점점 더 커져요. 저는 그런 저를 어떻게든 견뎌야만 해요. 새벽마다 하천 주위를 빙글빙글 돌며 웁니다. 너무 많은 원한이 제 안에 쌓여 있다는 생각 때문에 견딜 수가 없어요. 그건 제 마음이 아니에요. 하지만 제 마음이 맞습니다. 그 영화 아세요? 긴 머리 귀신이 나오는 비디오를 본 사람들이 모두 죽어나가는 이야기요. 귀신의 증오가 전염되는 이야기 말이에요. 제가 새벽에 나가는 건 그 때문이에요. 거리에 사람이 없으니까요. 제 마음을 누구에게도 전염시키지 않을 수 있으니까요. 적어도 새벽에는 그런 귀신이 되지 않을 수 있으니까요."

선생님은 내게 약을 처방해주었다. 차도는 없었다. 소설도 쓸 수 없었다. 감정만 뜨겁게 일렁였다. 봐, 거봐, 어때? 결국 이렇게 됐지? 나는 또다시 병원에 갔다.

선생님은 내게 감정을 떠내려 보내라고 했다.

"그러지 않으면 누군가에게 그 감정을 쏟아붓게 돼요."

원한怨恨.

누군가에게 쏟아붓기 위해 만들어진 마음.

역시 차도가 없었다. 밤새 목소리에 시달렸다. 결국 나는 아침이 될 때까지 하천을 걷고 또 걸었다. 울었다. 어린 시절을 되새기고 또 되새겼다. 상에서 튕겨져 나오면 다시 달려들고 뛰어들었다. 참을 수가 없었다.

왜?

어째서?

오직 내가 그곳에 있었다는 이유만으로 원한을 샀단 말인가. 오직 그 이유만으로?

그 악의를 향해 침을 뱉어주고 싶었다. 그 말을 돌려주고 싶었다.

이 개 같은 것들. 다 죽여버리겠어.

나라고 못할 게 뭐가 있는가. 안 그래? 나는 떠오르는 아침해를 바라보며 이를 악물었다. 그래. 나도 원한을 품겠다. 너희들에게. 바로 너에게. 그 역겨운 목소리를 그대로 되돌려주겠다. 어떻게든 소설을 쓰겠다. 반드시 쓰겠다. 아주 괴팍하게 쓰겠다. 잔인하고 못된 감정으로 가득한 이야기를 쓰겠다. 원한을 가득 품으리

라. 그래서 나 역시 악의를 돌려주겠다. 나도 너희를, 너를 얼마든지 죽이겠다. 그 목소리들을 낱낱이 찢어놓으리라.

집에 돌아온 후, 나는 처방약을 먹지 않았다. 대신 생각을 했다. 어떻게 하면 쓸 수 있을까. 악의를 찢어버릴 수 있을까. 목소리를 뭉개버릴 수 있을까. 원한을 더 큰 원한으로 되갚을 수 있을까. 승리할 수 있을까. 그리고 결정했다. 단 한 번도 보지 못한 사람. 엄마에게는 사기꾼이었고, 누군가에게는 쌍둥이였으며, 또 누군가에게는 진짜였던 사람. 무덤 위에서 살았던 사람. 스스로를 문용옹주라고 불렀던 사람. 이제 나는 진실에 관심이 없었다. 애초, 진실에 누가 관심을 갖는가? 중요한 것은 이야기일 뿐이다. 그 이야기가 진실을 말한다고 믿을 뿐이다. 의미를 부여할 뿐이다. 그래야 마음이 편하니까. 읽고 싶은 이야기를 읽을 수 있으니까. 나는 내가 보고 싶은 것을 보기로 했다. 나의 소설 속에서 그녀를 되살려내기로 결정했다. 그래, 안진으로 데려오자. 그리하여 그것들에게 똑같이 말해줄 것이다. 너희는 내게 어떤 영향도 미칠 수 없어. 그 무엇도 아니니까. 그런 생각을 하자 희열이 느껴지면서 손끝이 저릿저릿했다. 심장이 두근거렸다. 그래. 나도 되갚아주리라.

그렇게 악에 받쳐 분노를 머금었다. 문득 그런 생각이 들었다.

악의가 나를 잡아먹은 것일까, 아니면 원래부터 내가 악의를 품고 있었던 것일까.

나는 첫 줄을 썼다.

"악의만이 전부이다."

바로 그 순간이었다. 진에게서 전화가 걸려왔다.

4

1883년, 인천 제물포항이 개항장이 되면서 서양의 외교관, 선교사, 상인 등 많은 사람들이 조선에 들어오기 시작했다. 당시 인천에서 한성까지 가는 방법은 걷거나 우마차를 타는 것뿐이었다. 못해도 열두 시간이 소요되는 길이었기에 사람들은 인천에서 하루 머물고 다음날 이동하곤 했다. 이에 눈치 빠른 무역상 호리 히사타로堀久太郎가 제물포항 근처에 이층짜리 목조건물을 세우고 숙박영업을 시작했다. 주위에 별다른 숙박시설이 없던 터라 그의 건물을 찾는 사람이 많았다. 성황에 힘입어 호리 히사타로는 1888년 목조건물 옆에 붉은 벽돌의 삼층짜리 서양식 건물을 신축한다. 이것이 바로 다이부쓰, 그러니까 대불大佛호텔이다.

"네가 말하는 니꼴라 유치원은 대불호텔과 좀 비슷해."

말을 마친 진이 얼음이 가득 든 아메리카노를 쭉 들이켰다. 날씨가 꽤 쌀쌀한데 춥지도 않은 모양이었다. 나는 뜨거운 라테를 시켜놓고 입에도 대지 않았다. 대신 그 자리에서 바로 핸드폰으로 대불호텔을 검색했다. 이상했다. 대불호텔은 1978년에 철거되어 터만 남아 있었던 것이다. 나와 동갑내기인 그가 호텔을 봤을 리 없었다. 나는 살짝 짜증을 냈다.

"뭐야, 넌 본 적도 없잖아."

그러자 그는 내가 그럴 줄 알았다는 듯 미소를 지으며 남은 커피를 후루룩 마셨다. 그가 나를 대하는 태도는 대체로 그랬다. 나는 말을 툭툭 던지며 감정적으로 굴었고, 그는 내가 그러든 말든 한결같이 다정했다.

인연이란 참 이상하다. 지금 생각하면 정말 그렇다. 그때 우리는 친구였고, 아마 그런 관계로 계속 남을 수도 있었다. 아니, 조금 더 깊이 생각해보면 애초에 우리는 어떤 인연도 맺지 않을 수 있었다. 하지만 우연은 언제나 어떤 계기를 만들고, 계기는 사람들의 관계를 어떤 시작점 혹은 마침표로 훌쩍 데려다놓는다.

그 여름, 람청루에서 식사를 마치고 돌아가려던 즈음 진이 나타났다. 나와 엄마를 데려다주려고 차를 운전해 왔다고 했다. 그는 상사가 이제야 자신을 놔줘서 올 수 있었다고 했지만, 딱 봐도 거짓말이었다. 솔직히 나는 처음부터 그 '상사의 부름'을 믿지 않았

다. 나도 나오기 싫었던 자리였다. 그라고 달랐을까? 그런데 허겁
지겁 찾아온 그를 보니 기분이 이상했다. 내가 좀…… 치사한 인
간이 된 기분이었달까. 나는 그 덩치 크고 수더분한 인상의 남자
를 물끄러미 바라보며 머리를 굴렸다. 거짓말까지 하면서 피한 자
리에 왜 굳이 나온 거지? 나중에 그에게 사연을 들었는데, 보애 이
모가 보낸 문자 때문이었다.

'얘, 아들아. 내 친구 딸은 얌전히 나와주었구나.'

그리고 이어서 또 문자를 보냈다.

'집에 갈 때 좀 도와주렴.'

거참. 엄마들이란.

아무튼, 집에서 마음 편히 게임을 하고 있던 진은 그 문자를 받
자마자 확 짜증이 났다. 기분이 상했다. 분명 일정이 있다고 말하
지 않았는가. 그는 나가고 싶지 않았다. 대체 뭘 도와달라는 말인
가. 그는 답장하지 않았다. 그 기분이 빨리 가라앉기만을 기다렸
다. 아, 엄마. 엄마. 엄마. 엄마! 어지간히 좀 해요. 그런데 그 순간
우연히, 방 한구석에 던져놓은 책의 제목이 눈에 들어왔다. 보애
이모에게 핑계로 댔던 바로 그 상사―그날은 부르지 않았지만,

실제로 주말에 진을 종종 불러내곤 했던 사람—가 권해서 억지로 읽고 있던 책이었다. 정말 끔찍할 정도로 재미없는 책이었다. 제목은 '올바른 삶을 산다는 것'.

순간 진은 웃음을 터뜨렸다. 짜증이 싸악 사라지는 것을 느꼈다. 다시 하는 이야기지만, 사람 마음이라는 건 참 이상하다. 쉽게 흔들리고, 쉽게 변한다. 그의 변화는 그 책 제목을 보는 순간 찾아왔다. 진은 엄마의 문자가 여전히 유난스럽게 느껴졌지만, 동시에 조금 미안해졌다. 그래, 엄마의 오랜 친구라잖아. 엄마를 위해 내가 그 정도는 해줄 수 있지, 뭐 어때. 그 친구분을 버스 터미널까지 모셔다드리기라도 하자. 그래서 진은 차를 끌고 엉금엉금 기어나왔던 것이다.

우리의 인연은 그렇게 시작됐다. 터미널로 가는 길에 짧게 대화를 나누었는데 어쩐지 죽이 좀 잘 맞는다는 생각이 들었다. 사실 별 내용은 없었다. 연예인 이야기. 하는 일. 취미. 가본 여행지.

이후 우리는 종종 따로 만나기 시작했다. 역시 별다른 의미는 없었다. 비슷한 대화가 반복됐다. 연예인. 취미. 여행지. 아, 우리만의 주제가 있긴 했다. 그러니까 엄마들. 다소 유난스럽고 소녀 같은 우리 엄마들에 대해서. 그래서인지 우리의 대화는 약간 열띤 상태에서 이렇게 끝나곤 했다. "둘이 괜히 친구가 아니야. 초록이 동색이라는 말이 괜히 있는 게 아니라니까?"

어쨌든 그렇게 삼 년 정도 지나자, 우리는 서로에게 가장 친한 친구가 되어 있었다. 역시 초록은 동색이라. 적어도 내게는 그랬다. 이런. 내게도 정말 친한 친구가 생겨버렸던 것이다.

그래서 어느 순간부터는 두려웠다. 그가 나를 좋아한다는 걸 눈치채고 있었기 때문에 더 그랬다. 나는 그의 마음을 느끼는 것이 좋았다. 그건 당시 내가 사로잡혀 있던 어둠 속에서 유일하게 느낄 수 있는 호의였으니까. 나를 해치려 들지 않는 마음. 다정한 마음. 한결같고 커다란 그림자. 아니, 솔직히 말하자. 그의 마음이 좋았던 건, 나 역시 언젠가부터 그를 좋아하고 있었기 때문이다. 하지만 내 곁에 머무르고 있는 좋은 사람을 잃어버리고 싶지 않았다. 그는 나의 가장 친한 친구였고, 그 우정은 너무나도 소중했다. 반면 사랑에 대해서는 회의적이었다. 과연 사랑이라는 게 있긴 한 걸까? 잠깐의 감정에 불과한 게 아닐까? 그저 안정되고 싶기 때문에, 안심하고 싶기 때문에, 순간의 얇은 감정을 너무 깊이 받아들인 나머지 돌이킬 수 없는 관계에 휘말리게 되는 것. 그게 연애가 아닐까? 그러니까 그런 위험한 시작은 아예 해서는 안 되는 것 아닐까?

그래서 나는 최선을 다해 내 마음을 그에게 드러내지 않았다. 그가 은연중에 표현하는 마음을 노골적으로 모른 척했다. 그래서 우리는 우리에 대해 이야기해본 적이 없었다. 늘 다른 사람들에 대해 이야기했다. 엄마, 옹주, 황녀, 박지운…… 그리고 내 소설에 등장하는 사람들. 음험한 비밀을 알게 된 여인. 그 여인이 하게 될 어떤 선택에 대해.

그날도 그랬다. 우리는 오직 니꼴라 유치원과 대불호텔에 대해서만 이야기하고 있었다. 대체 두 건물이 뭐가 비슷하냐는 나의 질문에 그는 천천히 설명을 시작했다. 정확히 말하면, 내가 묘사하는 니꼴라 유치원의 풍경과 분위기가 대불호텔의 빈터와 주변 풍경을 떠올리게 한다고 했다. 인천우체국, 일본우선주식회사, 일본제1은행, 답동성당 같은 근대 건축물로 이루어진 인천 중구의 풍경을 말이다.

그는 덧붙였다. 아마 내가 그 동네에 직접 가보면 자신이 왜 그런 말을 했는지 이해할 수 있을 거라고. 그러더니 물었다.

"어때? 한번 가볼래?"

나는 조금 당황했다. 물론 나는 가보고 싶었다. 굉장히 흥미가 생겼으니까. 근처에 생활사 박물관이 있다는 걸 알고 나서는 더더욱 가고 싶었다. 그 박물관에는 식민지 시기부터 현대까지 일상에서 쓰였던 물건들이 전시되어 있다고 했다. 나는 기억 속의 음악실을 떠올리며 조용히 흥분했다. 대불호텔 터와 주위 풍경, 그리고 옛 물건들을 보면 니꼴라 유치원의 상에 접근할 수 있을 것 같았다. 직접 목격한다면 누구에게도 더는 방해받지 않을 수 있을 것 같았다. 첫 문장의 다음을 쓸 수 있을 것 같았다. 하지만……실수가 아닐까? 그러자 정말로 목소리가 들려왔다. 그래, 실수야. 넌 늘 실수를 하지. 이번에야말로 모든 걸 잃어버리게 될 거야. 소중한 사람을 잃어버리게 될 거야. 불안감이 엄습하며 마음이 가라앉았다. 하지만 아무렇지 않기도 했다. 걱정할 게 뭐가 있단 말인가. 어차피 우리는 다른 사람들의 이야기만 주고받을 텐데. 아무 일도 없을 텐데. 나는 머릿속으로 중얼거렸다. 중요한 건 나의 원한이다. 이걸 돌려주는 일이다. 그게 가능하다면 무엇이든 할 수 있지. 해볼게. 어디 한번 해보자. 나는 진에게 대답했다.

"그래, 가보자. 직접 한번 보지 뭐."

그래서 그 주 목요일 아침, 인천으로 향하는 1호선 전철을 탔다. 그렇게 나는 대불호텔에 가게 되었던 것이다.

*

그러나 나를 반긴 건 옛 시절의 분위기가 아니라 회색 쇠창살과 그 안의 황량한 빈터였다. 날씨가 추워서 그런지 더 을씨년스러워 보였다. 심지어 쇠창살 울타리 입구에는 단단해 보이는 커다란 자물쇠가 채워진 채 안내판이 붙어 있었다.

'전시관을 목표로 한 건물 재건 공사에 들어가니 완공시까지 출입을 불허합니다.'

나는 쇠창살 사이로 건물 터를 들여다봤다. 폐허였다. 만일 '대불호텔 터 유적'이라고 쓰인 안내판이 없었다면 유구遺構를 전혀 알아보지 못했을 것이다. 그 유구라는 것도 매우 초라했다. 붉은 벽돌더미 몇 개가 전부였다. 볼품이 없었다. 심지어 곳곳에 잡초가 잔뜩 돋아 있어서 건물의 구조나 모양새를 추측하기도 어려웠다. 건축에 조예가 깊으면 모를까, 나 같은 문외한에게 눈앞의 풍경은 버려진 무덤과 별반 다를 것이 없었다. 기대했던 일은 벌어지지 않았던 것이다. 그러니까 막힌 기억이 스윽 뚫리면서 어떤 장면이 떠오르거나, 아니면 영감을 자극하는 놀라운 광경을 본다거나 하는 일은 없었다. 제자리에서 꽤 오래도록 서성였지만, 어떤 기적도 나를 찾아오지 않았다.

"아, 이 정도인 줄은 몰랐네. 좀 찾아보고 올 걸 그랬다."

진이 옆에서 눈치를 보며 말했다. 미안해하는 게 느껴졌다. 나는 짜증조차 나지 않았다. 그는 근처 생활사 박물관에 한번 가보자며 나를 격려했다. 어쩌면 거기에는 도움이 될 만한 자료가 있을지도 모른다면서 말이다. 하지만 나는 계속 미련을 버리지 못하고 쇠창살 사이를 노려보았다. 봐, 네가 하는 일은 다 이 모양 이 꼴이야. 결국 이렇게 됐잖아?

뭐가?

대체 뭐가?

그 순간이었다. 쇠창살 사이로 누군가 지나가는 것이 보였다. 어? 나는 쇠창살 앞으로 다가섰다. 안을 자세히 들여다봤다. 이럴 수가. 어떤 여자가 호텔 터 한가운데 서 있었다. 분명히 출입금지라고 했는데 어떻게 들어갔지? 관계자처럼 보이지는 않았다. 녹색 재킷에 무릎 아래까지 내려오는 베이지색 치마를 입었고, 머리는 한 갈래로 묶고 있었다. 호리호리했지만 키는 별로 크지 않았다. 입술이 매우 붉고 도톰했는데, 내가 알 수 있는 건 딱 거기까지였다. 차양이 넓은 모자를 쓰고 있어서 더는 얼굴이 보이지 않았던 것이다.

"저 사람 저기서 뭐하는 거지?"

내가 중얼거리자 진이 옆에서 대꾸했다.

"뭐라고?"

"저기 봐. 사람이 있어. 어떻게 들어간 거지?"

그가 쇠창살 가까이 다가왔다.

"어디에?"

"저기 있잖아."

나는 손가락을 들었다. 그리고 그 순간, 그 자리에 아무도 없다는 걸 알아챘다. 나는 홀린 기분으로 멍하니 서 있었다. 그가 옆에서 왜 그러느냐고 물었다.

"분명 저기 있었는데……"

"누가?"

"여자가 있었어. 진짜야! 녹색 재킷을 입고 있었다니까!"

"녹색?"

"응. 진짜야. 아닌가? 내가 잘못 본 건가?"

나는 혼란스러웠다. 한기가 밀려왔다. 섬뜩했고, 창피했다. 혹시 나는 미쳐버린 게 아닐까? 봐. 이럴 줄 알았어. 이럴 줄 알았다고. 혹시 지금 내가 보고 듣고 겪는 모든 것이 다 나의 상상은 아닐까. 내가 나를 속이고 있는 게 아닐까. 그럼 깨어나야 한다. 깨어나야 해. 그래, 지금이라도 정신을 차리면 된다. 그러면 돼. 일어나. 어서 일어나. 그때 진이 옆에서 중얼거렸다.

"이상하네."

"나도 알아, 이상한 거."

"아니, 아니. 그런 말이 아니라……"

나는 그를 쳐다봤다. 보애 이모를 꼭 닮은 옆얼굴이 눈에 들어왔다. 웃지 않아도 늘 미소가 걸려 있는 다정한 표정. 그러나 그날 그 순간 그의 표정은 어두웠다. 무슨 일이냐고 묻자, 그는 별일 아니라는 듯 가볍게 숨을 들이마시며 말을 이었다.

"갑자기 외할머니가 요즘 부쩍 그 이야기를 많이 하거든."

"외할머니?"

아, 박지운.

나는 물었다.

"무슨 이야기를 하시는데?"

그는 고개를 흔들며 내게 신경쓰지 말라고 했다.

"그냥 우연일 거야. 외할머니가 하는 이야기가 늘 그렇지 뭐."

"뭐야, 그렇게 끝내는 게 어딨어! 빨리 말해줘. 무슨 이야기인데 그래."

나는 그를 재촉했다. 그가 난처한 얼굴로 나를 보다가 불안한 목소리로 말을 이었다.

"……고연주는 녹색 재킷이 잘 어울렸대."

나는 방금 목격한 여자를 떠올렸다. 녹색 재킷을 입은 호리호리한 여자. 그녀가 분명 내 앞에 있었다. 어쩌면 이건 꿈이 아닐지도. 그래. 이건 꿈이 아니다. 결코 꿈이 아니야.

그가 심호흡을 하더니 말을 이었다.

"1955년에 대불호텔에서 여자 한 명이 죽었대."

아아, 세상에.

그의 말이 끝나기도 전에, 나는 조르기 시작했다. 당장 외할머니를 만나게 해달라고. 지금 만나러 가자고! 그는 난처하다는 듯 나를 보다가 슬쩍 시선을 돌렸다. 나는 조금 놀랐다. 진의 그런 표정은 처음이었다. 둘이 함께 있을 때면 항상 내가 더 초조하고 불안정했다. 그런데 외할머니 이야기가 나오자마자 그가 지금껏 본 적 없는 딱딱한 표정으로 내 시선을 피했던 것이다. 그러자 문득 지금껏 진에게서 가족 이야기를 제대로 들은 적 없다는 사실이 새삼스럽게 다가왔다. 물론 우리는 엄마들에 대해 이야기했다. 그게 우리를 친구로 만들어줬으니까. 하지만 거기까지였다. 나는 진이 자신의 가족에 대해 어떻게 느끼는지, 무슨 생각을 하는지 제대로 들은 바가 없었다. 물론 그가 내게 자신의 가족 이야기를 다 털어놓아야 할 이유는 없었다. 나 역시 내 마음을 그에게 드러내지 않으려 매우 노력하고 있었으니까. 하지만 그가 곤란해하는 표정으로 나를 피하며 망설이는 순간, 나는 깨달을 수밖에 없었다. 우리는 정말로 친구에 불과하구나. 아니, 어쩌면 그보다도 훨씬 더 먼 사이일지도 모르겠구나. 아아, 우리는 정말로 이렇다 할 이야기를 해본 적이 단 한 번도 없구나.

그래서 나는 포기해야겠다고 생각했다. 그의 가족 안에 비집고 들어가는 일을 말이다. 그 어처구니없는 소설을 쓰겠다며 진을 흔드는 일은 그만둬야겠다 싶었다. 그래, 무슨 소용이 있겠어. 다 의미 없는 일이야. 그런데 그 순간, 진이 뭔가를 결심했다는 듯 다부진 시선으로 나를 바라보았다. 나는 어떤 예감에 사로잡혔다. 인천에 오기 전에 나를 휘감았던 바로 그 감정. 그를 영원히 보지 못하게 될 일이 벌어질지도 모른다는 깊은 불안.

응.

그렇게 될 거란다.

그가 미소를 지으며 내게 말했다.

"다 거짓말일 수도 있어. 우리 외할머니는 네가 아는 것보다 훨씬 별난 사람이거든."

……나도 모르게 대답했다.

"상관없어."

정말이야. 다 괜찮아. 괜찮을 거야.

그가 미소를 지었다. 내가 아는 진의 얼굴로 돌아와 있었다. 나는 그의 뒤를 따라 걸었다. 함께 박지운의 집으로 갔다.

이야기는 그렇게 시작되었다.

*

그리하여 우선, 1918년으로 거슬러올라가는 것이 좋겠다. 그해 호리 가문은 대불호텔을 중국인 라이더위안賴德原에게 매각했다. 오랜 경영난 때문이었다. 1899년 경인선이 개통되면서 사람들이 인천에서 굳이 하루를 머물 필요가 없어졌던 것이다. 이후 대불호텔은 중화루中華樓, 그러니까 청요릿집으로 변모한다. 이후 건물 이층 출입문 위에 걸린 그 유명한 금색 간판은 중화루의 상징이 되었다. 그 간판이 유독 눈길을 끌었던 건 크고 화려해서이기도 했겠지만, 무엇보다 그 아래 당시로서는 꽤 넓은 발코니가 있었기 때문이다. 지금 그 간판은 사라져 어디서도 찾을 수 없다. 그리고 아마 찾아낸다 해도 그때와 같은 웅장함이 느껴지지는 않을 것이다. 하지만 그때는 달랐다. 손님들은 간판 아래 발코니에 앉아 담배를 피우거나 차를 마시면서 대화를 나눴다. 밖을 바라보며 여유를 즐겼다. 눈부신 호황이었다.

하지만 따뜻한 고깃국물 냄새와 볶은 야채에서 피어오르던 훈기, 사람들의 왁자지껄한 목소리, 삼층 홀 한쪽에서 들리던 무심한 피아노 소리도 1950년, 전쟁을 기점으로 서서히 잦아들었다. 청인들은 먹고살기 힘들어진 이 땅을 서서히 떠나갔다. 라이 가문도 마찬가지였다. 그들 대부분은 미국으로 이주했다. 그러던 어느 날, 그러니까 1955년 9월 2일. 과거 제물포항이라 불린 곳, 인천항에 백인 여자 한 명이 도착한다.

*

자, 드디어 고연주에 대해 이야기할 차례다. 녹색 재킷이 잘 어울리던 여자. 그녀는 중화루 삼층에서 숙식하며 숙박업을 하던

'프런트 직원'으로 1955년 당시 스무 살이었다. 그녀는 인천 토박이였는데, 당연한 말이지만 처음부터 중화루에서 살았던 것은 아니다. 그녀는 선교사들의 일을 봐주는 고용인의 딸이었다. 정확히 말하면 그녀의 아버지는 정식 고용인은 아니었고, 고용인이 따로 채용한 심부름꾼에 가까웠다. 영어 실력이 시원찮았기 때문이다. 그는 선교사들의 정식 고용인이 되기 위해 영어를 열심히 공부했지만, 도통 실력이 늘지 않았다. 그래도 세상 물정에 밝은 사람이었던지라, 그는 고연주를 선교사들이 세운 학교에 입학시켰다. 그래서 고연주는 고용인의 둘째 딸과 함께 학교를 다닐 수 있었다. 그는 뭘 꿈꾸면서 여자아이에게 공부를 시켰을까? 뭘 원했을까? 알 수 없다. 그녀가 학교에 입학한 이듬해 그는 급작스럽게 세상을 떠나고 말았으니까.

아버지가 죽고 가세가 기울면서 고연주는 식구들과 헤어졌다. 어머니와 막냇동생은 큰오빠 내외가 사는 서울로 떠났다. 고연주는 따라가지 않았다. 큰오빠에게 짐이 될 수 없다고 생각했다. 그런 결정을 하는 데는 선교사들의 배려가 큰 도움이 되었다. 그들은 고연주가 그들의 숙소에 기거하면서 공부할 수 있도록 해주었다. 그때 그녀는 겨우 열두 살이었다. 무력하고, 서럽고, 외톨이였다. 그러나 삼 년 정도 지나자 많은 것이 달라졌다. 그녀는 부모님을 그리워하며 울지 않았고, 처지를 비관하며 겁먹지 않았다. 그녀는 실용적으로 살았다. 열심히 영어를 배워서 선교사들의 마음을 얻었다. 물론 영어를 잘하게 된 데에는 다른 이유도 있었다. 목표가 뚜렷했기 때문이다.

그녀는 미국에 가고 싶었다.

소문이 돌았다. 선교사들이 귀국할 때 '가장 뛰어난 학생'을 데리고 갈 거라고. 그녀는 누군가의 호의가 사라지면 그와 함께 내동댕이쳐질지 모르는 자신의 처지에서 벗어나고 싶었고, 그러기 위해서는 이 나라를 떠나야 한다고 생각했다. 선교사들을 통해 알게 된 나라 미국. 하나님의 나라 미국. 평등하고 풍요로운 나라 미국. 미국. 미국. 아, 아메리칸드림. 거기에 도착하면 누구에게도 신세 지지 않고 살 수 있을 거라고 믿었던 것이다. 아, 아름다운 아메리칸드림. 그녀는 오직 이 나라를 떠나기 위해 공부했고, 선교사들의 마음에 들기 위해 노력했다.

그리고 실패했다.

문제는 선교사들이 누군가를 데리고 가긴 갔다는 것이다.

고용인의 둘째 딸이었다. 사실 그건 애초에 약속된 것이었다. 그러니까 현실적인 맥락이 있었다. 고용인은 아주 오래전부터 딸을 유학 보낼 생각으로 선교사들과 이야기를 나눴다. 그건 일종의 거래였다. 미국에 가면 주거는 교회를 통해 해결하지만 유학 비용은 고용인이 감당하고, 선교사들이 취직자리를 알아봐주는 대신 수수료를 내고, 뭐 이런 조건. 그의 가족은 딸을 밑천 삼아 미국으로 이민을 갈 계획이었다. 반면 고연주가 믿은 맥락은 '가장 뛰어난 학생'이라는 표현 하나뿐이었다.

선교사들이 본국으로 떠나는 날, 그들 중 한 명이 고연주에게 슬쩍 다가와 아쉬움을 표하며 말했다.

"다음에 기회가 된다면 좋겠어요. 당신이 미국을 얼마나 사랑하는지 저는 알아요. 당신이 미국인이 되면 좋겠어요."

고연주는 대답했다.

"네, 꼭 기회가 있었으면 좋겠어요. 저는 미국을 사랑해요."

그러자 선교사는 고연주의 어깨에 손을 올리고서 이렇게 덧붙였다.

"신원보증을 해줄 사람이 있으면 좋아요. 미국인이면 더더욱 좋겠죠."

"그래요?"

"네."

"정말이죠?"

"그럼요."

그리고 그는 따뜻하게 웃으며 자신의 주소를 건네줬다. 신원보증. 그 말은 고연주를 완전히 사로잡았다. 그러니까 내가 믿을 만한 사람이라고 말해줄 사람을 찾으면, 그런 미국인을 찾으면, 미국에 갈 수 있다는 이야기지? 고연주는 심장이 쿵쿵거리는 걸 느꼈다. 당시 한국인에게 이민은 꿈같은 이야기였다. 특히 어린 여자 혼자 이민법의 벽을 넘는 건 거의 불가능했다. 그런데 도움을 구할 사람이 생긴 것이다. 심지어 그는 그녀에게 수시로 편지를 하라며 주소까지 남겼다. 세상에, 이건 기적이었다. 한쪽 문이 닫히면 다른 쪽 문이 열린다더니, 그 말이 사실이었다.

그러나, 고연주.

그 선교사가 유독 마음이 약한 사람이었다는 걸 그녀가 알았다면 뭔가 달라졌을까. 그래서 그게 그저 그녀를 달래기 위한 형식적인 인사였다는 걸 알았다면. 그녀에게 미련을 가득 안기는 것이 그가 남긴 마지막 배려였다는 것을 고연주가 알았다면. 알았다면!

어쨌든 그들이 떠난 후, 고연주는 학교를 나와야 했다. 그녀는 중화루로 갔다. 두 달 뒤 전쟁이 벌어질 거라는 걸 알았다면, 그래서 남동생이 학도병으로 징집되어 전사하고, 어머니와 큰오빠 내외와도 연락이 끊길 거라는 걸 알았다면 그런 선택을 하지 않았을 것이다. 하지만 고연주는, 삼 년 동안 알아서 먹고사는가 싶더니 갑자기 나타나 숟가락을 얹는 철없는 여동생이 되고 싶지 않던 열다섯 살짜리 여자애는 그렇게 했다. 청요릿집에서 서양인들에게 통역을 하는 일을 받아들였다. 사실 당시로서는 나쁘지 않은 선택이었다. 중화루는 끊임없이 사람들이 밀려드는 유명 음식점이었다. 해방 후 매출이 줄기는 했지만, 중화루는 여전히 중화루였다. 그렇지 않았다면 그들이 고연주를 왜 고용했겠는가. 그건 여유가 있었기 때문이다. 세상이 변하고 있었다. 서양인들은 그렇게 많이 찾아오지는 않았으나 어쨌든 종종 나타났고, 중국 음식에 호의를 보였다. 라이 가문은 그들에게 좋은 인상을 주고 싶었다. 글쎄, 어쩌면 그들은 이미 그때부터 이민을 준비했던 걸지도 모른다. 당장은 아니지만 차근차근, 새로운 무대를 준비하는 느낌으로.

여유가 넘칠 때는 언제나 순간의 판단만이 존재한다. 무엇이든 감당할 수 있을 것 같고, 시련은 얼마든지 극복할 수 있을 것 같다. 그해 6월이 오기 전까지 모두들 그랬다. 고연주, 라이 가문 사람들, 중화루에 드나들었던 많은 손님들. 그들이 어떻게 알았겠는가. 그 모든 희망이 다 부서지게 된다는 것을.

*

여기까지 듣는 동안, 나는 온 힘을 다해 집중했다. 흥미로웠다. 고연주와 중화루의 사연은 지금껏 들어본 적 없는 이야기였다. 하지만 집중할 수밖에 없었던 다른 이유도 있다. 박지운, 그러니까 진의 외할머니 이야기는 너무 두서가 없었다. 그녀는 1950년대 중화루에 대해 이야기하다가 갑자기 1918년 호리 가문의 쇠락에 대해 말하는가 하면, 느닷없이 고연주의 처지를 장황하게 늘어놓기도 했다. 어느 부분에서는 과도하게 몰입했고, 또 어느 부분은 설렁설렁 넘어갔다. 그녀는 모든 인물들에게 객관적인 태도를 취하는 듯했지만, 전지적인 권력을 휘두르는 걸 즐기는 것처럼 보이기도 했다. 이 사람은 이렇고, 저 사람은 저렇고, 하면서 말이다. 심지어 시기와 연도가 맞지 않는 경우도 있었고, 과연 이게 1950년대의 이야기가 맞는지 의심스러운 대목도 있었다. 하지만 내가 가장 혼란스러웠던 점은, 이 이야기의 화자가 한 명 더 존재한다는 사실이었다. 바로 진의 외할아버지.

뢰이한.

그는 라이 가문의 일원이자 중화루의 관리인이었다. 그는 가문 사람들이 이민을 갈 때 함께 가지 않았다. 1955년에도 중화루에 남아 있었다. 그러니까 박지운은 전남편이었던 뢰이한에게 들은 이야기를 자기 방식대로 우리에게 전해주고 있는 것이기도 했다. 때문에 나는 어디까지가 박지운이 직접 목격한 일이고, 어디서부터가 뢰이한에게 들은 이야기인지 구분할 수 없었다.

진짜 문제는 집에 돌아와 이야기를 정리하면서부터 시작되었다. 앞뒤가 맞지 않는 내용이 많다보니 하나의 서사로 꿰기가 쉽지 않았던 것이다. 이 이야기를 믿어야 할까? 나는 왜 이 이야기를 정리하려고 하는가? 이 이야기가 「니꼴라 유치원」과 무슨 상관이 있지? 하지만 나는 계속 그 이야기에 매달렸다. 그러고 싶었다. 적어도 박지운의 이야기를 정리하는 동안에는 괴이한 목소리들에 파묻히는 일이 없었기 때문이다. 그건 나의 상이 아니라 박지운의 상이었고, 악의에 찬 원한들도 그 세계까지는 침범하지 못했다. 하지만 박지운의 이야기를 이해하기 위해서는 나의 상상력이 필요했다. 자의적인 해석 없이는 인물들에게 이입하기가 힘들었던 것이다. 그렇다고 내가 그들을 모두 알게 되었다고 말하고 싶지는 않다. 나는 여전히 그들을 모른다. 어쩌면 모르기 때문에 이 이야기를 정리하는 일에 더더욱 매달린 건지도 모르겠다. 조금이라도 이해하기 위해서, 어떻게든 실체를 느껴보기 위해서. 이야기의 또 다른 등장인물, 지영현을 화자로 내세우면서까지 말이다.

　그것이 나의 최선이었음을 우선 말해두고 싶다.

2부

go away, Eleanor,
we don't want you any more,
not in *our* Hill House,
go away, Eleanor,
you can't stay *here*

– Shirley Jackson, *The Haunting of Hill House*

1

그들은 목적지가 분명해 보였다. 특히 남자 쪽이 그랬다. 그는 툭 불거진 매부리코에 덥수룩한 수염이 눈에 띄는 백인이었는데, 배에서 내릴 때부터 손에 종이 한 장을 들고 있었다. 아마 약도인 모양이었다. 꽤 믿음직스러운 정보인 듯했다. 확신에 찬 눈길로 종이와 항구 주변을 몇 번 번갈아 바라보더니, 망설이지 않고 곧장 앞으로 걸어나갔으니까. 나는 조금 놀랐다. 설사 그가 이 도시에 수없이 많이 와봤다고 해도, 이곳은 그에게 외국일 터였다. 언제든 떠날 곳이지 머무를 곳은 아니었다. 그런데…… 무엇이 저 사람을 저렇게 당당하고 편안하게 만드는 것일까.

어쩌면 내 생각이 틀렸는지도 모른다. 그래, 그냥 내 기분 탓인지도. 인천의 이 항구 동네에서 지낸 지 벌써 오 년이 되었지만,

나는 여전히 어디서든 겉돌았다. 시장에서, 거리에서, 항구에서, 그리고 당숙모의 집에서. 모든 것이 낯설고 어색했다. 때문에 나는 저 남자의 위풍당당한 걸음걸이와 여유 있는 표정이 놀라울 수밖에 없었다.

그래서였을까.

나는 그의 뒤를 쫓았다. 그리고 이내 큰길을 사이에 두고 그를 따라 천천히 걸었다. 아마 연주가 알면 별로 좋아하지 않을 것이다. 그녀는 언제나 말했다. 인천항에 도착한 외국인들은 신경쓰지 말라고. 그들은 늘 갈 곳이 정해져 있다고 했다. 정해진 숙박업소로 가거나 기차를 타고 곧장 서울로 간다는 뜻이었다. 그건 내게 건네는 충고였다. 그러니까 말도 안 통하는 외국인들을 상대하며 시간 낭비하지 말고, 어수룩해 보이는 한국인 부두 노동자나 이방인들에게 접근하라고. 지난 두 달간 연주와 함께 일하면서 나는 그 말을 어긴 적이 없었다. 하지만, 나는 알고 있었다. 연주가 호객을 할 때는 언제나 외국인들에게 먼저 시선을 둔다는 것을.

그럴 때 연주는 마치 무언가에 홀린 듯했다. 그러니까, 무언가에 매혹된 것 같았다. 그래. '매혹'. 어릴 적, 옆집 친구에게서 배운 단어이다. 그 아이는 말했다. '매혹되었기 때문에' 어찌할 수 없는 상황에서 어쩔 수 없이 행동하게 되는 것이라고. 나는 아주 오랫동안 그 단어를 기억했다. 물론 그 친구가 알려준 단어는 그것뿐이 아니다. 동등, 중단, 평등, 사랑…… 이런 표현도 있었다. '매력적이다'. 그리고 '아름답다'. 그애는 이런 말들을 아무렇지 않게 썼고 서슴없이 내게 가르쳐주었다. 생각해보면, 그애 역시 매혹되었던 것 같다. 나를 가르치는 일에 말이다. 성취감을 느낄 수 있었을 테니까. 이전과는 다른 사람이 된 듯한 기분이 좋았겠지.

이제 그 친구는 세상에 없다.

그 순간, 남자가 내 쪽으로 고개를 불쑥 돌렸다. 나는 흠칫 놀라 그 자리에 섰다. 다행히 그가 바라본 건 내가 아니었다. 그는 내 뒤쪽의 항구를 가리키며 옆에 선 일행에게 뭐라 뭐라 큰 소리로 떠들었다. 일행 역시 백인이었다. 나는 자연스레 그쪽으로 시선을 옮겼다. 여자는 남자의 말에 별다른 반응을 하지 않았다. 가볍게 고개를 끄덕일 뿐이었는데, 웃는 것 같기도 하고 무표정해 보이기도 했다. 어쨌든 남자와는 분위기가 많이 달랐다. 쾌활함이 없었다. 눈빛에 경계심이 가득했고, 다소 예민해 보였다. 아, 익숙한 표정이었다. 자신이 딛고 서 있는 곳을 낯설어하는 얼굴. 그 친숙한 느낌이 우스워 나는 피식 웃었다. 생김새도 완전히 다르고 말도 안 통하는데, 심지어 저 사람은 잘난 외국인인데 뭐가 그렇게 비슷하게 느껴진단 말인가. 실제로 여자와 나는 정말 달랐다. 그녀는 테가 굵은 검은색 안경을 썼고, 약간 통통했다. 나이는 알 수 없었다. 삼십대? 사십대? 어려 보이지는 않았다. 결혼은 한 것 같았다. 아마 저 남자가 여자의 남편일 것이다. 음. 아이도 있을 것 같았다. 허리에서 엉덩이로 이어지는 몸의 곡선이 연달아 아이

넷을 낳은 당숙모와 흡사했기 때문이다. 하지만 머리숱은 당숙모보다 저 여자가 훨씬 많았다. 나보다도 많아 보였다. 곱슬거리는 갈색 머리카락을 하나로 모아 올려 묶었는데, 그 모양이 독특했다. 어떻게 하면 머리를 저렇게 둥글게 말 수 있지? 아주 잠시, 나는 그녀와 똑같은 머리를 한 나를 상상해보았다. 뻣뻣한 단발 대신 길고 부드러운 머리카락을 지닌 나. 머릿결이 반짝반짝 빛나는 나. 화려하게 구불거리는 머리카락이 돋보이는 나…… 어색하기 짝이 없었다. 그러다 불현듯, 그 머리가 잘 어울리는 사람이 생각났다.

연주.

그녀도 길고 구불거리는 머리카락을 한 갈래로 올려 묶곤 했다. 물론 저 여자와 모습이 같지는 않았지만, 뭐랄까, 분위기가 묘하게 비슷했다. 순간순간 어딘가를 바라보는 시선이 날카로워지는 것. 살짝 입술을 깨물며 심각한 표정을 짓는 것. 무언가에 도전하는 듯한 얼굴로 저편을 바라보는 것……

그러자 정말로 저 여자가 친숙하게 느껴졌고, 나도 모르게 그들에게 바짝 다가서고 말았다. 그 순간 여자가 옆을 확 돌아봤다. 그녀와 눈이 마주쳤다. 나는 깜짝 놀라 그 자리에 섰다. 그녀가 의심스러운 눈빛으로 나를 쳐다보았다. 목덜미가 뜨겁게 달아올랐다. 아, 어쩌지? 기분이 상했나? 화가 났나? 어떻게든 이 상황을 자연스럽게 만들어야 했다. 나는 다급히 입을 열었다.

"하이!"

여자가 나를 물끄러미 바라보다 대답했다.

"Hi."

그러자 남자도 나를 돌아보았다. 무슨 일이냐는 표정이었다. 목덜미의 열기가 온몸으로 빠르게 퍼져나갔다. 나는 속으로 발을 동동 굴렀다. 아, 이제 어떻게 하지? 초조하고 두근거렸다. 동시에 어떤 뻔뻔함이 목구멍까지 불쑥 밀려올라왔다. 어떡하긴 어떡해. 이렇게 된 거 말이나 걸어봐야지. 못할 게 뭐 있어.

사실, 그게 내가 하는 일이었다. 하룻밤 머물 곳을 찾는 낯선 이들에게 말을 거는 것. 따뜻한 잠자리와 식사를 제공하겠다며 은근슬쩍 그들의 손을 잡아끄는 것. 그래서 중화루, 아니 대불호텔로 데려가는 것.

나는 빠르게 말을 이었다.

"아 유 루킹 포 호텔? 아이 우드 라이크 투 인트로듀스 유."

여자가 남자에게 뭐라고 말을 건넸다. 남자가 대답했다. 나는 그 말을 알아듣지 못했다. 아쉽게도 이게 내 영어 실력의 한계였다. 아니다. 이건 실력도 아니었다. 혹시 모를 순간을 위해 연주가 알려준 문장을 대충 외워두었을 뿐이다. 나는 늘 한국인들만 상대했다. 어수룩한 부두 노동자들. 가난한 여행자들. 쉴 곳이 필요한 정체 모를 사람들. 그들과는 대화가 길어지는 법이 없었다. 한때 호리 일가가 성공한 이유가 무엇이겠는가. 대불호텔은 항구에서 무척 가까웠다. 엎어지면 코 닿을 거리였다. 항구에서 길을 잃고 헤매는 낯선 이들을 대불호텔까지 데려가는 일은 아주 쉬웠다. 이 길이 맞는 건가, 제대로 가는 건가, 슬며시 이런 생각이 들 때면 대불호텔의 높은 굴뚝이 바로 눈에 들어오곤 했으니까.

"No!"

남자가 단호한 목소리로 내게 말했다. 나는 남자의 말을 알아듣고 곧장 미소를 지으며 뒤로 물러났다. 여자의 표정을 슬쩍 살폈다. 그녀는 남자의 그런 태도에 별로 불만이 없어 보였다. 무표정했다. 이상한 일이었다. 그 순간 그녀에게 느꼈던 친근감이 아주 빠르게 스르륵 사라졌던 것이다.

그래, 어쩔 수 없지 뭐.

밑져야 본전이라는 건 이런 걸 두고 하는 말이리라. 나는 뒤돌아섰다. 그래도 말은 걸어봤으니까. 더 애를 쓸 필요는 없다. 쓸데없는 호기심을 가질 필요도 없다. 그래. 더는 매혹되지 말자. 이것으로 충분하다. 하지만 마음이 답답해서 나는 항구를 향해 되돌아가며 혼자 중얼거렸다.

"손님이 없으니까 아주 별짓을 다 하는구나."

정말로 며칠째 손님을 한 명도 못 찾았다. 그리고 벌써 오후 세시가 넘었다. 나는 한숨을 쉬며 텅 빈 거리를 혼자 걸었다. 그러다 문득, 자리에 멈춰 섰다.

저 두 사람, 어디로 가는 거지?

혹시?

나는 재빨리 돌아섰다. 그들이 걸어가는 방향에는 대불호텔이 있었다. 나는 그들을 눈으로 좇았다. 조금 멀어지긴 했지만 두 사람은 여전히 내 시야에 있었다. 나는 다시 천천히 그들의 뒤를 따랐다. 남자가 쪽지를 든 손으로 저 앞 어딘가를 가리켰다. 그 손끝을 따라 나는 고개를 들어올렸다. 일본식 기와를 얹은 대불호텔의 지붕이 보였다.

와.

이게 웬일이야?

더 깊이 생각하지 않았다. 거리를 가로질러 골목으로 뛰어들어갔다. 두 사람보다 내가 먼저 대불호텔에 도착해야 했다. 내가 그들을 데려왔다고 말해야 했다. 그들의 생각이나 판단은 전혀 중요하지 않았다.

고연주.

내게는 그녀만이 중요했다.

물웅덩이 위를 뛰었다. 종아리에 차가운 흙탕물이 튀었다. 호텔 건물 뒤편이 보였다. 나는 더 속도를 냈고 뒷문 계단을 빠르게 뛰어올랐다. 문을 힘껏 당겨 열자, 기름지고 고소한 냄새가 확 풍겼다.

문 옆에서 음식물 쓰레기를 정리하고 있던 뢰이한이 나를 매섭게 바라보았다. 먼지투성이로 어디 부엌에 들어오느냐는 힐난이 눈빛에 가득 담겨 있었다. 그는 내게 뭐든 한마디 쏘아붙이고 싶은 듯했지만 이내 혀를 차며 시선을 돌렸다. 나는 그 틈을 타 부엌을 빠져나가 계단을 뛰어올랐다.

언제 폐업할지 모르는 상태이긴 했지만 그래도 중화루는 중화루였다. 대부분 청인들로 이루어진 이 청요릿집 사람들은 나 같은 외부인, 그러니까 한국인이 부엌을 드나드는 걸 좋아하지 않았다. 특히 뢰이한이 그랬다. 그는 나와 나이는 비슷했지만 무척 깐깐하고 무뚝뚝한 남자로, 부엌방에서 숙식하며 중화루를 관리하는 일을 했다. 일종의 소사小使인 셈이었는데, 듣기로는 야박하기로 소문난 지배인 차오의 배려 덕분이라고 했다. 뢰이한은 중화루를 창립한 라이 가문의 일원이고, 차오 가문과 라이 가문은 매우 돈독한 사이였다. 그러니 가게가 어려워도 계속 붙어 있을 수 있는 거라고 했다. 하지만 항간에는 차오의 배려가 그저 동정에 불과하다는 말도 있었다. 뢰이한은 청관 거리의 유명한 망나니였던 뢰진추, 그러니까 과거 중화루의 지배인이었던 뢰진한의 막냇동생이 청인 기생과의 사이에서 낳아 데려온 자식이었던 것이다. 그래서였을까. 뢰이한은 라이 가문 사람이면서 그들과 완전히 섞이지 못했다. 결국 그는 집안 사람들이 모두 미국으로 이민 갈 때 홀로 한국에 남겨졌다. 뢰진추가 살아 있었다면 이야기는 조금 달라졌을

것이다. 하지만 그는 평생 그랬던 것처럼 아들에게 끝까지 도움이
되지 못했다. 전쟁통에도 마작을 하러 나갔던 그는 폭탄을 맞은
건물이 무너질 때 거기에 깔려 죽었다. 그뒤부터 뢰이한은 중화루
의 부엌방에서 살기 시작했다. 언젠가 한밤중에 한국인들이 몰려
와 소리를 지르며 소란을 피웠을 때에도 그는 방에 홀로 가만히
앉아 있었다. 그들은 건물에 돌을 던지고 침을 뱉으며 악을 썼다.

"되놈들은 여기서 나가라. 이 땅에서 나가. 사라져. 사라져버려!"

나가.

여기서 나가.

나는 금세 삼층으로 향하는 계단에 도착했다. 걸음을 내디딜 때
마다 가파른 나무 계단이 삐걱댔다. 나는 소리쳤다.
"연주야! 손님이야!"
목소리가 크게 울려퍼졌다. 낡아빠진 이 건물에서는 늘 소리가
이런 식으로 이상하게 울렸다. 목소리를 작게 내면 크게 들렸고,
크게 말하면 속삭임처럼 가라앉았다. 때로는 길고 긴 메아리가 되
어 돌아오기도 했다. 그때마다 나는 기이하게 뒤틀린 내 목소리에
조금 놀라곤 했다. 연주는 홀 때문이라고 설명했다.

홀.

삼층에 올라서자마자 보이는 커다랗고 넓은 공간. 한때 그곳은 사람들로 가득했다. 대불호텔을 찾은 이들의 사교장이었고, 중화루에서 가장 많은 손님을 수용하던 곳이었다. 하지만 이제는 관리하기 힘든, 쓸데없이 넓은 공간에 불과했다. 햇빛이 들지 않는 쪽으로 밀어둔 커다란 테이블과 의자 위에는 매일 먼지가 쌓였고, 호텔 시절부터 있던 피아노는 조율되지 않은 상태로 벽난로 옆에 덩그러니 놓여 있었다. 그 벽난로 위에는 한때 세련되게 반짝거리던 꽃 모양의 청동 장식이 있었는데, 전쟁중에 누가 몰래 들어와 훔쳐갔다. 그래서 이제는 뜯겨나간 자국만 흉물스럽게 남아 있었다. 연주는 그 보기 싫은 벽면에 대불호텔 간판을 걸어두었다. 그래봤자 나무판자로 만든 작은 안내판에 불과했지만, 어떤 면에서는 꽤 그럴싸했다. 아니, 대단했다. 과거가 되돌아온 것이었으니까.

연주가 끝끝내 이 건물에서 살아남은 것처럼.

작년에 뢰이한을 제외한 라이 일가가 모두 이 건물을 떠나자 연주의 운명도 갈림길에 놓였다. 차오는 가게를 넘겨받자마자 직원 절반을 해고하고 삼층을 폐쇄했다. 사실 차오는 가게를 제대로 운영할 생각이 없었다. 그가 중화루를 떠맡은 건 오직 라이 가문과의 친분 때문이었다. 그 역시 미국으로 이민을 갈 예정이었다. 하지만 그가 운영하던 정육점의 처분이 늦어졌고, 그 때문에 계획을 몇 년 늦추게 되었다. 그 김에 라이 가문의 부탁으로 중화루를 처분하는 일까지 함께 맡았던 것이다. 그는 중화루를 다시 부흥시키거나 새롭게 시작해볼 생각이 전혀 없었다. 그는 자신의 역사를 이 인천 바다에 띄워 보낸 뒤, 다른 이들을 따라 훌쩍 떠나버릴 생각이었다. 그래서 왜 아직도 중화루에 기거하고 있는지 모를 여자, 고연주를 내쫓으려 했던 것이다.

그러나 실패했다.

소문에 고연주가 중화루에 그렇게 오래 머무르고 있는 건 라이 가문 누군가의 여자였기 때문이라고 했다. 차오는 조금 결벽적인 구석이 있는 남자라서 그 소문에 진저리를 냈다. 그는 아무리 버릴 물건이라 해도 중화루가 그런 추잡한 입방아에 오르내리는 건 원치 않았다. 그래서 종업원들을 불러모아 당장 고연주를 내쫓으라고 말했다. 그런데 누구도 나서지 않았다. 어이없어하는 차오에게 뢰이한이 고연주에 대한 또다른 소문을 전했다.
"걔는 건드리면 안 돼요."
"뭐라고? 왜?"
"귀신 붙은 년이거든요."

들어보니, 이 건물에서 고연주를 내보내려는 시도는 이번이 처음이 아니었다. 전쟁이 시작된 지 얼마 되지 않아, 뢰진한은 영업을 정리하며 고연주에게 나가달라는 말을 했다. 통역사를 두던 화려한 시절은 끝났던 것이다. 고연주는 당장 갈 곳이 없으니 중화루에서 일하게 해달라고 간청했다. 부엌일이든 청소든 뭐라도 하겠다고 말이다. 그간의 정이 있는지라 뢰진한은 거절하지 못했다. 그러나 고연주가 부엌일을 시작한 지 며칠 되지 않아 종업원 몇몇이 호시탐탐 기회를 노리며 그녀에게 접근했다. 그중 조리사 한 명은 직원들 전부가 알 정도로 악질이었다. 그는 눈치를 보며 고연주를 꾀어내거나 슬슬 간을 보며 구석으로 몰아가는 짓조차 하지 않았다. 사람들은 그가 고연주의 뒤를 집요하게 쫓고, 만지고, 위협해도 모른 척했다.

그리고 무슨 일이 벌어지긴 했다.

주말 밤이었던가. 그가 술에 취해 고연주가 기거하는 삼층으로 올라갔다. 슬쩍슬쩍 만지는 일이 지겨웠던 모양이다. 이제는 단행해야 한다고 생각했던 모양이다.

방문은 열리지 않았다. 그는 문을 두드리고 소리를 질렀다. 발로 문을 차며 말했다. 두고 봐라. 내가 이 문을 열고 만다. 조막만한 계집이 감히 어디서 문을 닫아. 네 버르장머리를 고쳐놓고 말것이다. 그리고 돌아 나와 계단을 밟자마자 그는 균형을 잃었다. 굴러떨어졌다.

목뼈가 부러졌다.

이야기를 다 들은 차오가 물었다.

"그래서 어쨌다는 거냐?"

뢰이한은 대답하지 않았다. 차오는 웃으면서 뢰이한의 어깨에 손을 올렸다. 그러더니 아무 감정이 실리지 않은 말투로 이렇게 말했다.

"너는 아버지를 닮았구나."

차오는 거친 일을 대신 할 사람들을 고용했다. 그들에게도 일이 생겼다. 한 명은 잠긴 문을 흔들다가 팔이 빠졌고, 다른 한 명은 계단을 오르기도 전에 머리가 아프다며 쓰러졌다. 결국 차오가 직접 나섰다. 그는 고연주를 끌어내기 위해 삼층으로 뛰어올라갔다. 그리고 마지막 계단에 발끝을 딛는 순간, 미끄러졌다. 계단에서 굴러떨어졌다. 발목을 심하게 접질린 그는 신음을 흘렸다. 그러나 그는 운이 좋았다. 누구보다 차오 자신이 가장 잘 알았다. 바닥에 쓰러진 후, 고통을 참으며 고개를 들자 딱딱한 벽이 바로 눈앞에 버티고 있었던 것이다. 그는 목뼈가 부러질 수도 있었다.

이후 차오는 연주를 내버려뒀다. 대신 한 가지 조건을 붙였다. 이 건물에 머물고 싶으면 반드시 일을 해야 한다는 것이었다. 이전부터 해왔던 허드렛일을 말하는 건가 싶었는데, 놀랍게도 차오는 연주에게 중화루 삼층을 내주면서 대뜸 숙박 운영을 하라고 명령했다. 사람들은 이게 무슨 일이냐고, 왜 새파란 어린애에게 돈을 만지게 하는 거냐고, 혹시 차오와 연주도 그렇고 그런 사이 아니냐고 수군거렸지만 사실 달라진 건 아무것도 없었다. 오히려 좋지 않았다. 연주는 온종일 일을 해야 했다. 삼층 복도와 홀, 방을 매일매일 청소하고 관리해야 했다. 무엇보다 손님을 끌어모아야 했다. 그러지 않으면 차오에게 약속한 월세 오천 환을 낼 수 없었다. 차오는 그런 식으로 연주를 내보내려 했다. 내쫓을 수 없다면, 제 발로 걸어나가도록 말이다. 그런데 의외의 일이 벌어졌다. 연주가 일에 열정을 보인 것이다.

중화루 삼층을 다시 연 날, 그녀는 벽에 대불호텔 간판을 걸었다. 그리고 아침부터 인천항을 돌아다니며 호객을 했다.

"조식을 포함한 숙소! 하루에 일천 환!"

시내 여관비가 대충 천오백 환 정도 했으니, 아주 저렴한 가격이었다. 하루이틀 묵어가려는 손님이 한 달에 대여섯 명은 꼭 있었다. 물론 구설수에 오르긴 했다. 내일모레 스무 살인 여자애가 항구를 돌아다니며 하룻밤 지낼 곳이 있다고 떠들고 다녔으니 말이다. 연주를 따라온 어떤 남자는 대불호텔이 진짜 '숙소'라는 것을 알고 화를 내기도 했고, 어떤 남자는 밤새 연주의 방 문을 두드리기도 했다. 그러나 연주에게는 무슨 일도 일어나지 않았다. 밤이 되면 그녀의 방 문은 철통같이 닫혔고, 그녀를 노리는 자들은 호텔 어딘가에 부딪혀 넘어지거나 봉변을 당했다. 그러나 오직 잠만 잔다면, 그 어떤 일도 일어나지 않았다. 고요한 밤이 선물처럼 그들의 꿈에 내려앉았다. 하지만 사람들은 쑥덕거렸다. 연주가 화교의 첩실 노릇도 부족해 이제는 몸까지 팔려 든다고 말이다. 그리고 또 말했다.

"아이고, 귀신이 들러붙지 않고서야 저런 팔자는 없지."

나는 그 말을 종종 따라 하곤 했다.

저런 팔자는 없지. 저런 팔자는 없어.

어쨌든 연주의 사업은 나쁘지 않게 돌아갔다. 차오는 연주를 내쫓지 못했고, 그렇다고 해서 기쁜 마음으로 머물게 하지도 못했다. 그에게 연주는 비쩍 마른 계륵이었다. 그러던 어느 날, 그러니까 지난 7월에 연주가 백인 남자 한 명을 데려왔다. 그녀는 유창한 영어로 그와 대화를 나누더니 차오에게 그를 소개했다. 아시아 역사를 공부하는 사람이라고 했다. 이름은 헨드릭 하멜. 그녀는 차오에게 속삭였다.

"이 건물이 아주 옛날에 지어진 유서 깊은 호텔이고, 지금은 중국의 전통요리를 전수하고 있다고 말했어요."

차오가 연주를 향해 눈을 가늘게 떴다. 뭔가를 생각하는 눈치였다. 차오는 예리한 눈빛으로 중화루 여기저기를 돌아다니는 헨드릭 하멜을 바라보았다. 그는 연주의 안내를 받으며 이곳저곳을 관찰하고 사진을 찍고, 메모를 했다. 그날 저녁, 차오는 온갖 재료를 공수해서 산둥 지방의 요리를 만들어 냈다. 입맛에 맞지 않았는지 헨드릭 하멜은 음식을 거의 다 남겼다. 대신 꽤 큰 돈을 지불하고 갔다. 근래 차오가 벌어들인 돈 중 가장 거금이었다.

다음날 차오는 연주를 불러 말했다.

"좀더 지켜보마. 잘 유지해라."

그때부터다. 연주가 내게 부탁을 했다. 대불호텔의 호객을 도와달라고.

*

"영현이니?"

뒤에서 연주의 목소리가 들렸다. 이어 탁탁, 복도를 밟는 경쾌한 발소리가 이어졌다. 그녀는 금세 내 옆으로 다가와 섰다. 허리까지 내려오는 머리카락을 둥글게 말아올린 모습이었다. 그녀가 상기된 표정으로 입을 열었다.

"손님 찾았어?"

"응. 외국인 두 명."

그녀는 턱을 조금 들어올렸다. 살짝 갈라진 턱끝이 나의 시야에 들어왔다. 그녀가 물었다.

"외국인? 외국인들을 잡았어? 그런데 왜 혼자 들어와?"

"응, 곧 들어올 거야."

순간 자신이 없어졌다. 만일 두 사람이 이곳을 찾아오던 게 아니라면? 성급한 마음에 내가 실수를 저지른 것이라면? 그러나 나는 연주에게 확실치 않다는 말을 차마 할 수 없었다. 그녀의 얼굴을 보니 더더욱 그럴 수 없었다. 나는 얼른 시선을 다른 곳으로 옮겼다. 결국 티가 난 모양이었다. 연주의 표정이 약간 딱딱해졌다. 나는 눈을 질끈 감았다 떴다. 후회가 되었다. 역시 항구를 더 돌아다녀봐야 했을까. 나는 슬며시 연주를 쳐다보았다. 조금 굳은 표정만으로는 무슨 생각을 하는지 전혀 알 수 없었다. 젠장. 급했다. 너무 급했어. 며칠째 손님이 한 명도 없었고, 나는 연주에게 좋은 소식을 가져오고 싶었다.

한 사람에 백오십 환. 연주는 데려오는 사람 수만큼 값을 쳐줬고 별다른 흥정도 하려 들지 않았다. 돈을 번 날, 나는 당숙모 앞에서 당당했다. 다리를 뻗고 잠들었다. 그리고 눈을 떴다. 생각했다. 지영현, 겨우 이런 걸로 안심하는 거야? 안 돼. 안심하지 마. 더 긴장해.

1950년 9월 10일, 나는 부모님과 오빠, 그리고 언니까지 모든 가족을 잃었다. 그날, 마을 사람들이 많이 죽었다. 폭격이 있었다. 아마 그 일이 아니었다면 나는 계속 월미도의 그 작은 마을에서 살았을 것이다. 그럴 수 있었을 것이다. 뒤틀린 무언가를 제자리로 돌려놓기 위해, 아니면 뒤틀린 채로 계속 살아가기 위해 섬 밖으로 나올 일은 없었을 것이다. 그러나 그날 인생이 뒤집힌 사람은 나만이 아니었다. 그날 당숙은 우리 가족과 함께 있었다. 그 역시 가족들과 함께 즉사했다. 나는 종종 궁금하다. 당숙모의 삶을 뒤틀어버린 건 당숙일까, 아니면 나일까.

당숙은 아버지가 가장 가깝게 지낸 사촌형이었고, 월미도에서 가장 가까운 곳에 살았다. 그래서 나는 그녀를 찾아가기로 했다. 하지만 진실은, 다른 선택의 여지가 없었던 것뿐이다. 폭격 이틀 전, 아버지는 경찰을 잡으러 가는 좌익 청년단을 트럭에 태워줬다. 어머니는 그들에게 저녁밥을 해주었다. 하지만 부모님은 좌익이 아니었다. 그저 매혹되었을 뿐이다. 그 상황에, 순간에, 어찌할 바 모르고 그냥 말려들었을 뿐이다. 그들은 세상이 바뀌면 바뀌는 대로 그냥 살아가는 사람들이었다. 당숙 역시 마찬가지였다. 그 역시 우연히 사촌의 집에 갔다가 폭탄을 맞은 것이었다. 하지만 바로 그 때문에 나는 당숙모를 찾아갈 수밖에 없었다. 아, 그때를 생각하면 아찔하다. 여기저기서 우익들의 고발이 벌어지고 있었다. 우리 마을에도 가족의 복수를 하겠다며 도끼를 들고 날뛰는 아저씨가 있었다. 청년단과 관련된 모든 사람을 다 죽여버리겠다고 했다. 그리고 그는 정말로 몇 명을 죽였다. 정말 죽였다. 한마을에서 함께 살던 사람들을 죽여버렸다. 아아, 나는 무서웠다. 그를 피해야 했다. 어디로든 가야 했다. 마을에서 사라져야 했다. 하지만 어디로? 누구를 찾아서? 나는 당숙모를 떠올렸다. 물론 다른 친척들도 있었다. 그들의 주소 역시 알고 있었다. 하지만 누구도 믿을 수가 없었다. 누가 나를 받아줄까? 청년단을 태우고 운전을 한 아버지와 그들에게 저녁밥을 해준 어머니. 소문이 날 대로 나 있었다. 나는 나를 받아줄 사람을 생각해내야 했다. 그게 당숙모였다. 당숙은 사정을 잘 알았으니까. 우리와 가장 가까이 지낸 친척이었으니까. 그래서…… 함께 죽었으니까. 그렇다면 당숙모는 나를 이해해주지 않을까. 나를 받아주지 않을까? 겁은 났다. 그녀가 나를 고발할 수도 있었으니까. 저년도 부역자의 딸이오. 지금 고향에서 도망쳐 이 바닷가로 숨어들었소! 충분히 그럴 수 있었다. 그러나 그럼에도 불구하고 나는 당숙모를 찾아갔다. 아아, 나는 그때 고작 열다섯 살이었다. 내가 생각해낼 수 있는 전부란 겨우 그런 것이었다. 당숙모를 붙잡고 외치는 것.

"숙모! 저 영현이예요. 저 기억하세요? 기억하시죠?"

그리고

살려주세요.

제발 살려주세요. 뭐든 할게요. 뭐든지 할게요.

이후 나는 늘 기억했다. 당숙모가 나를 거둬줬다는 사실을. 삯바느질을 하고 떡을 팔며 홀로 네 아이를 키우는 여자가, 먼 친척 아이를 떠맡게 되었다는 사실을. 비밀을 떠안아줬다는 사실을. 그걸 절대 잊어서는 안 되었다. 그래서 나는 최선을 다했다. 집안일을 하고, 바느질감을 나르고, 동생들을 돌보고, 시장에 나가 떡장사를 도왔다. 내가 할 수 있는 모든 것을 했다. 당숙모는 내가 하는 일을 당연하게 여겼다. 벌어온 돈을 모두 가져갔다. 종종 내게 넌지시 물었다. 오늘은 어디 안 나가니? 그러면 나는 냉큼 대답했다. 나갈게요! 나가서 뭐든 할게요! 나는 그것이 잘못되었다고 생각하지 않았다. 당숙모에게는 내게 그렇게 말할 권리가 있었다. 다만…… 궁금했다. 나는 계속 두려워하기를 원하는 걸까. 아니면 더는 두려워하고 싶지 않은 걸까. 안심하고 싶은 걸까. 아니면 계속 의심하고 싶어하는 걸까. 나는 당숙모의 사랑을 원하는 걸까. 인정을 받고 싶은 걸까. 내가 당숙모에게 느끼는 감정은 무엇일까. 죄책감일까, 미안함일까, 아니면 원망일까. 미안함이 원망이 될 수 있는 걸까? 그러면 당숙모도 나를 원망할까. 미안해할까? 미안하다면 대체 무엇을 미안해할까.

아래층이 소란스러워졌다.

"손님들 올라가요!"

뢰이한의 목소리였다. 이어 나무 계단이 삐걱거리는 소리가 들려왔다. 연주의 표정이 밝아졌다. 그녀는 접어 올렸던 소매를 단정히 펴고, 바지 무릎께를 탁탁 털어 옷매무새를 정리했다. 손을 가지런히 모으고 홀 앞에 섰다. 어깨를 펴고 여유 있는 미소를 지었다.

두 사람이 삼층으로 올라왔다. 역시 그들이었다. 백인들. 여자와 남자. 그 사람들. 다행이었다. 나는 몰래 안도했다. 연주가 허리를 굽혀 인사했다.

"Welcome. Please come in."

남자는 연주가 영어를 할 줄 안다는 걸 알고 매우 기뻐했다. 나를 대할 때와는 태도가 달랐다. 그는 꽤나 친절한 목소리로 연주에게 이런저런 질문을 했다. 연주가 싹싹하게 대답했다. 호텔에 관한 내용인 것 같았다. 숙박비와 방 위치, 아래층 화장실 이용법, 아침식사 시간 같은 것 말이다. 뒤에 선 여자는 천천히 주위를 살폈다. 그들은 내게 눈길을 주지 않았다. 나는 슬금슬금 옆으로 걸어가 벽에 기대섰다. 그들을 바라보며, 손바닥으로 대불호텔의 벽을 매만졌다. 차갑고 거칠거칠한 벽돌 벽.

연주의 표정이 보기 좋았다. 그래. 저 당당한 얼굴 때문에 나는 늘 그녀에게 좋은 소식을 가져오고 싶은 것이다. 한 명당 백오십 환, 꼭 그것만이 전부는 아닌 것이다. 연주를 대할 때는 당숙모를 마주하고 있을 때처럼 마음이 옥죄어오지 않았다. 그녀는 내게 일을 맡겼고, 나는 그에 부응하면 됐으니까. 그래, '동등'.

우리의 관계는 동등했다. 그녀가 자신감 넘치는 미소를 지을 때마다 내 마음속에 깊이 자리잡고 있던 어떤 불길한 씨앗이 훅 뽑혀나가는 기분이 들었다. 사람들은 말했다. 연주에게는 귀신이 붙었다고. 드센 팔자라고. 하지만 연주는 끝끝내 살아남았다. 그녀에게 들러붙은 귀신은 그녀를 해치려 한 이들의 목뼈를 부러뜨렸다. 계단에서 밀어 넘어뜨렸다. 누구도 그녀를 내쫓지 못했고, 그녀를 쫓아오지도 않았다. 괴롭히지 못했다. 그리고 그녀는 오히려 과거의 목덜미를 잡고 되돌아왔다. 그래. 연주야말로 이 건물의 진짜 주인이었다. 이 단단하고 웅장한 벽의 보호를 받는 사람! 아, 나도 그럴 수 있다면. 부디 귀신이 나도 '동등'하게 잡아먹어준다면. 그래서 나는 종종 중얼거리곤 했던 것이다. 주문을 외웠던 것이다.

저런 팔자는 없지. 저런 팔자는 없어.

"Hi."

익숙한 목소리에 나는 고개를 들었다. 여자였다. 그녀가 나를 쳐다보고 있었다. 내가 왜 이곳에 있는지 궁금한 듯했다. 나는 고개를 살짝 끄덕여 인사를 하고서 곧장 연주의 눈치를 봤다. 연주는 아직 남자와 대화를 하고 있었다. 여자가 뭐라고 내게 말을 건

냈다. 나는 멍하니 그녀의 얼굴을 바라보다가 시선을 바닥으로 떨구었다. 여자의 말이 이어졌다. 내게 건네는 말인지, 아니면 남자에게 건네는 말인지 알 수 없었다. 어쩌면 연주에게 하는 말인지도 몰랐다. 괜히 두근거렸다. 걱정할 일은 전혀 없었다. 뭘 걱정한단 말인가. 연주에게 내가 이들을 데려온 것처럼 군 것? 그게 이들을 불쾌하게 만들 일인가? 아니라고 하면 그만이다. 연주에게 잘 설명하고, 돈이야 받지 않으면 그만 아닌가. 하지만 심장이 터질 듯이 쿵쿵대고, 목구멍이 꺼끌거렸다. 여자의 목소리가 점점 높아졌다. 무슨 일이지? 그녀는 화를 내고 있었다. 왜? 어째서? 식은땀이 흘렀다. 우선 기다리자. 내가 설명할 수 있는 순간이 올 거야. 그때 연주의 목소리가 들렸다. 여자 못지않게 화가 난 말투였다. 연주의 목소리가 점점 커졌다. 세상에, 나는 연주가 저렇게 큰 소리로 말하는 걸 들어본 적이 없었다. 나는 계속 바닥에 시선을 고정한 채 손을 쥐었다 폈다. 두 사람의 목소리가 한껏 팽팽해졌다. 가라앉지 않았다. 홀을 가득 메웠다. 이제 그들은 서로에게 소리를 지르기 시작했다. 홀이 둥둥 울렸다. 공기가 흔들리기 시작했다. 제발. 그만. 그만해. 결국 나는 고개를 들고 소리쳤다.

"연주야, 그게 아니야!"

그러나 나는 말을 더 잇지 못했다. 내 앞에는 아무도 없었다. 그들은 모두 복도에 있었다.

홀에는 오직 나 혼자뿐이었다.

*

 그날 연주와 여자 사이에는 아무 일도 없었다. 집에 돌아갈 무렵, 혹시 무슨 일 없었느냐는 나의 질문에 연주가 그렇게 대답했다. 이상했지만 더 묻지 않았다. 설명하기도 어려웠고, 어쩐지 부끄러웠다. 그래도 연주는 그 여자가 나에 대해 한 말은 전해줬다.
 "너랑 내가 많이 닮았대."
 "뭐?"
 연주가 미소를 지었다.
 "정말이야. 특히 입술이 닮았다던데?"
 나는 웃었다. 우리가 닮았다니. 나도 꽤 예쁘장하다는 뜻인가? 외국인들 눈에는 동양인이 모두 똑같아 보인다는 이야기를 들은 적이 있었지만, 어쨌든 기분이 나쁘지 않았다. 연주도 그래 보였다. 역시, 외국인이 숙박하면 연주는 진심으로 좋아했다. 그녀는 내게 삼백 환을 계산해줬다. 그러더니 당분간은 손님을 안 찾아도 될 것 같다고 했다.
 "일주일 있을 거라고 하더라구."
 연주의 말에 살짝 들떴던 마음이 훅 가라앉았다. 하지만 나는 아무렇지 않은 척했다. 늘 이런 식으로 일해왔다. 방에 사람이 차면, 연주는 그가 얼마나 머무르는지 알려줬다. 그 기간 동안은 일할 필요가 없었기 때문이다. 그동안 나는 당숙모를 도와 다른 일을 했다. 하지만 그날 집에 돌아오는 길, 어쩐지 곧장 호텔로 돌아가고 싶다는 생각이 들었다. 그 단단한 벽의 촉감이 그리웠다.

괜히 마음이 허기졌다. 나는 당숙모에게 손님이 없어서 허탕을 쳤다고 거짓말하고 그날 번 돈을 내놓지 않았다. 그리고 다음 날 아침 일찍 항구에 나가 온종일 쏘다녔다. 그다음날, 또 그다음날도 그렇게 했다. 다음날도 마찬가지였다. 그리고 어느 날 저녁 집에 들어왔을 때, 나는 당숙모의 인내심이 한계에 도달했다는 걸 눈치챘다. 생각해보니 내가 이렇게까지 오랜 시간 아무것도 하지 않고 지낸 건 처음이었다. 나는 당숙모에게 백오십 환을 줬다. 그녀는 샐쭉한 표정으로 이게 전부냐고 물었다. 나는 고개를 끄덕였다. 그리고 저녁을 굶었다.

다음날, 또다시 아침 일찍 나가려는데 갑자기 당숙모가 나를 불렀다.

"영현아, 오늘도 손님이 없을 것 같니?"

은근히 떠보는 듯한 질문이 꺼림칙했다. 나는 잘 모르겠다고 얼버무리며 당숙모의 눈치를 봤다. 그러자 당숙모가 때마침 잘됐다는 투로 말했다.

"그럼 오늘 나가지 말렴. 이불 빨래가 밀렸다."

"……"

"영현아?"

"네, 그렇게 할게요."

하지만 나는 당숙모가 시장에 일을 보러 나가자마자 곧장 선착
장으로 갔다. 배들이 오가는 걸 한참 동안 쳐다봤다. 밀물과 썰물
이 뒤바뀌는 걸 지켜봤다. 그러고 점심때가 지나 집에 들어왔다.
동생들은 아직 학교에 있거나 동네로 놀러 나간 모양이었다. 나는
텅 빈 집에 홀로 누웠다. 천장은 낮고 지저분했다. 곰팡이가 슬어
있었다. 대불호텔의 높은 천장이 떠올랐다.

나는 자리에서 일어났다. 이불을 몽땅 들고 마당으로 나갔다.
그래도 어쩐지 마음이 잡히지 않아 일을 시작하는 데 한참 걸렸
다. 마을 우물에서 길어온 물을 커다란 대야에 가득 부었다. 빨래
가 끝나면 우물로 돌아가 다시 물을 길어와야 했다. 나는 한숨을
쉬며 맨발로 대야에 들어갔다. 이불을 밟았다. 뿌연 땟국물이 대
야를 가득 채웠다. 나는 물이 완전히 더러워질 때까지 이불을 계
속 발로 밟았다. 대불호텔이 떠올랐다. 연주는 간단한 빨래를 할
때도 꼭 향이 나는 비누를 썼다. 그 때문인지 연주에게도 그 비누
향이 배어 있었다.

나는 주문을 외웠다.

"그런 팔자는 없지. 그런 팔자는 없어."

그때, 누군가가 마당으로 들어섰다. 당숙모인가. 아직 들어오실
시간이 아닌 것 같은데. 나는 고개를 돌렸다가 그대로 멈춰 섰다.

연주였다.

내 등과 목은 땀에 젖었고, 입에서는 고린내가 났다. 손과 발은 물에 퉁퉁 불어 있었다. 연주는 매우 예뻤다. 머리카락을 깔끔하게 빗어 넘겨 한 갈래로 묶었고, 흰색 원피스 위에 녹색 재킷을 걸쳤다. 손톱은 가지런했고 구두에서는 광이 났다. 옅게 화장을 해서 원래도 하얀 얼굴과 붉은 입술이 더 돋보였다. 그러면서도 살짝 갈라진 턱 때문에 인상이 강해 보였다. 동네 사람들이 입을 모아 험담하는 그 모습이었다. 화교의 숨겨진 여자, 호의호식하며 사치스럽게 사는 여자, 예쁘긴 하지만 팔자 사나운, 귀신 들린 계집애. 그녀는 아름다웠다.

나는 목소리를 가다듬으며 인사했다.

"연주야, 무슨 일이야?"

그녀는 대답하지 않았다. 가벼운 미소를 짓더니, 내 옆으로 다가와 평상에 가볍게 걸터앉았다. 그녀는 초가지붕을 바라보며 중얼거리듯 말했다.

"여기구나, 네가 사는 곳이."

"응."

"찾는 데 한참 걸렸어. 굉장히 구석진 곳에 있네."

나는 대야에서 나와 평상에 던져두었던 수건을 집어들었다. 발을 닦았다. 축축한 손을 뒤로 슬쩍 감췄다. 그때 갑자기, 연주가 말했다.

"얘, 너 나랑 같이 살지 않을래?"

나는 어안이 벙벙해져서 그녀를 가만히 쳐다봤다. 같이 살자고? 정말? 어디서? 대불호텔에서? 그중 한 마디도 입 밖으로 내뱉지 못하고 있는데, 그녀가 혼자 말을 이었다.

"얼마 전에 네가 데려온 손님들 기억해?"

나는 고개를 끄덕였다. 전쟁 이후, 나는 어떤 일에도 크게 놀라거나 호들갑 떨지 않게 되었다고 생각했다. 그런 속내를 잘 숨길 수 있게 되었다고 생각했다. 하지만, 연주가 내게 가까이 다가오자 어쩔 수 없이 두근거렸다. 뭔가 대단한 일이 펼쳐질 것 같은 이상한 기대감, 묘한 희망으로 가슴이 거세게 두방망이질 쳤다. 어떤 안도감이 밀려왔다. 안 돼, 지영현. 안심하지 마. 이런 걸로 마음놓으면 안 돼. 긴장해. 하지만, 그래도 될 것 같았다. 나는 대답했다.

"기억하지. 왜?"

연주가 나와 눈을 마주치며 말했다.

"당분간 여자 혼자 있을 거야. 그래서 꽤 오랫동안, 도와줄 사람이 필요해."

생각할 필요도 없었다. 그날 밤, 나는 얼마 되지 않는 짐을 챙겨 대불호텔로 갔다. 조금도 망설이지 않았다. 삼층으로 이어지는 마지막 계단을 밟았다. 바닥이 훅 꺼지는 느낌이 들었다. 누군가 내

발목을 꽉 움켜쥔 듯했다. 순간 나는 휘청거렸고, 이 계단에서 넘어진 이들에 대한 이야기를 떠올렸다. 하지만 다행히 나는 다시 중심을 잡았다. 재빨리 복도로 올라섰다. 숨을 가볍게 몰아쉬며 고개를 돌려 계단을 내려다봤다. 괜히 긴장해서 그런 걸까. 계단이 이전과는 다르게 보였다. 아래로 내려갈수록 폭이 넓었고, 높이는 제각각이었다. 그것도 위에서 다섯 계단 정도가 그럴 뿐, 그 아래로 이어지는 계단은 아예 잘 보이지 않았다. 계단과 벽면의 색깔이 똑같아서 선과 면이 구분되지 않았던 것이다. 마치 아래로 내려가는 길이 사라진 것처럼 보였다. 삼층 전체가 공중에 붕 떠 있는 것 같았다.

나는 발끝으로 슬며시 계단 끄트머리를 눌렀다. 마치 얇은 얼음판을 건드렸을 때처럼 파지직, 깨지는 소리가 났다. 나는 깜짝 놀라 뒤로 물러섰다. 그 순간, 누군가가 내 어깨를 세게 잡았다. 연주였다.

"왜 그래?"

"어? 아무것도 아니야."

나는 대답하며 다시 계단을 쳐다봤다. 계단은 그대로였다. 금이 가지도 않았고, 바닥으로 꺼지지도 않았다. 멀쩡했다. 나는 연주의 안내에 따라 복도 끝으로 천천히 걸었다. 그곳에 연주의 방이 있었다. 앞으로 내가 함께 머물 공간이었다.

나는 서양식 방을 처음 보았다. 낡은 커튼과 오래된 침대, 일인용 소파와 흔들리는 티 테이블, 이가 빠진 찻잔과 창가의 작은 화분, 작은 책상 하나. 허름하고 소박했지만 지금껏 내가 지낸 곳 중 가장 좋았다. 믿을 수 없을 만큼 좋았다. 나는 입을 살짝 벌린 채 방을 구경했다. 궁금했다. 이 물건들 모두 예전부터 있던 것들일까? 인천항이 열리고 사람들이 쏟아졌던, 먼 곳으로 가려는 나그네들이 추운 밤을 지새웠던 그때부터 계속 이곳에 있던 것들일까. 어느 곳으로도 밀려나지 않고, 오랜 시간 한자리에 있는 것들일까. 내 생각을 눈치챘는지 연주가 다정하게 말했다.

"옛날 호텔 때부터 있던 것들은 아냐. 다 새로 구했어."

"그래?"

나는 멋쩍게 웃으며 침대에 앉았다. 엉덩이가 푹신하게 가라앉았다. 부드러웠다. 연주가 맨 위에 덮인 얇은 모포를 걷어올렸다. 그 아래 두툼한 요 두 장이 얌전히 깔려 있었다. 그녀가 말했다.

"이것도 새로 한 거야. 사실 나는 요 하나만 깔고 자는데, 네가 침대에 누운 기분을 내면 좋을 것 같다고 생각했어."

"응? 왜?"

"그냥, 네가 이런 걸 좋아할 것 같았거든."

그러면서 연주는 다시 모포를 덮고는 그 위를 쓰다듬었다. 나는 말없이 가만히 앉아 있었다. 내가 뭘 좋아하는지, 무엇을 원하는지 연주가 너무 잘 알고 있다는 생각이 들었다. 그녀가 말했다.

"고마워. 선뜻 받아들여줘서."

나는 손사래를 치며 아니라고 대답했다. 진심이었다. 연주가 물었다.

"여기로 온다니까 당숙모가 뭐라고 하셨어? 허락하셨어?"

"응."

나는 대답했다.

"알아서 하라고 하셨어. 어차피 군식구였잖아. 그런데 좀 섭섭해하시긴 했어. 중매 자리를 알아보셨더라고."

"정말?"

"응."

거짓말이었다.

내가 대불호텔로 가겠다고 하자 당숙모는 곧장 안 된다고 대답했다. 나는 당숙모가 그렇게 난리를 피우는 모습을 처음 보았다. 그래서 알았다. 내가 모르는 사이 중매를 엮었다는 사실을. 그리고 나를 보내는 대가로 전라도 이리의 한 농사꾼 집에서 돈을 받기로 했다는 것을.

그런데 내가 완전히 산통을 깨버린 것이다. 당숙모는 고래고래 소리를 지르며 나보고 이대로 나가면 안 된다고 했다. 절대 안 된다. 절대 안 돼! 이렇게 나갈 수는 없어. 세상에, 누가 보면 나를 너무 사랑해서 어디에도 보낼 수 없는 사람처럼 보였을 것이다. 아아, 나는 당숙모의 그 깊고 커다란 감정을 감당할 수 없었다. 그래서 잠시 가만히 앉아 당숙모가 내지르는 소리를 듣기만 했다.

뭐라고 했더라. 그래, 내게 배은망덕한 년이라고 했다. 핏줄도 아닌 년을 거둬주었더니 이게 무슨 날벼락이냐고 했다. 아무리 변소 갈 때와 나올 때가 다르다지만 어떻게 이럴 수 있느냐고 했다. 그러고는 나를 가만두지 않겠다고 했다.

그래. 그 말을 할 줄 알았지.

가만두지 않을 거야. 내가 가만히 있을 것 같냐? 내내 빌붙어 살더니 이런 식으로 뒤통수를 쳐?

나는 당숙모의 손을 잡았다.

"숙모."

그녀가 손을 빼내려 했다. 나는 힘을 주어 그 손을 꽉 잡았다. 그리고 말했다.

"있잖아요. 그날 당숙이 저희 집에 오셨잖아요."

당숙모의 얼굴이 굳었다. 나는 조용히 말을 이었다.

"제가 계속 생각을 해봤어요. 당숙은 그날 우리집에 왜 오셨을까요."

나는 그녀의 손을 더 꽉 잡았다. 두 손으로 잡았다.

"저는 숙모가 삯바느질을 하시는 게 정말 자랑스러워요. 틈날 때마다 시장에 나가서 떡장사를 하시는 것도 존경해요. 숙모는 정말 부지런하고, 대단한 분이세요. 저도 돌봐주시고, 동생들도 잘 키우고 계시잖아요? 저는 동생들이 잘 자랐으면 좋겠어요."

그녀의 움직임이 멈췄다. 몸을 살짝 떠는 게 느껴졌다. 나는 그녀에게 바짝 다가가 앉았다.

"당숙이 저희 집에 참 자주 오셨어요. 아아, 그때 유독 자주 오셨죠."

나는 그녀의 손등을 쓰다듬었다. 이어서 말했다.

"그 있잖아요…… 그거죠?"

당숙모가 입술을 깨물며 대답했다.

"무슨 말을 하는 게냐."

나는 미소를 지었다.

"숙모한테 수선 맡길 인민군복, 그거 받으려고 오셨던 거잖아요."

당숙모가 손을 또 움직였다. 나는 그 손을 반대쪽으로 비틀었다. 당숙모가 신음을 내뱉었지만, 그녀를 놓아주지 않았다. 왜? 내가 왜 그래야 하는데? 왜 억울하고 서럽다는 듯 나를 쳐다보는 거예요. 몰랐다는 듯이 굴지 말아요. 내가 알고 있다는 걸 숙모도 짐작했잖아요. 그래서 늘 의심했겠죠. 얘가 그 사실까지 알고 있을까? 하는 짓을 보면 모르는 것 같은데. 알까? 알고 있을까? 그래서 혹시 몰라 저를 데리고 있었던 거잖아요. 와, 깜짝 놀랐죠? 다 죽어버렸다고 해서 안심했을 텐데, 내가 살아 있을 줄은 몰랐겠죠. 당숙이 죽어서 하늘이 무너지긴 했지만, 그래도 당신이 부역죄로 잡혀가지는 않았으니까. 이 동네에서는 누구도 모르죠. 그거요, 당숙이 아버지 통해 인민군에게 몰래 일을 받으려 했다는 그

거요. 삯바느질 일만 받은 거 아니잖아요. 이 동네 인민군 소장을 소개해달라고도 하셨죠. 어머, 어쩜 좋아. 나 이걸 다 알고 있네?

사실 부모님은 늘 말씀하셨어요. 당숙이랑 당숙모는 얄미울 정도로 참 조심스럽게 잘 산다고. 특히 당숙모가 그런다고 하셨죠. 아유, 얌체. 깍쟁이. 아아, 세월이 무상해요. 열다섯 살 때에는 이런 식으로 말할 수가 없었는데, 지금은 할 수 있구나. 그때, 살려달라고 애원하지 말 걸 그랬어. 이렇게 말할 걸 그랬어. 나를 살려줘야만 한다고. 그래야 한다고. 그치?

숙모, 사랑해요.

"아쉽지 않아?"

멍하니 있던 나는 연주의 목소리에 정신을 차렸다. 나는 되물었다.

"뭐가?"

"그냥, 시집가면 상황이 지금보다 좀 낫지 않겠어?"

"낫겠지. 운이 좋으면."

"운?"

"그렇잖아. 운좋으면 가난해도 밭일 한 번 안 시키는 남편을 만나겠지만, 운 나쁘면 그 반대겠지."

연주는 가만히 있었다. 그러다 또 물었다.

"너는 운이 나쁠 것 같아?"

나는 대답했다.

"응."

"왜?"

"이미 모든 운을 다 써버린 것 같거든."

연주의 표정에서 미소가 가셨다. 얼굴에 살짝 우울한 분위기가
피어났다. 이 이야기는 더이상 하면 안 될 것 같았다. 나는 화제를
돌렸다.

"그 여자는 어디 있어? 지금 뭐해?"

"옆방에 있어. 자는 것 같아."

나는 물었다.

"어떻게 된 일이야?"

사정은 이랬다. 도착한 첫날, 두 사람은 조용했다. 그리고 둘째
날, 그들은 밤을 새우며 싸웠다. 여자가 울었고, 남자가 소리를 질
렀고, 이에 여자는 더 크게 소리를 질렀다. 연주는 일부러 그들의
대화를 엿듣지 않았다. 손님들의 '프라이버시'는 매우 중요하니
까. 사흘째 되던 날 아침, 남자가 연주를 찾아왔다. 그는 연주에게
석 달 치 숙박비를 지불하면서 아내가 그만큼 더 머무를 거라고
말했다. 그러면서 웃돈을 얹어주었다. 거기에는 세끼 식사비와 청
소, 빨래 등등에 대한 팁이 포함되어 있었다. 이만오천 환이 훌쩍
넘었다. 연주는 덥석 돈을 받아들었다. 그 돈이 있으면 당분간 호

객을 할 필요가 없었다. 다만 혼자서는 역부족이었다. 그녀를 계속 먹이고 입히고 돌보면서 호텔도 관리해야 했으니까. 그래서 얼마 지나지 않아 나를 찾아왔던 것이다.

"그러니까…… 그 '프라이버시' 덕분이구나."

"응, 그렇지."

그러나 솔직히 나는 프라이버시가 무슨 뜻인지 정확히 이해하지 못했다. 연주가 그렇다고 하니 그렇게 여길 뿐이었다. 어느새 연주는 생각에 잠겨 있었다. 아래로 향한 긴 속눈썹 때문에 눈가에 그림자가 졌다.

그날, 연주는 여자의 이름을 말해주었다.

셜리 잭슨.

유령 이야기를 쓰는 사람이라고 했다.

2

셜리 잭슨은 매일 아침 여덟시를 시작으로 다섯 시간 간격으로 식사를 했다. 이건 그녀의 뜻이라기보다는 식사를 제공하는 중화루와 시간을 맞춘 것이었다. 그녀는 아침과 저녁은 방에서 혼자 먹었지만 점심은 홀에 마련된 커다란 테이블에서 연주와 함께 먹었다. 그 시간에 나는 셜리의 방을 청소했다.

그녀의 방에서는 술과 담배 냄새가 많이 났다. 창문을 자주 열어서 환기를 시키라고 연주를 통해 여러 번 전했지만 셜리는 말을 듣지 않았다. 어차피 창문을 열어놔도 큰 의미는 없었을 것이다. 그녀가 온 지 며칠 만에 그 독한 냄새는 방안에 깊이 스며들었고, 아무리 청소를 해도 잘 사라지지 않았다. 셜리는 별로 신경쓰지 않는 것 같았다.

그녀는 내게 요구하는 것도 별로 없었다. 쓰레기만 깨끗이 치워달라고 했을 뿐이다. 하지만 바닥과 화장대에 가득 쌓여 있는 종잇더미, 그리고 벽에 붙은 종이들은 손대지 말라고 했다. 나는 그 말을 지켰다. 하지만 내가 읽을 수 없는 언어로 가득한 그 종이들을 보고 있으면 어린 시절이 생각나 기분이 나빠졌다. 나는 일본말을 곧잘 했지만 글자는 읽지 못했다. 내가 단어를 틀리게 쓸 때마다 선생님은 나를 교실 밖으로 내보냈다. 나는 거의 매일, 온종일 복도에 서 있곤 했다.

그날은 벽에 종이가 없었다. 대신 침대 위에 노끈으로 단단히 묶은 종이 뭉치 하나가 보였다. 나는 창문을 열고 청소를 시작했다. 담배꽁초를 치우고, 솔로 바닥을 닦았다. 연주에게 배운 대로 침대를 정리하고 베개의 먼지를 털었다. 술냄새가 조금 가시는 듯했다. 하지만 내일 점심이 되면 되돌아와 있을 것이다. 퀴퀴하고 시큼한 냄새로 가득하겠지. 나는 청소를 하며 한숨을 쉬었다. 그리고 쓰레기통을 비우려 뚜껑을 열었다. 섬뜩한 기운이 등골을 타고 지나갔다.

세상에. 피 묻은 천조각들이 쓰레기통 안에 수북이 쌓여 있었다. 금세 상황을 파악했다. 이 사람 생리중이구나. 참 사치스럽다는 생각이 들었다. 매번 새 천조각을 쓰는 모양이었다. 나는 너덜너덜하게 닳은 무명천을 몇 년째 쓰고 있는데, 이 외국인은 아무렇지 않게 매번 하얀 천조각을 쓰다 버리고 있었다. 나는 역한 기분을 억누르며 쓰레기통을 비웠다.

청소를 마치고 나오니 홀에서 연주의 목소리가 들렸다. 셜리와 대화를 나누는 중인 듯했다. 연주가 수다스럽게 말을 건네고 있었고, 셜리는 짧고 간단하게 대답만 했다. 나는 복도에 서서 그들의 목소리를 듣다가 아래층으로 내려갔다.

중화루 뒷마당으로 나갔다. 물통에 물을 받아 걸레를 빨기 시작했다. 차가웠다. 배는 고프지 않았다. 셜리와 연주의 목소리가 귓가에 남아 있었다. 마음이 답답했다. 일을 시작한 지 벌써 이 주가 지났지만, 나는 아직 셜리의 얼굴을 한 번도 보지 못했다. 그녀는 외출도 하지 않았고, 누구도 만나지 않았다. 오직 연주하고만 소통했다. 그것도 점심시간에만.

그렇다고 해서 셜리가 연주에게 특별히 의지하는 것도 아니었다. 나는 셜리의 말이 길게 이어지는 걸 단 한 번도 듣지 못했다. 그녀는 늘 딱딱하고 차가운 말투로 아주 짧게 대답할 뿐이었다. 그렇다면 그녀는 왜 연주와 식사를 하는 걸까. 연주는 자기도 잘 모르겠다고 했다.

"그냥…… 말을 아주 안 하고 살 수는 없으니까 그러는 게 아닐까?"

그러면서 연주는 셜리가 걱정된다고 했다. 그녀가 점점 초췌해지고 있고, 술과 담배 양이 계속 늘어난다고 했다. 처음에 나는 투숙객의 건강까지 걱정하는 연주가 조금 놀라웠다. 하지만 이내 알게 되었다. 그녀는 셜리를 걱정하는 게 아니었다. 셜리가 갑자기 마음을 바꾸고 환불을 요구할까봐 걱정하는 거였다. 그래서 연주는 꽤나 노력을 했다. 셜리가 원하는 미제 담배를 구하기 위해 미군 PX에 연줄을 댔다. 그녀의 식사를 위해 희고 부드러운 빵을 만들었다. 어린 시절 선교사들에게 조리법을 배웠다고 했다. 부엌에 내려가 그 빵이 부풀어오르는 광경을 보고 있으면 마음이 착잡해졌다. 나는 셜리와 연주의 대화를 알아듣지 못했지만 상상할 수는 있을 것 같았다.

셜리, 음식은 마음에 드나요?

네.

셜리, 오늘 들여온 담배는 어떤가요?

좋아요.

셜리, 잠자리는 어떤가요?

괜찮아요.

셜리, 빵은 어때요?

나쁘지 않아요.

셜리?

만일 셜리가 마음에 안 든다는 말을 하면 어떻게 될까. 아니, 셜리는 분명 그 말을 했을 것이다. 그러니 연주가 초조한 표정으로 부엌을 드나들고, 들여온 물건을 점검하고, 매일 밤 악몽을 꾸는 거겠지. 연주는 내가 생각했던 것과 달리 걱정이 많았다. 대불호텔의 진짜 주인이라…… 나는 대체 뭘 얼마나 착각하고 있었던 걸까?

이 건물의 삼층에는 방 세 개와 커다란 홀, 복도에다 계단까지
있다. 조금이라도 청결하지 않다 싶으면 차오가 가만있지 않을 것
이다. 내가 오기 전까지 연주는 호텔과 관련된 일을 전부 혼자 했
다. 그렇게 돈을 모아 가까스로 월셋값을 맞춰 차오에게 넘기고
나면 달력이 바뀌었고, 또 같은 생활이 반복됐다. 셜리가 찾아오
면서 당분간 돈에 쫓길 일은 없어졌지만, 상황이 달라지지 않을
거라고 누가 보장할 수 있을까. 연주는 믿지 않는 것이다. 셜리 잭
슨이 대불호텔을 찾은 건 그저 운이었다. 이 호텔에 오래 머물게
된 것도 역시 운이었다. 그런 것에 모든 걸 다 맡길 수는 없는 것
이다. 그러니 조금이라도 안심하기 위해, 확실한 무언가를 얻기
위해 저렇게 노력하는 거겠지.

하지만 노력한다고 해서 어떤 확신을 얻을 수 있을까? 그걸 운
이 좋다고 말할 수 있는 걸까? 밭일을 시키지 않는 남자를 만나
는, 그런 것을? 나는 처음에 당숙모를 찾아냈을 때만 해도 운이 좋
다고 생각했었다. 집에 자주 드나들었던 건 당숙이지 당숙모는 아
니었다. 내가 아는 건 당숙모의 이름과 희미한 얼굴뿐이었다. 그
녀를 만난 지 거의 십 년은 지난 때였다. 때문에 나는 그녀를 찾지
못할 수도 있다고 생각했다. 그런데 시장에서 떡을 팔고 있는 당
숙모를 보자마자 나는 단번에 알아차렸다.

바로 저 사람이다. 저 사람이구나.

언젠가 당숙모는 그때 어떻게 자신을 바로 알아봤느냐고 물었

다. 나는 대답했었다.

"그냥 운이 좋았죠."

하지만 정말 운이 좋았던 걸까. 그냥 그런 일이 내게 벌어졌던 건 아닐까. 그러니까 그런 상황이, 어쩌다보니 그냥 나를 찾아왔던 게 아닐까. 매혹. 그래. 나는 당장 안심할 수 있는 상황에 매혹되었을 뿐이다. 그래서 당숙모에게 그렇게 애원했던 것이다. 기회를 움켜쥐듯이. 연주 역시 그랬던 것 아닐까. 그녀 주위에 일어난 불가사의한 일들 말이다. 만일 그게 그저 우연히 일어난 일에 불과했다면? 위험천만한 그 계단에서는 언제든 누구든 넘어질 수 있었다.

유령.

수시로 들러붙는 악귀들.

나는 걸레를 비틀어 짜며 혼자 피식 웃었다. 그래. 이 건물이 단단하긴 하지. 대불호텔은 한밤중이 되면 놀라울 정도로 고요해졌다. 그 어떤 소리도 들리지 않았다. 당숙모 집에 있을 때 끊임없이 들었던, 거친 바닷바람 소리가 전혀 들리지 않았다. 세상에 그저 이 호텔만 존재하는 것 같았다. 그리고 그게 전부였다. 누군가를 위해 타인의 목을 비트는 이는 없었다. 자기 자신의 목을 비틀지 않기 위해 노력하는 사람들만 있었다. 언제까지 이렇게 살아야 할까. 나아지기는 할까.

그때였다. 내 옆으로 누군가가 빠르게 지나갔다.

뢰이한이었다. 어디 가는 거지, 한창 바쁠 시간에? 나는 그가 날 바라볼 때처럼 얼굴을 찌푸렸다. 그는 길 건너 잡화점 앞으로 뛰어갔다. 그런 그의 뒤통수를 살짝 노려보자 기분이 조금 풀렸다. 이제 올라가서 창틀을 닦고 복도 청소를 하자. 그러고 나면 금세 저녁식사 시간이 되겠지.

그런데 뒤에서 울음소리가 들렸다. 나도 모르게 그쪽을 쳐다보았다. 뢰이한과 어떤 여자가 마주보고 서 있었다. 그 여자가 울고 있었다. 누구지? 얼굴이 낯익었다. 어디선가 봤는데. 아! 문득 기억이 났다. 너무 오랜만이라 몰라봤던 것이다. 중화루에 쌀을 납품하는 박씨네 딸. 박지운. 이제 열여덟인가 열아홉인가 됐다고 했었지. 무슨 일일까? 박지운은 계속 울었고, 뢰이한은 그 앞에서 어쩔 줄 몰라했다. 뭔가 분위기가 빤히 보였다. 나는 숨을 훅 내뱉었다. 그렇고 그런, 흔한 광경일 뿐이었다. 박지운과 뢰이한이라니. 진짜 팔자가 좋은 건 저들이구나. 이럴 때 연애를 걸 여유도 있고 말이야. 나는 돌아섰다. 그 순간, 뒤에서 괴성이 들렸다.

뢰이한이 바닥을 뒹굴고 있었다. 어디서 나타났는지 박씨가 뢰이한을 밀친 것이다. 몇 사람이 박씨를 붙잡고 말렸다. 그는 뢰이한에게 주먹을 흔들며 고성을 질렀다. 어찌나 흥분을 했는지 무슨 말을 하는지 알아들을 수조차 없었다. 나는 깜짝 놀랐다. 저 사람이 차오에게 돈을 받아갈 때마다 허리를 굽신거리며 능글맞게 웃던 그 사람이란 말인가. 박씨는 계속 뢰이한을 몰아붙였다. 나는 덜컥 겁이 났다. 어쩌지? 중화루 사람들에게 알려야 할까? 그때 박지운이 바닥에 주저앉으며 큰 소리로 울었다. 이어 전혀 예상치 못한 일이 벌어졌다.

뢰이한이 얼굴을 찌푸리는가 싶더니, 그 역시 울음을 터뜨린 것이다. 그는 무릎을 꿇은 채 양 손바닥으로 얼굴을 가리고 흐느꼈다. 박지운이 무릎걸음으로 뢰이한에게 가까이 다가갔다. 그의 어깨를 부드럽게 매만졌다. 그 순간 박씨가 딸의 머리채를 잡아당겼다.

"아이고, 이 정신 빠진 년아!"

나는 급히 돌아섰다. 심장이 터질 듯이 쿵쿵거렸다. 얼른 중화루 안으로 들어갔다. 요란한 소리들이 문 앞에서 사라졌다. 나는 재빨리 호텔을 향해 계단을 올랐다. 조용했다.

그날 밤, 연주는 악몽을 꿨다.

식은땀을 흘리며 고통에 찬 소리를 냈다. 나는 연주의 어깨를 잡고 흔들었다. 그녀를 깨우려 했다. 하지만 연주는 계속 꿈을 꾸는 것 같았다. 나는 큰 소리로 연주를 불렀다. 연주야, 연주야. 그녀는 반응이 없다가 갑자기 허헉, 하고 숨을 들이마시더니 그대로 멈췄다.

소름이 끼쳤다. 그건 사람이 죽어갈 때의 모습이었다. 폭격이 있던 날 봤었다. 그날, 모두가 이렇게 죽었다. 내 옆에서, 앞에서! 나는 침대에서 벌떡 일어났다. 사람을 불러야 했다. 그때, 연주가 내 팔뚝을 움켜잡았다. 그녀가 눈을 감은 채 입을 벌리고 있었다. 아주 잠시, 시간이 순식간에 흘렀다. 그녀의 눈꺼풀이 가느다랗게 떨리기 시작했다. 곧 그 떨림은 양쪽 눈썹 끝을 향해 움직였고, 콧잔등으로 번져나갔다. 이어 입속에서 숨소리가 짧게 터져나왔다.

"허!"

연주가 눈을 번쩍 떴다.

"세상에, 연주야! 정신 들어?"

나는 안도의 한숨을 쉬며 연주를 끌어안았다. 그녀의 등을 쓸어내렸다. 나는 물었다.

"안 좋은 꿈이라도 꿨어?"

내 질문에 연주가 고개를 끄덕였다. 나는 다시 물었다.

"무슨 꿈이었는데?"

조용한 밤이었다. 그녀의 목소리가 가만히 들려왔다.

"아무도 없었어. 아무도."

폭탄이 떨어지던 날이 떠올랐다. 사람들은 소리도 지르지 못하고 바닥으로 쓰러졌다. 내 가족들은 우왕좌왕했다. 추측이다. 그랬을 것이다. 그들이 어땠을지 나는 전혀 모른다. 왜냐하면 나는 도망쳤으니까. 나는 혼자 온 힘을 다해 뛰었다. 바다를 향해 달려갔다. 소리가 너무 컸다. 무서웠다. 나는 갯벌에 납작 엎드렸다. 축축한 진흙에 몸 전체가 젖었다. 나는 얼굴까지 땅에 처박았다. 진흙맛이 느껴졌다. 나는 어둠 속에서 몸을 떨었다. 그 와중에도 젖은 몸에서 나는 축축한 느낌이 싫었다. 손끝에 만져지는 미끌미끌한 진흙이 싫었다.

정신을 차려보니 나는 연주에게 그때 이야기를 하고 있었다. 그래서, 가끔은 나도 꿈을 꿔. 지금 꿈을 꾸는 건지 현실인지 헷갈려하면서, 그때 일이 계속 반복되는 그런 꿈이야. 나는 갯벌에 머리를 박고 엎드려 있어. 숨이 막히고, 무서워서 온몸이 떨리고, 눈을 뜨면 아무도 없어. 나는 조심스레 고개를 들어 주위를 봐. 다른 사람들은? 가족들은? 모두 어디에 있지? 하지만 주위에는 아무도 없어. 아무도. 나는 몸을 떨며 옆을 바라봐. 그리고 시선을 멈추고 말지.

거기에는 내가 있어. 길게 옆으로 누워서 눈을 뜨고 있는 내가 있어. 피를 흘리며 의식을 잃어가는, 죽어가는 내가 있어. 나는 어쩔 줄 몰라하다가 나를 흔들어. 나는 천천히 눈을 깜빡이며 나를 쳐다봐. 아직 죽지 않은 거야. 하지만 너무 고통스러워하고 있어. 몸이 떨리고 입에서는 침과 피가 흐르고 눈에서는 눈물이 흘러. 나는 손을 뻗어 내 눈을 감기는데, 잘 안 돼. 눈꺼풀이 자꾸만 다시 위로 올라가. 내리면 다시 올라가고, 내리면 다시 올라가고. 결국 나는 손으로 내 눈꺼풀 위를 덮고 있어. 아주 오래도록. 그래서 나는 차라리 내가 죽었으면 해. 나는 나의 숨을 막고 울어. 제발 끝내주세요. 이런 마음을 그만 느끼고 싶어요. 너무 지쳤어요. 제발 중단하게 해주세요. 이 삶을. 이 마음을. 이 고통을…… 하지만 입에서는 계속 진흙맛이 나. 나는 살아 있어.

이야기를 마쳤을 때, 동이 터오고 있었다. 푸르스름한 빛이 방 안으로 들어왔다. 어둠이 한 겹 벗겨졌다. 좁지만 아늑한 방이었다. 연주가 내 손을 잡고 있다는 걸 깨달았다. 그녀가 말했다.

"다행이야. 꿈이어서."

그건 내가 그녀에게 해주고 싶은 말이었다. 어떤 의미에서 연주에게 귀신이 붙었다는 말은 사실이었다. 그녀는 귀신이 될지도 모르는 빌어먹을 팔자와 싸우고 있었으니까.

불쑥 연주가 따뜻한 목소리로 말했다.

"고마워."

"뭐가?"

"네가 오기 전에는, 꿈에서 깨어나면 정말로 무서웠어. 이게 꿈인지 현실인지 분간할 수 없었어."

"왜?"

"진짜로 주위에 아무도 없었으니까. 하지만 있는 것 같기도 했어. 누군가가 늘 나를 지켜보고 있다가, 어느 순간 밖으로 끌고 나갈 것만 같았어…… 무서웠어."

나는 아무 말도 하지 않았다. 서서히 바깥의 소리가 들려오기 시작했다. 웅웅거리며 밀려오는 바닷바람. 희미한 뱃고동 소리. 나는 연주에게 물었다.

"내가 도움이 돼?"

연주가 웃었다. 대답했다.

"세상에, 영현아. 지금 나는 네게 모든 걸 의지하고 있는걸."

나는 창밖을 바라보았다. 이제 곧 해가 뜰 듯했다. 연주의 목소리가 들렸다.

"너는 어제 별일 없었어?"

나는 울음을 터뜨리던 뢰이한의 얼굴을 떠올렸다. 가슴에 맺힌 무언가를 쏟아내던 젊은 남자. 누군가 그렇게 서러워하는 표정을 나는 태어나서 처음 보았다. 그의 슬픔을 훔쳐봤다는 생각이 들었다. 죄책감이 들었다.

'프라이버시'.

문득 나는 그 단어를 이해했다.

"응. 아무 일도 없었어. 아무 일도."

그리고

아무 일도 없을 거야.

*

    추운 날이 시작되었다. 중화루는 자주 문을 닫았다. 추위와 적은 매출, 유지비 때문이었다. 차오가 건물을 넘기기 직전이라는 소문이 돌았다. 일층에서 불을 때지 않는 날이면 건물 전체가 꽁꽁 얼었다. 연주와 나는 부지런히 장작을 모아 한곳에 쌓아두고, 두툼한 담요와 이불을 준비했다. 우리는 돈을 아끼기 위해 자주 미숫가루와 옥수숫가루를 물에 풀어 먹었다. 찬밥을 눌러 만든 누룽지, 숭늉, 김치와 절인 야채도 먹었다. 그래도 허기지지 않았다. 그건 연주의 음식 솜씨 덕분이기도 했고, 중화루에 들어오는 나름대로 신선한 식재료들 때문이기도 했다. 연주는 정말로 음식 솜씨가 좋았다. 덕분에 나는 북어 대가리를 잘게 찢어 조린 짭짤한 반찬이나 싱싱한 젓갈, 무를 넣고 끓인 맑은 국, 콩비지와 김치를 한데 넣고 푹 익힌 찌개를 자주 맛볼 수 있었다. 나는 가끔 중화루 종업원들과 함께 장을 보러 가기도 했다. 그때마다 연주는 내게 자신의 녹색 재킷을 빌려줬다. 그녀는 말했다.

    "조만간 새것으로 하나 사줄게. 그전까지는 신경쓰지 말고 필요할 때마다 이걸 입어. 알았지?"

    그런 날이면 이상하게 더 음식맛이 좋았다. 정말 좋았다. 하지만 셜리는 그렇지 않았을 것이다. 그녀에게는 익숙하지 않을뿐더러 형편없는 음식처럼 보였을 것이다. 그래서 연주는 빵을 더 자주 만들었다. 큰 대야에 옥수숫가루와 밀가루를 섞은 후 물로 반죽해 한참을 치댔다. 반죽이 보들보들해지면 건물에서 가장 따뜻한 곳에 두고 반나절 넘게 발효를 시켰다. 빵 반죽을 볼 때마다 속이 쓰리던 마음은 어느 순간부터 희미해졌다. 나는 연주가 빵 만드는 시간을 남몰래 기다렸다. 화덕에서 빵이 익어가는 냄새가 나기 시작하면 몸이 달았다. 아아, 그보다 맛있는 음식은 세상에 더 없을 것 같았다. 하지만 연주가 만드는 음식 중 내가 가장 좋아하는 건, 말린 귤껍질을 뜨거운 물에 우려낸 차였다. 연주는 그 차에 조청이나 꿀을 조금 넣어서 셜리에게 갖다주곤 했다. 나는 그렇게까지 호사스러운 맛은 필요 없었다. 귤껍질과 뜨거운 물. 그거면 충분했다.

첫서리가 내린 아침, 연주의 재킷을 입고 슬쩍 부엌으로 내려갔다. 뜨거운 물을 가득 담은 컵에 말린 귤껍질 몇 조각을 넣으며 뢰이한의 방 문을 슬쩍 쳐다봤다. 조용했다. 컵을 들고 뒷문 밖으로 나갔다. 차가운 바람을 맞으며 차를 천천히 한 모금 마셨다. 귤냄새가 몸속으로 천천히 퍼져나갔다. 세상은 고요했다. 감각은 뚜렷해졌다. 이건 꿈이 아니라 현실이다. 지금 내가 여기 있다는 사실을 명확하게 느낄 수 있었다. 벌써 두 달째, 이제 10월도 끝나가고 있었다.

*

어김없이 중화루가 문을 닫았다. 뢰이한은 새벽부터 시장에 갔다. 건물이 텅 비었다. 우리는 이 기회를 알뜰하게 쓰기로 마음먹었다. 연주가 가장 좋아하는 반찬인 나라즈케를 만들기로 한 것이다. 나라즈케는 울외를 술지게미에 버무린 뒤 숙성시켜 먹는 일본식 반찬이었다. 나도 좋아하긴 했지만 술냄새 때문에 많이 먹지 못했는데, 연주는 나라즈케를 반찬은 물론 주전부리로도 먹고 야식으로도 먹었다. 울외를 구하기 힘들어지면 다른 재료를 동원할 정도였다. 그녀는 시간만 나면 무와 오이, 당근, 무청 등등 구할 수 있는 모든 야채를 소금에 한번 절인 뒤 술지게미와 함께 장독에 담아두곤 했다. 나는 연주가 나라즈케를 만드는 것이 좋았다. 반찬을 만드는 건 어쨌든 일거리였지만, 적어도 나라즈케는 연주가 자신을 위해 만드는 음식이었기 때문이다. 연주가 소금에 절여놓은 시래기를 손으로 꽉 눌러 짜며 중얼거렸다.

"좋아할지 모르겠네."

나는 물었다.

"응? 무슨 소리야?"

연주가 시래기를 칼로 듬성듬성 썰었다. 그리고 찬장에서 술지게미가 담긴 작은 장독을 꺼냈다.

"셜리 말이야. 요즘 빵이 물린다고 해서, 오늘 저녁에는 나라즈케를 조금 내갈까 하거든."

술지게미 냄새가 코를 확 찔렀다. 나는 대답했다.

"뭐, 술냄새 나니까 좋아하겠지."

그럴 의도는 전혀 없었는데, 내 말투가 굉장히 쌀쌀맞게 느껴졌다. 그래서 다급히 덧붙였다.

"정말 좋아할 거야. 중식이나 다른 음식도 별로 가리지 않는다면서. 아무튼 연주 넌 참 대단해. 나중에 셜리가 은혜 갚는다고 해도 이상하지 않겠어."

"돈 받은 만큼 하는 건데 뭐."

연주가 대수롭지 않다는 듯 말했다. 그리고 희미하게 웃었는데, 확실치 않았다. 웃은 것 같기도 하고 아닌 것 같기도 했으니까. 술지게미 냄새에 취한 걸까? 시래기에서 윤기가 흘렀다. 요즘 연주는 셜리 때문에 초조해하지 않았다. 그녀가 약속한 기간을 지키리라는 확신을 얻은 듯했다. 아니면 욕심을 버린 것일 수도 있지만, 아무튼 그래 보였다. 물론 변한 건 없었다. 셜리는 여전히 방에 틀어박혀 온종일 무언가를 쓰고, 버리고, 방을 지저분하게 만들었다. 점심시간에는 연주의 말에 아주 간단히 대답했고, 그 외에 누구도 만나지 않았다. 연주의 하루도, 나의 일상도 비슷했다. 하지만 연주는 이전보다 조금 여유로워 보였다. 물론 그건 내 기분 때문일지도 몰랐다. 쌀쌀한 날, 함께 음식을 만드는 일이 좋았으니까.

안심.

그래, 지영현.

나는 꽤 안심하고 있었다. 고요한 밤과 아침의 귤피차. 부드러운 술지게미와 따뜻한 부엌. 나는 잠시 칼질을 멈췄다. 그리고 연주에게 말했다.

"좋다."

"응?"

연주가 대꾸했다.

"이런 거 말이야."

"뭐가?"

"계속 이렇게 살면 좋겠어."

연주가 나를 쳐다봤다. 내가 취했다고 생각하는 것 같았다. 연주가 어처구니없다는 듯 웃음을 터뜨리며 말했다.

"진심이야?"

나도 웃으며 대답했다.

"진심이지. 지금처럼 계속 이렇게 살고 싶어."

연주의 말투가 조금 날카로워졌다.

"여기에서? 계속 이렇게?"

"응."

연주는 고개를 절레절레 흔들었다.

"난 싫어."

"……그래?"

"당연하지."

그녀는 미간을 확 찡그렸다. 그러더니 답답하다는 말투로 덧붙였다.

"너도 참…… 어떻게 지금처럼 살아. 언제까지나 이렇게 살 수는 없어."

"그런가?"

"그래."

나는 아무 말도 하지 않았다. 이제 술지게미에 버무린 야채를 바깥 장독대로 옮길 차례였다. 우리는 광주리를 들고 뒷문을 나섰다. 뒤뜰에는 나라즈케를 넣은 장독이 여러 개 있었다. 김치를 넣어둔 것도, 장을 담아둔 것도 있었다. 맨 오른쪽 장독의 된장이 사라질 즈음이면 봄이 올 것이고, 그러면 새 된장을 담가야 할 것이다. 지금 먹고 있는 나라즈케는 담근 지 몇 달은커녕 몇 주도 되지 않아 꺼낸 것이다. 연주는 맛이 궁금해서 참을 수 없다고 했지만, 사실은 반찬이 부족했기 때문에 꺼내 먹은 것이다. 이번 나라즈케는 충분히 숙성시킬 수 있을까. 그러려면 시간이 얼마나 걸릴까. 언제까지나 이렇게 살 수는 없다는 연주의 목소리가 계속 귀에 맴

돌았다.

언제까지나. 언제까지나.

왜?

왜 안 되는데?

나는 흠칫 놀랐다. 목소리가 허공에서 둥둥 울렸던 것이다. 나도 모르게 그 말을 내뱉은 모양이었다. 어쩌지? 나는 연주를 슬쩍 쳐다봤다. 그녀가 내 쪽을 바라보며 뻣뻣한 자세로 서 있었다. 얼굴이 창백했다. 연주야, 화가 난 거야? ……그런데, 그게 그렇게 화가 날 일이야? 그렇게 싫은 거야? 나는 용기를 내 그녀를 불렀다.

"연주야…… 왜 그래?"

그녀는 대답이 없었다. 이내 나는 알아차렸다. 연주의 시선은 내가 아니라 다른 곳에 머물고 있었다. 나는 그녀를 따라 장독대 너머를 쳐다보았다. 그러나 그곳에는 아무것도 없었다.

"연주야?"

이번에는 조금 큰 소리로 그녀를 불렀다. 그제야 연주는 정신을 차리고서 나를 쳐다봤다. 입술을 깨물었다. 그녀는 가져온 야채를 장독에 넣으며 속삭이듯 말했다.

"빨리 들어가자."

목소리가 떨리고 있었다.

"왜 그래? 무슨 일이야?"

나는 계단을 오르며 연주에게 물었다. 연주는 아무것도 아니라고 말했다. 하지만 이상했다. 그녀는 그곳에서 분명 뭔가를 봤다. 걱정이 됐다. 나는 그녀의 손에서 셜리의 식사 쟁반을 뺏어 들었다. 연주가 힘없이 한숨을 쉬었다.

"그냥 뭔가를 잘못 봤어."

"뭘?"

"아니야. 다 착각이야. 아무 의미 없는 거야."

나는 여전히 답답했지만 그녀가 괴로워 보였기에 더 캐묻지 않기로 했다. 하지만 서운함이 밀려올라오는 건 어쩔 수 없었다. 연주야, 내가 도움이 된다고 하지 않았어?

우리는 함께 셜리의 방 문 앞에 도착했다. 연주가 노크하고 문을 열자 매캐한 연기가 훅 풍겨나왔다. 화장대 앞에 앉아 몸을 구부린 채 뭔가를 적고 있던 셜리가 뒤를 돌아보았다. 나는 흠칫 놀랐다. 두 달 만에 본 셜리는 이전과 인상이 많이 달랐다. 앙상하게 메말라 있었다. 잠을 잘 자지 못하는지 눈 밑이 새까맣고 피부는 거칠었다. 머리카락에는 윤기가 하나도 없었다.

그러나 나는 그녀를 못 본 척, 침대 앞의 작은 테이블에 쟁반을 내려놓았다. 빵과 귤피차, 장독에서 막 꺼낸 나라즈케, 그리고 연주가 중화루에서 얻어둔 편육과 닭고기 수프. 단출한 구성이었다. 뒤에서 연주가 셜리에게 뭐라고 말을 걸었고, 셜리는 대답했다. 식사 메뉴에 관한 대화 같았다. 그러나 셜리는 저녁거리에는 별로 관심이 없는 듯 테이블에 눈길을 주지 않았다. 나는 곧바로 돌아서서 연주의 옆으로 갔다. 우리는 저녁을 방에서 따로 먹을 예정이었다. 그때, 연주가 내 팔을 잡으며 속삭였다.

"잠깐만, 저녁식사 같이하자는데 괜찮지?"

나는 곧장 말귀를 알아들었다. 셜리와 함께 있어야 할 것 같으니 먼저 나가라는 뜻이었다. 나는 고개를 끄덕였다. 그래야 했다. 어쨌든 셜리를 돌보는 것이 연주의 일이고, 그녀를 돕는 것이 나의 일이었으니까. 나의 일. 내가 해야 하는 일. 내가 안심할 수 있는 일. 나는 고개를 끄덕이며 밖으로 나갔다. 문을 닫다가 무심코 그들을 쳐다보았다. 연주가 셜리의 어깨를 부드럽게 매만지는 것이 보였다. 두 사람은 친숙해 보였다. 그 순간 셜리와 나의 눈이 마주쳤다. 그녀가 내게 말을 건넸다. 셜리의 목소리 위에 연주의 목소리가 겹쳐졌다.

"영현아, 너도 같이 있었으면 좋겠대."

우리 세 사람은 홀의 길고 커다란 테이블에 앉았다. 연주와 셜리가 양끝에 앉고, 나는 창을 등지고서 가운데 앉았다. 식사 메뉴는 별로 달라지지 않았다. 나와 연주가 먹을 밥과 김치, 나라즈케 몇 조각, 그리고 귤피차가 추가되었을 뿐이다.

같이 먹자고 할 때는 언제고, 막상 식사가 시작되자 셜리는 별 말이 없었다. 중간중간 무슨 말을 하긴 했지만, 연주가 통역하지 않는 걸 보면 쓸데없는 이야기인 것 같았다. 점심때 들리는 소리 와 비슷했다. 연주는 뭔가를 길게 이야기하고, 셜리는 짧게 대답 하고. 다만, 연주는 내가 생각했던 것보다 훨씬 활기찼다. 연주는 셜리가 어떻게 대답을 하든 별로 신경쓰지 않는 듯했다. 연주는 나름대로 즐거워 보였다. 그러나 나는 전혀 알아들을 수 없었기에 즐겁지 않았다. 어서 이 식사가 끝났으면 했다.

셜리가 포크를 내려놓았다. 내게 말을 건넸다. 나는 얼른 연주 를 쳐다봤다. 연주의 표정이 살짝 굳었다. 그녀는 헛기침을 한번 하더니 살짝 고민되는 표정으로 내게 그 말을 통역했다.

"영현, 잠잘 때 괜찮나요?"

"무슨 소리예요, 그게?"

나는 셜리를 바라보며 되물었다. 그녀는 퀭한 눈빛으로 나를 들 여다봤다. 농담하는 것 같지가 않았다. 연주의 목소리를 통해 그 녀의 질문이 되돌아왔다.

"밤에 당신에게는 아무 일도 일어나지 않나요?"

나는 그렇다고 대답했다. 그 말에 셜리는 고개를 저었다. 원하 는 대답이 아닌 모양이었다. 하지만 그게 사실이었다. 내게 밤은 언제나 일찍 찾아왔고, 나는 쓰러지듯 잠에 빠져들었다. 가끔 연주가 악몽을 꿀 때가 아니면 잠에서 깨지 않았다. 다음날 조금이라도 일찍 일어나기 위해, 나는 필사적으로 베개에 얼굴을 묻곤 했다. 어떻게든 하루를 잊고 싶었다. 다행히 대불호텔의 침묵은 내게 도움이 되었다. 연주, 아니 셜리가 말했다.

"나는 악몽을 꿔요. 연주도 악몽을 꾸죠."

"네."

"그런데 이게 꿈이 아니라는 걸 알았어요."

"네?"

"어젯밤, 나는 눈을 번쩍 떴어요. 소리가 났거든요. 어딘가를 긁는 듯한 소음. 처음에는 침대 밑에서 들려왔죠. 쥐라고 생각했어요. 그거 아세요? 이 호텔에는 쥐가 들끓어요. 끔찍하지만 그럴 수 있다고 생각해요. 이 호텔은 낡고 지저분하니까요. 미안해요. 마음에 없는 소리를 할 수는 없네요. 그리고 괜찮아요. 이 호텔을 선택한 건 나예요. 내가 그랬죠. 내 발로 직접 여기로 걸어들어왔어요. 그리고 쥐는 살아 있어요. 살아 있는 것들은 기껏해야 똑같이 살아 있는 존재에게 해를 끼칠 뿐이죠. 나는 살아 있는 것들은 무서워하지 않아요. 살아 있는 것들이 남긴 것을 두려워하죠. 그건 무엇일까요. 원한, 고통, 절망. 그런 것들일까요. 무엇에 원한이 있는 걸까요. 알 수 없죠. 그렇기에 두렵죠. 실체를 알 수 없으니까요. 자신이 왜 원한을 가졌는지조차 잊어버린 존재들. 그래서 오직 원한만 기억하는 존재들. 지우고 지워도 사라지지 않는 존재들. 나는 여기 와서 이야기 하나를 들었어요. 연주가 말해주었죠. 당신들 나라의 이야기요. 자매가 있었지요. 아름다운 자매였어요. 계모는 그들을 차례차례 죽였어요. 그래서 자매는 원한을 가졌어요. 마을에 수령이 부임해 오면 밤마다 그를 찾아갔죠. 하지만 수령들은 그 원한을 이겨내지 못했어요. 자매를 만날 때마다 그들의 심장은 그대로 굳어버렸죠. 그렇게 사람들이 죽어나갔어요. 하나, 둘, 셋, 넷…… 그러다 심장이 튼튼한 수령이 도착했죠. 그는 자매의 이야기를 들었어요. 그리고 그들의 원한을 풀어주었지요. 계모를 잡아서 벌을 주었으니까요. 나는 이 이야기가 섬뜩했어요. 왜냐구요? 이건 자신들의 원한이 풀릴 때까지 사람들을 죽이고 또 죽이고 계속 죽이는 이야기니까요. 원한은 그런 것이죠. 풀리기 전에는 풀리지 않는 마음. 어젯밤, 나는 그 원한을 느꼈어요. 들어봐요. 쥐는 바닥 아래 갇혀 있는 것 같았어요. 그렇다면 방에 들어올 일은 없겠다 싶었죠. 그래서 그냥 잠을 청했어요. 눈을 감는 순간, 소리가 커졌어요. 정확히 말하면…… 소리가 많아졌어요. 한 마리가 아니라 여러 마리 같았어요. 더러운 쥐떼들이 찍찍대며 시끄럽게 굴고 있었죠. 나는 다시 눈을 떴어요. 소리는 멈췄어요. 그 일이 반복됐어요. 눈을 감으면 시끄럽고, 뜨면 고요해지고. 결국 나는 자리에서 일어나 바닥으로 내려왔죠. 허리를 숙여 침대 아래를 들여다봤어요. 아무 소리도 들리지 않았어요. 침대 아래에는 그 무엇도 없었죠. 나는 한숨을 쉬며 다시 침대에 누웠어요. 그런데 그 순간 방바닥 전체가 요란하게 울리기 시작했어요. 그제야 나는 알았어요. 지금까지의 모든 악몽은 꿈이 아니었다는 것을. 나는 남겨진 것들 속에 놓여 있었어요. 그곳으로 내던져졌죠. 그걸 알아차리자 느껴졌어요. 이 건물이 깊은 악의를 품고 있다는 것이! 이 건물은 자신이 원하는 걸 얻을 때까지 절대 멈추지 않을 거예요. 하지만 그게 뭘까요? 우리가 그걸 알 수 있을까요? 원한을 풀 수 있을까요? 영현, 당신은 어때요? 이 원한이 느껴지나요?"

나는 무슨 말을 해야 할지 몰랐다. 나는 어떠냐고? 밤에 요란한 소리가 들리냐고? 뭔가가 느껴지냐고? 혹시 이건 농담일까. 혹시 연주가 나를 놀리려고 이상한 이야기를 지어내서 마음대로 전하고 있는 건 아닐까. 나는 연주를 힐끔 쳐다봤다. 그녀는 진지하기 짝이 없는 표정으로 셜리를 쳐다보고 있었다. 나는 셜리에게로 시선을 옮겼다. 작은 목소리로, 그러나 또박또박 대답했다.

"저는…… 저는 그런 적이 없어요."

연주가 내 말을 셜리에게 전했다.

그 순간이었다.

아래층에서 와장창, 창문이 깨지는 소리가 들렸다. 우리는 모두 깜짝 놀라 자리에서 일어났다. 괴성과 함께 고함소리가 들렸다. 이어 또 날카로운 소리가 들렸다. 창문이 계속 깨지고 있었다. 귓속을 긁는 소음이 길게 이어졌다. 멈추지 않았다. 나는 귀를 막았다. 하지만 소리는 계속됐다. 점점 더 커졌다. 나는 뒤로 물러섰다. 연주의 어깨가 내 등에 부딪혀왔다. 이번에도 그녀는 떨고 있었다. 계단이 쿵쿵 울리기 시작했다. 울림이 점점 가까워졌다. 아아, 그것은 우리가 서 있는 홀을 향해, 우리를 향해 거침없이 다가오고 있었다. 울림이 더욱 거세졌다. 건물 전체가 시끄럽게 흔들렸다. 나는 급히 연주의 손을 세게 쥐었다.

누군가가 홀 안으로 뛰어들었다.

3

빌어먹을. 뢰이한이었다. 그가 속삭이듯 작은 목소리로 우리에게 물었다.

"다들 괜찮아요?"

나는 온몸에 힘이 풀려 그 자리에 주저앉았다. 뢰이한은 곧장 창문으로 달려가 커튼을 닫았다. 이어 또 창문 깨지는 소리가 들렸다. 뢰이한이 말했다.

"그들이 왔어요."

곧장 연주가 셜리에게 뭔가를 설명했다. 상황을 알려주는 것이 겠지. 그 사람들. 우리를 싫어하는 사람들. 아니, 이 대불호텔과 중화루를 싫어하고 증오하는 사람들. 그 사람들이 몰려왔다고. 사실 나는 처음 겪는 일이었다. 연주는 두 번 겪었다고 했다. 뢰이한은 셀 수 없을 것이다. 그랬다. 지금이 1955년인데, 청인들의 가게에 돌을 던지는 한국인들이 아직도 있었다. 텃세를 부리고 화를 내는 사람들이 여전히 있었다. 그들은 탁자와 문짝을 부수었다. 종업원들을 때리고 욕을 했다. 경찰은 이런 사건에 큰 관심이 없었다. 때문에 그들의 패악이 끝날 때까지 숨어서 기다리는 것 말고는 별 방법이 없었다. 특히 오늘처럼 건물이 텅 비고 오직 네 사람밖에 없는 이런 날에는 더더욱 조용히 있어야 했다. 그러니까, 그들이 잔뜩 화풀이를 하고 떠날 때까지 말이다. 더러운 되놈들. 되놈들과 붙어먹은 것들. 너희들이 우리의 자리를 빼앗고 있다. 더럽고 흉악한 것들!

시간이 지났다.

계속 지났다.

조용해졌다.

연주가 나직한 목소리로 침묵을 깼다.

"오늘은 창문만 깨고 가버렸나봐. 건물로 들어올 생각은 없었던 것 같아."

그러나 누구에게 하는 말인지는 알 수 없었다. 나? 뢰이한? 아니면 셜리? 연주는 홀 바닥에 무릎을 끌어안고 앉아 있었다. 나는 셜리를 바라보았다. 안경을 쓴 창백한 얼굴이 유독 더 하얗게 질려 보였다. 연주가 제대로 설명해줬겠지? 설마 이것도 이상한 꿈이라는 둥, 이 건물의 이상한 짓거리라는 둥 하는 말을 받아준 건 아니겠지. 그런데 갑자기 궁금해졌다. 대체 저 여자는 왜 이곳을 떠나지 않는 걸까. 저렇게 하얗게 질려 있으면서, 왜 매일 아침 이곳에서 눈을 뜨는 거지?

그러면 지영현, 너는 왜 여기에 있지?

손바닥으로 얼굴을 세게 문질렀다. 갑자기 왜 이런 생각이 떠오르는지 모를 일이었다. 내 마음이 낯설게 느껴졌다. 역시, 나라즈케를 만들다 취해버린 걸까. 어서 이 저녁이 빨리 지나갔으면 했다.

한참 후, 뢰이한이 조심스럽게 자리에서 일어났다. 그는 복도에 놓여 있던 대걸레 자루를 슬그머니 쥐더니 계단 앞에 자리를 잡고 앉았다. 누가 올라오기만 하면 그대로 밀어버릴 태세였다. 그래. 저 계단에서는 누구도 맥을 못 추니까. 시간이 또 얼마나 지나갔을까. 우리는 계속 조용히 있었다. 여기에 없는 것처럼. 있어도 없는 것처럼.

해가 완전히 저물었다. 서로의 얼굴이 잘 보이지 않았다.

그제야 뢰이한이 자리에서 일어났다. 그는 무뚝뚝한 말투로 우리에게 말했다.

"이제 괜찮은 것 같아요. 식사 마저 하세요."

그러자 연주가 일어나 테이블에 놓인 초에 불을 밝혔다. 단출한 상차림이 한눈에 들어왔다. 테이블을 내려다본 뢰이한이 망설이는 듯싶더니, 우리에게 잠시 기다리라고 말한 뒤 아래층으로 내려갔다. 얼마 지나지 않아 고소한 냄새가 삼층까지 피어올랐다. 따뜻하고 부드러운 무언가가 천천히 익어가는 냄새.

삼층으로 올라오는 그의 손에 들린 쟁반에는 중국 호떡이 수북이 담겨 있었다. 나는 둥글게 부푼 그 호떡들을 보며 침을 삼켰다. 셜리가 머리를 쓸어넘기며 뭐라고 나직이 말했다. 그 목소리에는 웃음이 섞여 있었다. 연주가 뢰이한에게 셜리의 말을 전했다.

"여기 있어. 같이 먹자."

내 건너편에 뢰이한이 앉았다. 네 사람이 테이블에 둘러앉은 모양새가 되었다. 나는 따뜻한 호떡을 뜯어 입에 넣었다. 달콤한 설탕과 빵이 어우러지며 입안에서 달큼하게 뭉개졌다. 나라즈케를 하나 집어 씹었다. 셜리가 내게 자신의 술을 건넸다. 미제 술이라 그런지 뜨겁고 독했다. 빠르게 기분이 좋아졌다. 나는 실없이 웃으며 그녀의 술을 몇 번 더 받아 마셨다. 몸이 따뜻해졌다. 창문이 깨진 건 아주 짧은 순간이었는데, 길고 긴 영겁의 세월을 보낸 기분이 들었다. 아, 다행이다. 다행이야. 나는 눈을 감았다.

"아."

셜리의 목소리에 나는 고개를 들었다. 뢰이한과 연주, 셜리 모두 창밖을 바라보고 있었다. 그런데 이게 무슨 일이지? 이건, 꿈일까 현실일까. 커다란 태양이 창 너머로 떠올라 있었다. 태양이 우리를 환하게 비추었다. 몸을 따뜻하게 데워주었다. 홀 안이 빛으로 가득찼다. 뢰이한, 연주, 셜리의 얼굴이 또렷하게 보였다. 우리는 함께 그 태양을 물끄러미 바라보며 아무 말도 하지 않았다. 고요했고, 평화로웠고, 그렇게 시간이 멈춘 듯했다. 누군가의 목소리가 들렸다. "계속 이렇게 살았으면 좋겠다." 누군가 대답했다. "그렇게 살게 될 거야, 영원히." 나는 미소를 지었다. 여러 번 눈을 감았다 떴다. 셜리의 말이 맞았다. 이건 꿈이 아니었다. 꿈일 수 없었다.

나는 다시 눈을 감았다.

*

소설을 쓰고 있어요. 삼 년쯤 됐나. 19세기의 심령학자들이 어떤 흉가를 빌렸다고 해요. 그리고 그곳에서 겪은 경험을 바탕으로 책을 썼죠. 나는 그 책을 읽고서 흥분했어요. 뭔가가 머릿속을 긁고 지나간 느낌을 받았죠. 이 이야기를 소설로 써야겠다고 생각했어요. 그러기 위해서는 흉가가 필요했어요. 상상의 영역에서 펼쳐지는 기괴한 악몽이 아니라, 손에 와닿는 공포의 체온을 느끼게 해줄 진짜가 필요했어요.

나는 영감을 줄 만한 흉가를 계속 찾아다녔어요. 없었어요. 아무리 찾아도 없었어요! 남편이 끝없이 도움을 줬어요. 평론가이자 편집자인 그는 늘 제 작업에 협조적이죠. 그는 훌륭한 예술작품을 알아보는 심미안을 갖고 있고, 네, 나를 존경한다고 말하죠. 내가 좋은 작품을 쓸 수 있다면 무엇이든 할 수 있는 사람이에요. 그건 나를 위해 돈을 번다거나 살림과 육아를 도맡는 것 같은 하찮은 일을 의미하는 게 아니에요. 그는 더 위대한 방식으로 내게 헌신하죠.

그는 내가 무한한 경험을 거치고 감정적 한계를 돌파하도록 도와요. 내 이야기는 인간의 음험한 감정에서 시작되는 것이고, 그래서 내가 그 상황을 이해하지 않으면 쓸 수 없기 때문이죠. 맨정신으로는 견디기 힘들어요. 그는 그렇게 말해요. 그래서 우리는 매일 술을 마셔요. 담배를 피우고 약을 하죠. 그는 그것들이 나를 해방시켜줄 수 있을 거라 말해요. 그래서 나는 그가 다른 여자를 만나는 것도 참죠. 아니에요. 때때로 참지 못하죠. 하지만 그가 실망하리라는 걸 알기에 감정을 있는 그대로 내보이지 않아요. 난 이게 어떤 건지 알아요. 이런 식으로 사는 게 무엇을 의미하는지 정확히 알아요! 하지만 이 이야기는 중요하지 않은 것 같군요.

중요하지 않아요.

중요한 건, 내가 흉가를 찾아다녔다는 거죠. 그리고 결국 찾아냈어요. 그곳은 캘리포니아의 어떤 마을에 있었죠. 그 끔찍한 건물! 전체가 불타버리고 골조만 남아 있었죠. 그 건물은, 세상에, 마치 내게 말을 거는 것 같았어요. 끔찍한 이야기를 전하는 것 같았어요. 나는 곧장 캘리포니아에 산 적이 있는 어머니에게 편지를 썼죠. 아, 어머니. 사랑하는 나의 어머니. 그녀는 나를 사랑하고 증오하고 한심해하고 질투하죠. 그녀는 내가 뚱뚱하기 때문에, 예쁘지 않기 때문에, 사랑받을 만한 글이 아니라 음산하고 기괴한 글을 쓰기 때문에 절대 행복해질 수 없을 거라고 말하죠. 너는 모든 것이 과해. 모호하지. 너는 아무것도 아니야. 어떻게 하면 네가 그걸 알 수 있을까. 네게 그 진실을 알려주고 싶구나. 바보 같은 불쌍한 나의 딸. 남편을 믿는 건 바보 같은 짓인데, 어떻게 계속 그렇게 살 수 있니. 그는 너를 사랑하지 않아.

너를 사랑하는 건 오직 나뿐이야. 나밖에 없단다.

어쩌면 결국 나는 평생 어머니의 인정을 받기 위해 그 많은 글을 썼는지도 모르겠어요. 그녀는 나를 사랑하는 유일한 사람이기 때문에, 나는 어떤 분노도 내보일 수가 없었죠. 만일 내가 분노를 터뜨린다면 그녀는 낙담하고 배신감에 치를 떨겠죠. 그녀가 진실을 깨치는 일은 없을 거예요. 그녀는 항상 나를 위해 최선을 다했다고 생각하니까요. 그래요. 나는 그것이 두려웠던 거예요. 결국 그녀가 실망할까봐 주저했던 거죠. 어쩌면 그래서 내가 두려움을 만드는 사람이 된 걸지도 모르겠어요.

나는 어머니에게 도움을 청했어요. 그 건물의 유래와 소문, 원래의 용도, 만든 사람을 알려달라고 말이에요. 그녀는 예상대로 내가 그녀에게 오랫동안 연락하지 않은 것에 대한 비난이 가득 담긴 답장을 보내왔어요. 건물에 대해서는 많은 것을 알려주지 않았죠. 그녀는 말했어요.

'직접 가서 조사하지 그러니, 셜리.'

나는 그때 어머니가 건물에 대해 잘 모른다는 걸 눈치챘어요. 알고 있었다면 잘난 척을 늘어놓으며 내게 말했겠죠. 이런 것도 모르다니 작가답지 않구나! 세심하지 못해! 관찰력이 부족하구나! 편지 안에는 실제로 그렇게 말하는 구절이 있었어요. 바로 내 증조할아버지가 그 건물을 지었다는 거예요!

'세상에, 셜리, 그걸 몰랐니?

네 증조할아버지가 그 건물을 세운 이유도 모르겠지. 네 증조할아버지는 세계를 유람한 뒤 각지에서 얻은 영감으로 독특한 건물들을 지었다. 그리고 그 건물은 그 어디에서도 경험할 수 없을 기묘한 체험을 바탕으로 만들어졌단다. 조선이라 불리던, 일본의 식민지였던 나라의 작은 항구도시에 가셨을 때의 일이야. 그곳의 한 호텔에서 보낸 하룻밤이 얼마나 기이했던지, 뜬눈으로 밤을 새우고 날이 밝자마자 우마차를 불러 수도로 향했다고 하셨지. 네 증조할아버지는 말씀하셨어. 거기에는 악마가 있었다고! 너는 동양에 대해 잘 모를 테니 그 경험이 어떤 건지 이해할 수 없을 거다.'

악으로 가득한 건물이라…… 덕분에 소설을 쓰기 위한 준비는 충분히 되었어요. 배신감과 미움, 질투와 실망, 그 감정들이 한데 뒤엉켜 내 안을 흔들었고, 이제 첫 문장을 쓰기만 하면 되었죠. 나는 오래된 저택에 얽힌 이야기를 쓸 생각이었어요. 네! 그 집의 초자연적인 현상에 흥미를 느낀 어떤 박사가 사람들을 불러모아 무슨 일이 벌어지는지 지켜보는, 그런 이야기를 쓸 생각이었죠. 아셨군요. 박사는 바로 저예요. 이야기를 만드는 사람이죠. 그는 판을 벌이고, 인물들을 배치해서 그들이 어떻게 움직이는지 볼 생각이었던 거죠. 그는 나처럼 가짜를 만드는 사람이고, 가짜들이 느끼는 진짜 감정에 몰입해 있죠.

그때 남편이 물었어요.

"적어도 동양의 그 호텔을 직접 봐야 하지 않겠어?"

나는 거절했어요. 이 자료만으로 충분하고 이미 머릿속에서 구상이 다 끝났다고 말이에요. 그러자 남편은 실망한 것 같았어요. 내가 안일한 태도로 작품을 구상했다고 생각하는 것 같았어요. 모르겠어요. 정말로 그가 그렇게 생각했을까요. 그래서 내가 그렇

게 느끼게 만들었을까요. 아니면 나도 모르게 그렇게 여겨버린 걸
까요. 아무튼 그 바람에 마음이 약해졌고, 나는 결국 여기에 왔죠.
외관은 볼품없고, 역한 냄새가 풀풀 풍기는 곳으로요. 나는 영감
보다는 짜증과 피로를 느꼈어요. 아무것도, 그 어떤 것도 느낄 수
없었죠. 하지만 그는 말했죠.

"굉장한 곳이야. 여기서 몇 개월 더 지내봐. 아예 이곳에서 소설
을 쓰는 건 어때?"

나는 거절했어요. 우리는 밤새 소리지르고 서로를 비난하고 물
건을 집어던졌어요. 나는 여기가 싫었어요. 이런 곳에서 영감을
받을 수 있다고 생각하는 남편이 싫었어요. 어처구니가 없었어요.
소설의 영감이 이런 식으로 떠오를 거라고 생각하다니요. 이건 나
에 대한 모독이었어요. 그러나 나는 패배했어요. 그는 항상 내가
따라잡을 수 없는 말을 하죠. 내가 동의할 수 없다고 말하면, 그는
그건 나쁜 생각이라고 대답하죠. 나태하다고 말하죠. 어쩌면 저는
어머니와 똑같은 목소리를 가진 사람을 만난 건지도 몰라요.

나는 이를 갈며 대답했죠.

"그래, 가장 무섭고 끔찍한 이야기를 쓸게. 대신 여기서 사라져.
나 혼자 있겠어."

그는 화를 냈죠. 보호자로서의 자신을 무시한다고 했어요. 보호
자? 보호? 누가 누구를 보호한다는 거지? 나도 화를 냈죠. 그리고
끝내 승리했어요. 그는 나를 혼자 두고 떠났죠. 네. 이건 승리한

거예요. 하지만…… 아무 일도 일어나지 않았어요. 어떤 것도. 아아, 여기는 아무것도 아니었어요. 그저 낡고 지저분한, 금방 무너질 건물에 불과했죠. 미친듯이 메모하고 이야기를 만들었지만 아무것도 나오지 않았어요. 그러다 어느 날 창 너머로 바다를 보았어요. 이곳의 바다는 태평양이죠. 나는 대서양을 보며 살았어요. 다른 바다에 왔는데 내 일상은 아무것도 달라진 것이 없었죠.

그러자 명료해졌어요!

살면서 이렇게 제정신인 순간이 없었죠. 나는 알아차렸어요. 남편 없이 살 수 있다는 것을요. 어머니 없이도 충분히 행복하다는 것을요! 나는 혼자 있을 수 있어요. 혼자 웃을 수 있어요! 나는 곧장 짐을 챙겼어요. 그와 헤어지고 어머니와도 인연을 끊어야겠다고 생각했어요. 모든 가능성이 다 펼쳐진 느낌이었죠. 이제 더는 여기에 머무를 필요가 없었어요. 돌아갈 준비를 끝내자마자 방문을 열었어요. 그 순간, 그 소리를 들었던 거예요. 쥐가 무언가를 갉아먹는 듯한, 건물이 무너지는 듯한 소리.

그리고 어떤 감정이 내게 전해지는 것을 느꼈어요. 내가 방금 토해낸 증오와 미움이 그대로 다시 돌아오고 있었어요. 마치 내가 그 모습을 원했다는 듯이 말이에요. 그것은 내게 속삭이기까지 했어요. 잘 들어, 제대로 들어, 이런 걸 듣고 싶어했잖아? 이런 걸 원했잖아? 이런 걸로 네 글을 완성하고 싶어했잖아? 모르겠어? 이런 소리가 없으면 너는 아무것도 아니야. 무엇도 쓸 수 없지. 이게 너를 작가로 만드는 거야. 그러니까 너는 이곳에서 절대 나갈 수 없어. 여기 박혀서 그 가짜들을 휘갈겨대기나 해! 나는 악의를 느꼈어요. 밖으로 나가려 할수록 그 감정은 더욱 깊어지며 나를 짓눌렀어요. 도저히 이곳에서 나갈 수가 없었어요.

이전에는 확신이 있었어요. 어떤 곳의 분위기를 읽어내는 사람은 나라고요. 내가 그것을 읽어내고, 그렇게 해서 무언가를 만들어낸다고. 하지만 여기에는 진짜가 있어요. 여기서 무언가를 만드는 건 내가 아니에요. 다른 존재예요. 그가 나를 만들고 있어요.

당신들은 진짜인가요?

……이건 꿈일까.

아니면 현실일까.

나는 정신을 차리려 노력했다. 눈을 계속 깜빡였다. 지금 내가 무슨 이야기를 듣고 있는 거지? 언제부터 시작된 이야기지? 나는 여전히 다른 사람들과 함께 테이블에 둘러앉아 있었다. 하지만 온몸이 뜨거웠다. 마치 내가 셜리의 이야기를 직접 알아듣고 있는 듯한 기분이 들었다. 하지만 그럴 리 없었다. 취한 걸까. 그래, 나는 취했다. 그래서 이런 이야기가 들리는 걸까. 아니면…… 내가 미친 걸까? 아니야. 그게 아니야. 미친 건 내가 아니야. 저 사람이야. 이 낯선 곳에 와서 허무맹랑한 망상에 빠져버린 저 여자야! 촛불이 거세게 일렁였다. 연주는 거의 숨도 제대로 쉬지 못하며 셜리의 말을 전하고 있었고, 뢰이한은 충격을 받은 표정으로 앉아 있었다. 나는 정신을 차리려 노력했다. 다들 왜 이래. 이런 미친 이야기를 들으면서 다들 왜 이렇게 진지한 거야? 나는 손바닥으로 얼굴을 세게 문질렀다. 몇 번이고 문질렀다. 정신이 조금씩 맑아지는 것 같았다. 나는 연주에게 눈짓했다. 셜리에게 적당히 맞춰주고 빨리 일어나자는 뜻을 전하기 위해서였다. 그런데 연주가 이상했다. 그녀는 셜리의 이야기에 완전히 몰입해 있었다.

대체 왜?

연주가 중얼거렸다.

"어떻게 이런 일이…… 어떻게 이럴 수가 있지."

그러자 뢰이한이 기다렸다는 듯 말했다.

"그러니까 말이야."

셜리가 긴장한 표정으로 두 사람을 번갈아 바라보았다. 나는 아무 말도 하지 못했다. 얼마나 지났을까. 연주가 고개를 들었다. 그녀가 한국어로 먼저 말했다. 그리고 곧장 셜리에게 통역했다.

"이 집은 이상해요. 저도 알아요."

나는 뭔가 끼어들어야 할 것 같은 기분을 느꼈다. 최대한 자연스럽게 말을 꺼냈다.

"어…… 그렇긴 하지. 오래된 건물이잖아."

연주가 고개를 세차게 저었다.

"그런 말이 아냐."

그녀는 나를 똑바로 보며 덧붙였다.

"내 앞에 어떤 여자가 계속 나타나."

나는 당연한 것 아니냐고 말할 뻔했다. 나와 연주, 그리고 셜리까지 이곳 삼층에는 모두 여자들뿐이었다. 그 순간, 장독대 너머를 보며 잔뜩 겁에 질렸던 연주의 모습이 떠올랐다. 혹시 여기에 내가 모르는 누군가가 살고 있나? 그 사람이 중화루를 배회하면서 사람들을 괴롭히는 걸까. 그런데…… 왜 나는 찾아오지 않는 거지?

나는 물었다.

"그게 누군데?"

"모르겠어. 계속 나를 따라다녀."

연주는 떨리는 목소리로 말을 이었다.

"외국인이야. 긴 치마를 입고 있고, 머리숱이 굉장히 많고, 키가 커. 그리고 나는 그 여자의 이름을 알아."

그러더니 우물쭈물하며 무슨 말을 할 듯 말 듯 망설였다. 왜 그러느냐고 묻자, 연주는 가슴에 손을 얹으며 대답했다.

"그 여자는 유령이야. 귀신이지."

나는 웃음을 터뜨릴 뻔했다. 농담이지? 이거 모두 농담 맞지? 조금 전까지만 해도 우리는 나라즈케를 만들고 있었다. 창문을 깨

부수는 사람들을 피해 홀에 모여 있었다. 호떡을 나누어 먹고 술을 마셨다. 나는 내일 이불 빨래를 해야겠다고 생각했다. 그리고 다음날을 생각했다. 또 다음날을 생각했다. 비슷한 일들이 계속되는 나날. 항상 연주가 있고, 그래서 항상 연주의 일을 돕는 나. 나는 차오가 건물을 넘긴다는 사실이 별로 걱정되지 않았다. 어차피 누구도 이 건물을 구해내지 못할 것이다. 또다시 숙박업소로 쓰이거나 음식점이 되겠지. 나는 시간이 지나면 연주에게 다시 말해볼 생각이었다. 있잖아. 우리 계속 이렇게 살지 않을래? 어딘가에서 하숙을 치거나, 여관을 관리하면서 그렇게 살아보지 않을래? 우리 같이 안심하며 살지 않을래?

뢰이한이 끼어들었다.

"무슨 말인지 알 것 같아."

나는 급히 그에게로 고개를 돌렸다.

"어릴 때부터 그랬어. 여기를 드나들기 시작했을 때부터 말이야. 여기에는 언제나 우리 외에 누군가가 있는 것 같았어. 아니, 때때로 이 건물이 사람처럼 느껴지기도 해. 이 건물은, 원한을 끌어들이는 것 같아. 사람들의 미움을, 증오를 자꾸만 집어삼키는 것 같아. 서로를 배반하라고 부추기는 것 같아. 가끔 잠을 청할 때면 그런 목소리들이 들려. '누구 마음대로 여기에 누워 있어? 네까짓 게 뭔데 여기에서 발을 뻗고 있지? 너를 끌어내리겠어. 잡아먹겠어. 어디 한번 뭐든 해봐. 다 지켜보고 있을 테니까.' 그들은 끊임없이 나를 손가락질해. 나는 귀를 막고 싶지만 막을 수가 없어. 막아도 다 들리거든. 사실 나는 그 소리를 듣고 싶어. 들어야만 할 것 같아. 그런 기분에 사로잡혀. 늘. 언제나. 그들이 나에 대해 뭐라고 하는지 도저히 외면할 수가 없어. 결국 나는 그 목소리들에 파묻히지. 소리는 또다른 소리가 되어 굴러오고, 나는 점점 희미해져. 사라져버리지."

연주를 통해 뢰이한의 말을 들은 셜리의 눈에 공포가 가득찼다.

왜?

다들 왜 이래?

……왜 내게는 찾아오지 않는 거야?

우리는 모두 여기에 함께 있었지만, 나는 홀로 앉아 있었다. 한참 후, 연주가 내게 말했다.

"그 여자는 내가 여기서 나가는 걸 좋아하지 않아. 셜리와 똑같아. 내가 여기에, 자신과 함께 있기를 원해."

그 순간 나도 모르게 말이 튀어나왔다.

"영원히?"

연주는 섬뜩하다는 듯 나를 쳐다보며 말했다.

"응. 영원히."

나는 연주의 시선을 피했다. 그리고 물었다.

"그 여자의 이름이 뭐야?"

연주는 나를 보지 않았다. 셜리 잭슨을 바라보며 대답했다.

"에밀리 브론테."

4

첫눈이 내렸다. 아직 11월 초였으니 좀 이른 감이 있었다. 가볍게 흩날리던 눈송이는 오후가 되면서 조금씩 굵어졌다. 함박눈이 되어 바닥에 쌓이기 시작했다. 나는 복도 청소를 하다 말고 빗자루를 들고 밖으로 나갔다. 부엌 직원들이 얼음이 얼기 전에 건물 앞의 눈을 치워야 한다고 닦달했기 때문이다. 하지만 정작 일을 하는 사람은 나를 제외하고 두어 명밖에 되지 않았다. 뢰이한은 없었다. 부엌에서 재고 정리를 해야 한다고 했다. 그래, 유령이 붙들고 싶을 만큼 특별한 분이시니 눈 같은 건 치울 수 없겠지. 속으로 빈정거렸지만 기분이 좋아지지는 않았다. 나는 애꿎은 빗자루로 바닥만 쓸어댔다. 중화루 정문에서 현관 앞 계단까지, 그리고 계단에서 동네 중심으로 이어지는 길목까지 샅샅이 쓸었다. 눈이 계속 쌓였다. 손이 빨갛게 곱았다. 나는 소매로 코를 훔쳤다. 그렇게 한참 동안 바닥을 쓸고 난 뒤 겨우 허리를 폈다.

후.

입김이 공중으로 뜨겁게 피어올랐다. 눈송이에는 바닷바람의 짠 내음이 배어 있었다. 나는 다시 한번 코를 훔쳤다. 추웠다. 그때, 깨끗이 쓸어놓은 길 저편에서 익숙한 얼굴들이 다가오는 것이 보였다. 셜리와 연주였다. 나는 고개를 숙였다. 그들을 못 본 척하고 다시 길 위의 눈을 쓸기 시작했다. 그들 역시 나를 보지 못한 건지, 아니면 별로 인사하고 싶지 않았던 건지는 모르겠다. 두 사람은 조용히 걸어와 내게 어떤 말도 건네지 않은 채 건물 안으로 들어갔다. 나는 비질을 그만뒀다.

이틀 전, 나는 셜리와 산책을 나갈 거라며 머리를 빗는 연주에게 빈정거렸다.

"그 유령이 외출에는 꽤 호의적인 모양이야?"

연주는 거울을 통해 나를 쳐다봤다. 그녀는 화를 내지 않았다. 어떤 감정도 실리지 않은 목소리로 이렇게 말했을 뿐이다.

"영현아, 너는 이해할 수 없을 거야."

그리고 지금까지 계속 내게 말을 걸지 않았다. 나는 이해할 수 없었다. '에밀리 브론테'라는 이름이 나온 후부터 연주의 일상은 완전히 달라졌다.

그녀는 온종일 셜리와 대화를 했다. 아침에 눈을 뜨자마자 셜리의 방으로 가 함께 식사를 하고, 산책을 나갔다 돌아와서 밤이 되기 전까지 또 이야기를 나누었다. 그러는 동안 우리가 함께 했던 일들, 함께 반찬을 만들고 건물을 청소하고 잠들기 전까지 농담을 나누던 일들은 모두 뒷전으로 밀리거나 사라져버렸다. 나는 혼자 일하는 것이 조금 억울했지만, 연주에게 어떻게 말해야 할지 몰랐다. 우리는 분명 함께 일했지만, 엄밀한 의미에서 그녀는 나의 고용주였다. 만일 이 상황이 마음에 들지 않는다고 말한다면? 그래서 연주가 내게 대불호텔에서 나가달라고 말한다면? 물론 연주는 그렇게까지는 하지 않을 것이다. 아마 연주는 받아들일 것이다. 내 급료를 올려주겠다고 말할지도 모른다. 우리가 함께 하던 일들을 이제 내가 도맡아달라고 말할지도 모른다. 하지만 내가 원하는 건 그런 것이 아니었다. 어서 모든 것이 제자리로 돌아왔으면 했다. 그러나 정말로 나는 그것만을 원할까? 종종 그런 의문이 들었다. 연주는 내가 그러건 말건 전혀 관심이 없었다.

연주의 관심은 오로지 '에밀리 브론테'뿐이었다.

매일 셜리와 그녀에 대한 이야기를 나눈다고 했다. 연주는 전혀 몰랐다고 했다. 에밀리 브론테가 아주 오래전 영국에 살았던 유명한 소설가였다는 사실을 말이다. 그녀의 작품인 『워더링 하이츠』도 읽어본 적이 없다고 했다. 셜리는 그 사실에 굉장한 흥미를 느꼈다. 왜, 어째서, 에밀리 브론테가 연주 앞에 나타난 것일까. 셜리는 연주가 느끼는 것들에 관심을 가졌다. 그리고 어쩌면 자신이 이 호텔에 오게 된 것이 우연이 아닐지도 모른다고 생각했다. 이 악의를 경험하는 건 운명일지 모른다고 생각했다. 그녀는 모든 것을 되짚어봤다. 할아버지의 유람과 어머니에 대한 감정, 남편과의 다툼, 지금까지 읽은 모든 책과 앞으로 그녀가 읽게 될 책. 그리고 쓰게 될 이야기. 여기에는 어떤 '비밀'이 있었다. 그녀가 알아야만 하는 이야기. 너무 궁금해서 견딜 수 없는 이야기. 셜리는 그 비밀로 통하는 열쇠를 연주에게서 찾을 수 있다고 생각했다. 그래서 그녀는 온종일 연주의 이야기를 들었다. 이 호텔에서 죽어나간 사람들, 그러니까 목뼈가 부러진 사람들에 대한 이야기를 들었다. 그녀가 종종 목격하는 에밀리 브론테의 모습에 대해서 들었다. 더 들으려 했다. 때로는 뢰이한을 불렀다. 그런 날 셜리의 방은 매우 시끄러웠다. 밤새 떠드는 세 사람의 목소리가 호텔에 오래도록 울려퍼졌다.

한기를 털어내며 건물 안으로 들어갔다. 추운 곳에 너무 오래 있다가 따뜻한 곳으로 들어와서 그런 걸까. 손에 통증이 일었다. 쪼그라들었던 피부가 부풀어오르는 것 같았다. 나는 손을 쥐었다 펴기를 반복했다. 양손을 서로 문지르며 계단을 올랐다. 다른 때 같으면 부엌에 들러 몸을 좀 녹였을 것이다. 하지만 뢰이한을 만나기 싫어 관두기로 했다.

다 똑같은 것들.

복도에 돌아오니 한 시간 전 놔둔 걸레와 물통이 그대로 있었다. 연주와 셜리는 어디 갔는지 보이지 않았다. 뢰이한을 찾아간 걸까. 나는 따뜻한 부엌을 채운 훈훈한 공기를 떠올렸다. 그 안에 있고 싶었다. 하지만 이내 그 마음을 밀어내며 걸레를 빨기 시작했다. 잠시 따뜻해졌던 손이 다시 차갑게 얼어붙었다. 오래된 걸레는 까끌까끌하고 축축했다. 주위는 조용했다. 나는 혼자 중얼거리듯 물었다.

"에밀리 브론테?"

아주 작게 소리 냈을 뿐인데, 목소리가 메아리처럼 되돌아왔다. 나는 픽 웃었다. 그 여자, 유령, 귀신, 알 수 없는 존재, 누군가를 묶어두려는 이. 그녀는 대체 누구일까. 걸레를 물통에서 꺼내 물기를 짜냈다. 물방울이 내 얼굴에 조금 튀었다. 나는 걸레와 물통을 양손에 들고 자리에서 일어났다. 그때, 계단 쪽에서 바스락거리는 소리가 들렸다. 뭐라 설명할 수 없는, 귓속을 불쾌하게 긁는 낮은 소음이었다. 공기가 얼어붙는 것이 느껴졌다. 목덜미가 서늘해졌고, 등이 딱딱하게 굳었다. 소리는 계단 아래쪽에서 내가 있는 곳으로 아주 천천히, 기어오듯이 다가오고 있었다. 나는 숨을 참았다. 소리는 더 커졌다.

설마?

조심스럽게 걸레와 물통을 바닥에 내려놓았다. 딱딱하고 차가운 두 손으로 양어깨를 감싸안았다. 나는 조심스럽게 물었다.

"에밀리 브론테, 당신인가요?"

그러자 소리가 빠르게 내 쪽으로 다가왔다. 금방이라도 나를 잡아먹을 것 같았다. 나는 그 자리에 꼿꼿이 섰다. 그러나 소리는 내게 당도하지 않았다. 복도 구석에서 탁 하고 멈춰버렸다. 나는 급히 그곳으로 달려갔다. 벽 아래쪽에 작은 구멍이 나 있었다. 쥐가 파먹은 흔적이었다. 나는 고개를 돌렸다. 창밖에서는 계속 눈이 내리고 있었다.

*

새벽녘, 연주가 방으로 돌아왔다. 그녀에게서 옅은 술냄새가 났다. 기분이 좋아 보였다. 자는 척하려는데, 연주가 웃음 섞인 목소리로 내 어깨를 흔들며 말했다.

"영현아, 안 자는 거 다 알아. 어서 일어나봐."

그 말을 듣자 마음이 약해졌다. 나는 몸을 일으켰다. 연주가 촛불을 켰다. 방안이 밝아지며, 동시에 그림자가 졌다. 촛불이 일렁였다. 연주가 말했다.

"오늘 산책하다가 네 당숙모님 만났어. 네 안부를 물으시더라."

"……그랬니."

"응. 이런저런 말씀을 해주셨어."

"무슨?"

"아…… 글쎄, 그렇게 중요한 이야기는 아니었어. 그냥 네가 잘 지내는지 궁금해하셨어."

그녀는 웅얼거리듯 말했다. 확실히 취해 있었다. 그 모습이 셜리를 보는 듯도 했다. 그러고 보니 연주의 머리 스타일이 셜리와 비슷했다. 어떻게 표현할 수 없는, 독특하게 올린 구불구불한 머리카락.

나는 벽에 등을 기댔다. 연주는 더이상 말이 없었다. 여기서 내가 입을 다물면 대화가 완전히 끊길 것 같았다. 나는 고개를 천장으로 젖혔다. 빛과 그림자가 함께 보였다.

"연주야."

"응?"

"워더링 하이츠는 무슨 뜻이야?"

그녀가 나지막한 목소리로 대답했다.

"폭풍이 부는 언덕. 아니, 폭풍의 언덕."

"그래?"

"응."

"어떤 내용이야?"

"나도 잘 몰라. 안 읽어봤어. 셜리에게 듣기만 했어."

"셜리가 뭐라고 했는데?"

그녀가 말했다. 『워더링 하이츠』는 선택받지 못했다고 생각한 남자가 여자와 그 가족에게 복수하는 내용이라고. 연주는 소설 내용이 끔찍하다며 진저리를 쳤다. 남자가 여자의 가족을 괴롭히는 방식이 무시무시하다고 했다. 그는 여자의 자식은 물론, 자신의 아이까지 괴롭힌다고 했다. 대단한 원한이었다. 그러나 더 무서운 건, 그는 원한 자체가 자신의 삶이라고 생각한다는 점이었다. 연주가 말했다.

"너무 끔찍한 마음이야. 사랑하는 사람이 불행해지기를 바란다는 건."

그리고 덧붙였다.

"나는 그렇게 무서운 이야기는 처음 들었어."

"그래?"

순간, 나는 월미도를 떠올렸다. 떠나온 곳. 다시는 돌아가지 않기로 마음먹은 곳. 폭격이 있은 뒤, 동네 사람들은 대놓고 울지도 못했다. 나도 마찬가지였다. 도끼를 들고 날뛰는 남자 때문이었다. 1950년 6월, 전쟁이 터지자마자 마을에는 좌익 청년단이 만들어졌다. 아버지는 그들을 트럭에 태우고 운전을 했다. 청년단이 마음먹은 일을 돕기 위해서였다. 그들이 가장 첫번째로 해야만 한다고 생각한 일. 정의로운 일.

그들은 마을 경찰을 죽였다.

도끼를 든 남자는 경찰의 동생이었다. 나의 부모님과 그 형제들, 남자의 부모님과 그 형제자매들은 모두 함께 자랐고, 조상을 같은 땅에 묻었다. 때로는 누가 누구의 식구인지 분간할 수 없었다. 마을 전체가 한식구나 다름없었다. 아주 오랫동안 그런 믿음으로 살아왔다. 그러나 아니었던 모양이다. 그래⋯⋯ 가족들이야말로 서로에게 가장 분노에 차 있으니까. 칼을 겨누는 일 따위가 뭐가 어려웠겠는가. 쉬웠겠지. 얼마든지 죽일 수 있었겠지.

9월 10일, 폭격이 벌어졌다. 청년단의 절반 이상이 죽었다. 경찰의 동생은 도끼를 들었다. 세상이 다시 바뀌고 있다는 걸 눈치챘던 것이다. 동시에 그건 화풀이를 위해서이기도 했다. 그의 가족들 역시 폭격으로 모두 죽었다. 나이 어린 아내, 돌이 갓 지난 아들이 억울하게 희생되었다. 미군이 떨어뜨린 폭탄에 산산이 흩어졌다. 그는 외쳤다. 이게 다 너희 빨갱이 새끼들이 설쳐서 그런 것이다. 형님의 원수를 갚을 것이다. 내 가족의 한을 풀 것이다. 모두 다 죽여버릴 것이다. 왜 너희들은 안 죽고 살아 있는 것이냐! 왜 너희만 살아 있는 것이냐! 그는 도끼를 휘둘렀다. 문패마다 도끼를 찍었다. 살아남은 청년단 사람들 중 둘을 죽였다. 그리고 닷새 후에 미군이 인천에 상륙했다. 그는 청년단의 가족들을 군에 넘겼다. 그는 지독했다. 정말 지독했다. 어쩌면 그렇게 끈질겼을까. 어쩌면 그렇게 모르는 것이 없었을까. 그는 동네 사람들 중 누군가가 숨어 있는 청년단 사람에게 쌀 한 줌을 건네준 것조차 알아냈다. 끝까지 다 잡아냈다. 그리고 그는 항구 근처로 집을 옮겼다. 배를 타고 도망가는 빨갱이 새끼들을 붙잡기 위해서였다. 월미도를 떠나려면 그를 통과해야 했다.

고향을 등지던 그 한밤중, 나는 그의 집 앞을 네 발로 엉금엉금 기었다. 떨었다. 부모님은 이제 세상에 없었다. 옆집 식구들까지 죽었다. 하지만 나는 살았다. 여기에 있었다. 하지만 계속 있을 수 없었다. 부역자의 자식이었으니까. 원수의 딸이었으니까. 살아도 사는 것이 아니었다. 이렇게 살 수 없었다. 그래서 그의 집 앞을 지나가야 했다. 이렇게 죽으나 저렇게 죽으나 똑같다면, 적어도 이 섬을 빠져나가서 죽고 싶었다. 나는 두려웠다. 도끼를 든 남자. 그가 나를 알까? 알겠지. 그는 내가 자라는 걸 평생 지켜봐왔으니까. 그리고 그는 모르는 것이 없었으니까. 언제나 모든 것을 알고 있었으니까. 우리 부모님에 대해서도, 당숙에 대해서도 다 알겠지. 나는 도둑고양이처럼 살금살금 그의 집 앞을 기어가듯 지나갔다. 숨을 참았다. 등에 식은땀이 흘렀다. 거의 다 지나왔을 무렵, 뒤에서 그의 목소리가 들려왔다.

"야."

그가 담배를 물고 길 한가운데 서 있었다. 이마의 큰 흉터가 눈에 들어왔다. 사람들과 몸싸움을 벌이다 거꾸로 도끼에 찍혀서 생긴 자국이었다. 그가 나를 쏘아보았다. 오줌이 마려웠다. 그는 자비가 없었다. 아무리 사람들을 죽이고 고발해도 그의 원한은 사그라들지 않았다. 그는 원한 자체로 존재하는 것 같았다. 그는 멀지도 가깝지도 않은 거리에서 나를 노려보며 아주 천천히 담배를 피웠다. 그는 분명히 나를 기억했다. 나를 알고 있었다. 어찌 모르겠는가. 그는 내 부모님과 허물없이 지냈고, 할아버지 환갑잔치에 놀러왔으며, 아들을 낳았을 때 마을 전체에 떡을 돌렸다. 하지만 그의 형은 죽었다. 아내도 죽었다. 아들도 죽었다. 그는 살았다. 정말 그럴까? 살아 있는 것일까? 그는 살아 있었지만 이미 죽은 사람이었다. 나는 그걸 이해했다. 나 역시 그러했으니까. 때문에 그 순간, 나는 공포에 짓눌렸지만 기대감에 부풀어올랐다. 아, 이제 정말로 끝낼 수 있겠구나. 저 사람이 나의 마지막을 거두어가겠구나.

드디어 끝나겠구나.

그러나 그는 몸을 돌렸다. 집을 향해 천천히 걸어갔다. 이유는 알 수 없었다. 믿을 수 없었다. 이럴 수가. 그는 나를 내버려두기로 결정한 듯했다. 왜? 어째서? 단 한 번도 봐준 적이 없었는데? 하지만 그런 생각에 사로잡혀 있을 때가 아니었다. 나는 정신을 차렸다. 항구를 향해 정신없이 뛰었다. 뒤를 돌아보지 않았다. 다시는 돌아오지 않으리라. 다 떠나보내리라. 다시는 기억하지 않으리라.

소설 속 남자는 고향의 그 도끼를 든 남자를 닮았다. 그 사람을 생각나게 한다. 그러니까, 그 소설은 내게 익숙한 내용이다. 하지만 나는 연주에게 말했다.

"나도 처음 듣는 이야기야. 끔찍하네."

그러고 나니 문득 정말로 궁금한 점이 생겼다. 나는 연주에게 물었다.

"있잖아, 그러면 그 여자는 남자를 사랑하지 않은 거야?"

나는 대답을 듣지 못했다. 연주가 다른 이야기를 시작했기 때문이다. 그녀는 에밀리 브론테가 자신을 따라다니는 이유를 알 수 없다고 했다. 셜리에게는 끔찍한 소리로 나타난 '그것'이 왜 연주 자신에게는 에밀리 브론테의 모습으로 나타나는 것인지 궁금하다고 했다. 그건 나도 궁금하긴 했다. 왜 당신은 그런 모습으로 나타나나요? 화가 났나요? 외롭나요? 왜 저 사람들을 묶어두려 하나요? 왜 저 사람들에게만 그러는 건가요? 무슨 원한이 있나요? 풀지 않을 생각인가요? 저들에게만? 오직 저들에게만?

"영현아."

연주가 불렀다.

"응."

"언제 한번 당숙모가 찾아오시겠대."

*

방안에 연주의 숨소리가 가득했다. 나는 다시 눈을 붙여보려 애썼지만, 그럴수록 정신은 더 또렷해졌다. 나는 끝내 잠에 들지 못했다. 결국 자리에서 일어나 연주의 재킷을 챙겨 입고 계단을 내려갔다. 아직 새벽이었다. 건물에 냉기가 가득했다.

부엌으로 들어갔다. 입김이 하얗게 흘러나왔다. 가마솥 위 찬장을 더듬어 귤피차 통을 꺼냈다. 그러나 차통은 텅 비어 있었다. 나는 망연자실한 기분으로 텅 빈 차통을 든 채 뒷문 옆에 놓여 있는 의자에 걸터앉았다. 피로했다. 문득, 어린 시절 교실 밖으로 쫓겨나 내내 복도에 서 있던 날들이 생각났다. 왜, 어째서, 하필 이 순간에 그때의 기억이 떠오르는 걸까. 복도에 혼자 나와 있는 건 수치스럽고 모욕적이었다. 하지만 당시의 나는 내가 느끼는 감정이 무엇인지 잘 알지 못했다. 그저 하루가 빨리 끝나기만을 바랐다. 그때 나는 왜 학교를 떠나지 않았을까? 내가 학교에 가지 않는다고 해서 나무랄 사람은 아무도 없었다. 누구도 내게 관심이 없었고, 나조차도 나의 미래에 아무런 기대가 없었다. 이렇게 살다가 어느 부두 노동자와 결혼을 하거나 어느 집의 식모로 들어가게 되겠지. 일본말을 제대로 읽지 못한다는 이유로 혼이 나는 건 정말로 억울하기 짝이 없는 일이었다. 어차피 나는 조선인이었다. 그 언어가 나의 삶을 바꿀 수 있는가? 내 부모와 이 섬의 생태를 바꿀 수 있는가? 혹시 선생님은 내가 기회를 저버리는 것 같아 화가 났던 걸까? 아니. 그녀는 그저 내게 짜증이 났을 뿐이다. 자신이 원하는 걸 내가 이루어주지 않는다는 이유로. 재미있는 일이다. 그녀는 일본인이지만, 조선으로 이주한 부모님 밑에서 태어났다. 그러니까 그녀의 고향은 일본인 동시에 식민지 조선이었다. 그녀가 내게 가르치려 하는 언어는 정작 그녀 자신은 진짜 고국에서 한 번도 읽고 써본 적 없는 말이었다. 어쩌면 그녀는 그래서 내게 더 짜증이 났던 것일지도 모르겠다. 그녀가 원하는 것. 그녀가 상상하는 고향. 나는 그녀의 그림을 망치고 있었던 것이다.

그래도 그녀에게는 종숙이 있었다. 품에 꼭 끌어안고 놓아주지 않는 아이. 아마 종숙은 선생님의 그림에 꼭 맞는 아이였을 것이다. 그애는 우등생이었다. 일본어와 한자를 잘 읽었고, 심지어 영어까지 제법 잘했다. 때문에 수업은 그애 위주로 이루어졌다. 선생님은 그애에게 소리 내어 책을 읽게 했다. 시를 읊게 했다. 음악시간에는 엔카를 부르게 했다. 구슬프고 애처로운 노래. 선생님은 그 노래를 좋아했던 것일까, 아니면 그렇게 어린 아이가 그런 노래를 부른다는 사실을 좋아했던 것일까. 바로 그애가 나의 옆집 친구이다. 내게 그 단어를 가르쳐준 소녀. '매혹적이다.'

나는 머리를 뒷문에 기댔다. 그때와 지금 무엇이 달라졌지? 살아남았다는 것? 그것 외에 내게 남은 건 뭐지? 대체 나는 무엇을 기대했던가. 무엇에 매혹되었던가.

부엌 옆의 작은 방문이 열리며 뢰이한이 방안에서 나왔다. 나는 그를 힐끔 쳐다보기만 하고 아무 말도 안 했다. 힘이 없었다. 그는 나를 보고 놀란 듯했다. 재킷 때문에 연주로 착각한 모양이었다. 그러나 텅 빈 귤피차 통을 끌어안고 있는 걸 보고 바로 눈치챘겠지. 그는 내게 인사하지 않았다. 말없이 뒷문을 활짝 열었다. 찬바람이 밀려들어 나는 인상을 찡그렸다. 다시 올라갈까 싶었지만,

연주가 잠든 방으로 돌아가기는 싫었다. 나는 그냥 그 자리에 가만히 앉아 있었다.

뢰이한이 물을 끓였다. 그리고 찬장 한구석에서 종이로 정성스럽게 싼 찻잎 뭉치를 꺼냈다. 그는 찻잎을 조금 부숴 주전자에 담고, 이어 뜨거운 물을 부었다. 주전자 위로 하얀 김이 모락모락 피어올랐다. 나는 멍하니 그 광경을 바라보았다. 그는 처음 우러난 찻물을 버리고 다시 물을 부어 두번째 차를 우렸다. 잠시 후 오래된 작은 도자기 잔에 차를 가득 담아 내게 건넸다. 풀냄새가 가볍게 풍기는 차였다. 한 모금을 마셨다. 차가 가슴 한가운데까지 천천히 흘러내리며 온몸을 덥혔다. 나는 한 모금을 더 마셨다. 따뜻했다. 풀 내음이 입안에 오래도록 남았다. 나는 뢰이한을 힐끔 쳐다봤다. 자신의 방 문지방에 걸터앉은 그 역시 나와 함께 차를 음미하고 있었다. 뒷맛이 들큼한, 풀냄새가 가득한 차는 몇 모금 남아 있지 않았다. 그러자 갑자기 서러운 기분이 밀려들었다. 그에게 못되게 굴고 싶은 마음이 일렁이며 솟구쳤다. 나는 속으로 중얼거렸다. 그러지 마. 그러지 마. 그러지 마. 안 돼. 하지만 결국 나는 그에게 신경질적으로 내뱉고 말았다.

"요즘은 박씨네 딸이랑 안 만나?"

그가 고개를 들었다. 화가 난 것 같지도 않았고, 그렇다고 해서 슬퍼 보이지도 않았다. 그런 그의 모습을 보니 갑자기 전의가 사라졌다. 그가 쓸쓸한 미소를 지으며 대답했다.

"애초부터 아무 사이도 아니었어."

그러나 그의 목소리는 갈라져 나왔다. 그는 다시 말없이 차를 한 모금 마셨다. 나는 무엇을 기대했던가. 무엇이 달라지기를 바랐던가. 그가 나를 불렀다.

"영현."

나는 대답하지 않았다. 그가 혼자 말했다.

"이 건물은 이상한 곳이야. 그건 진실이야. 거짓말이 아니야."

나는 눈을 치켜떴다. 무슨 말이 하고 싶은 거지? 나는 차의 마지막 한 모금을 단숨에 들이켰다. 그리고 그를 똑바로 쳐다봤다. 뢰이한은 숨을 한번 크게 들이마시더니 말을 이었다.

"연주에게는 계획이 있어."

"무슨 계획?"

"연주가 어렸을 때 외국인 선교사들과 가까이 지냈다는 거 알아?"

"응."

"그 사람들이 떠날 때 말했어. 신원을 보증해줄 사람이 있으면, 미국으로 가기 쉬워진다고."

"……"

나는 빈 찻잔을 매만졌다. 그에게 물었다.

"연주가 셜리를 따라 미국에 갈 거라는 거야?"

"모르지. 하지만 저 사람이 연주를 마음에 들어한다면 적어도 누군가에게 소개해줄 수는 있겠지. 신원보증을 해줄 수도 있고. 어쨌든 저 사람은 미국인이니까."

"그게 연주의 계획이야?"

그는 답이 없었다. 이해가 안 됐다. 연주가 어떻게 여기를 나가? 그건 불가능하다고 말하지 않았어? 유령이 달라붙어 있다며. 여길 절대 나갈 수 없게 한다며. 그래서 몇 날 며칠 저렇게 셜리와 붙어서 그 이야기를 나누는 거 아니었어? 아니지. 무엇보다 뢰이한 당신이 그 말에 동의했잖아. 왜 이랬다저랬다 하는 거야? 나는 상상해보았다.

연주가 대불호텔을 떠난다.

미국에 간다.

사라진다.

웃기시네.

정말? 그럴 수 있을 것 같아?

"영현, 잘 들어. 다들 각자 계획이 있어. 그게 무엇인지는 중요하지 않아. 그냥 각자 살길을 찾고 있다는 게 중요해. 이 건물은 이 상해. 말했잖아. 그건 진실이야. 하지만 생각해봐. 우리는 여기 있어도 죽을 거고, 거리로 나가도 죽을 거야. 우리를 지켜줄 사람은 누구도 없어. 조만간 차오는 건물을 팔아치울 거란 말이야. 그러니 계획을 세워야 해. 나는 중화루를 이을 거야. 여기가 아니라 다른 곳에서 말이야. 젠장. 나는 저 황금색 간판을 갖고 말 거야. 그게 내 계획이야. 차오가 내게 통보할 때까지 기다리지 않을 거야. 여기 계속 있게 해달라고 빌 생각도 없어. 그때가 되면 우리 모두 여기를 나가야 해. 건물이 아무리 비명을 지른다 해도 그걸 막을 수는 없어. 어쩌면 이 건물은 그걸 예상하고 이렇게 발악하는지도 모르지. 아마 그때가 되면 이 건물은 무너질지도 모르니까.

네가 무슨 생각을 하는지 알아. 이런 식으로 계속 살고 싶겠지. 하지만 그만둬. 연주를 믿지 마. 왜 연주가 너와 같은 생각을 할 거라고 생각해? 그리고 연주가 너와 같은 생각을 해야 할 이유도 없어. 잘 들어. 처음에 차오가 가게를 맡았을 때 말이야, 연주를 내쫓으려고 안달이 났을 때, 연주가 내게 애원했어. 도와달라고 했지. 연주와 나는 그다지 다른 처지가 아니었으니, 마음이 흔들렸어. 왜냐하면 우리에게는 시간이 필요했으니까. 이 건물의 시간을 멈춰야 했어. 다른 일을 찾을 시간을 벌기 위해서였지. 그래서 차오에게 이상한 소문을 던져준 거야. 사람들은 잘 모르지만, 사실 차오는 미신에 약해. 보이지 않는 걸 잘 믿는 사람이지. 그는 그 소문을 듣자마자 주춤했어. 연주를 직접 대하는 걸 꺼렸지. 그래서 내게 말했어. 연주를 끌어낼 장정들을 데리고 오라고. 그들은 모두 내 친구들이었어. 그들이 정말로 저주를 받아서 쓰러지고 팔이 빠졌다고 생각해? 물론, 그렇게까지 다치게 할 생각은 없었지. 그럴싸하게만 만들면 되었으니까. 그 과정에서 조금 움직임이 거칠어졌고, 그래서 다치게 된 거야. 하지만 영현, 너도 사실 예상하지 않았어? 이 건물에 들어온 순간 깨닫지 않았어? 모든 것은 우연일지 모른다고 말이야. 그리고 연주가 왜 네게 일을 부탁했다고 생각해? 혼자 벌어도 부족한데? 네가 일하는 동안 연주는 뭘하며 지낼 것 같아? 그런 생각 안 해봤어? 여기저기 어슬렁거리며 신원을 보증해줄 만한 외국인을 찾으러 다녔다면 어떨까? 그런 인맥을 쌓기 위해 노력해왔다면 어때? 애초 그런 계획으로 숙박업에 적극적으로 뛰어든 거라는 생각은 안 해봤어? 이게 다 억지스러워? 그럼 이건 어때.

헨드릭 하멜.

이 사람 이름 익숙하지 않아? 들어본 적 없어? 이딴 건물에 흥미를 보이면서 그런 거금을 내줄 외국인이 있을 것 같아? 그동안 연주가 뼈 빠지게 모은 돈일 수도 있다는 생각은 안 해봤어? 차오의 신뢰를 얻을 수 있도록 적당히 연기를 해준 외국인이 한 명 있었을 뿐이라는 생각은? 그래. 이런 건 다 중요하지 않아. 지금 중요한 건 이거야. 너는 네 인생을 살아야 해."

"……차오도 다쳤잖아. 목뼈가 부러질 뻔했어."

뢰이한이 깊이 한숨을 쉬었다. 그는 답답하다는 듯 대꾸했다.

"급히 올라갔으니까. 그 계단이 어떤지 너도 알잖아. 거기서 목뼈가 부러질 뻔한 사람은 차오가 처음이 아니야."

그럼 애초 연주에게 귀신이 붙었다는 소문은 다 꾸며낸 것이었다는 뜻인가? 대불호텔에 남기 위해서? 물론 그럴 수 있다. 충분히 그럴 수 있다. 이게 그렇게 놀랄 만한 일인가? 아니다. 그런데 나는 왜 이렇게 놀라고 있는 거지? 유령이 없다는 것 때문에? 아니, 그것도 끔찍하게 놀라운 사실은 아니다. 애초에 믿지도 않았으니까. 하지만 너희 모두 며칠 전까지는 이 건물에 '무언가' 있다고 하지 않았어? 그리고 지금 또 말하고 있잖아. 이 건물은 이상하다고. 대체 무슨 말이야? 무슨 말이 하고 싶은 거야? 이 모든 게 다 가짜야? 거짓말이야? 꾸며낸 거야?

신뢰를 위해서?

셜리 잭슨의 신뢰?

나는 그에게 물었다.

"그럼 에밀리 브론테는 누구야? 그 사람도 가짜야?"

"그건 중요하지 않아."

그렇게 말하고서 그는 내 손에서 찻잔을 부드럽게 빼 들었다. 이제 더는 할 이야기가 없다는 뜻 같았다. 나는 화가 났다. 아무것도 명확하게 설명해주지 않을 거면서 왜 이런 이야기를 꺼낸 거지? 무슨 말을 하고 싶어서? 나는 자리에서 벌떡 일어났다. 빌어먹을. 그에게 조금 더 못되게 굴었어야 했다. 이렇게 말해야 했다. 나는 네가 우는 걸 봤어! 그 자리에서 박씨에게 무릎을 꿇고 빌면서 훌쩍거리는 걸 봤지. 너야말로 그 무엇도 가질 수 없어! 꿈꿀 수 없어. 황금 간판? 그건 네 것이 아니야. 네가 아무리 노력해도, 그 여자를 아무리 사랑하고 아껴도 절대 가질 수 없어. 왜냐하면 너는 되놈 새끼이고, 사생아에 불과하니까. 너 같은 놈에게 딸을 주고 싶어하는 한국인은 없어. 알아? 아냐고!

그 순간, 나는 입을 틀어막았다. 내가 그 말을 내뱉고 있었던 것이다. 세상에. 내가 지금 무슨 짓을 한 거야? 뢰이한이 상처받은 눈빛으로 나를 쳐다봤다. 소름이 끼쳤다. 나는 중얼거렸다.

"아니야. 이건 내가 한 말이 아니야. 내가 하려던 말이 아니야."

나는 뒷걸음질쳤다. 그에게서 도망쳤다. 계단을 뛰어올랐다. 급히 방에 들어갔다. 연주는 침대에 없었다. 방은 텅 비어 있었다. 나는 몸을 떨며 소파에 앉았다. 이게 다 무슨 일일까. 갑자기 이곳이 너무 낯설었다. 책상, 티 테이블과 작은 소파, 창가에 놓인 작은 화분, 벽에 걸린 말린 꽃. 이 모든 것이 어색하게 느껴졌다.

그때, 그 소리가 또 들렸다.

탁.

탁탁탁.

침대 밑 어두운 곳에서 무언가가 움직이고 있었다. 이 와중에 또 쥐가 나타난 건가. 나는 손바닥으로 얼굴을 감쌌다. 더는 무엇도 감당할 수 없을 것 같았다. 그러나 소리는 점점 더 커졌다. 나는 이를 악물고 자리에서 일어났다. 옆에 놓인 빗자루를 조심스럽게 집어들었다. 그리고 천천히 침대 쪽으로 다가갔다. 더는 소리가 들리지 않았다. 눈치챈 건가. 아니면 착각이었나. 그런데 이상했다. 갑자기 소리가 사라졌다. 움직임도 멈췄다. 하지만 그곳에는 여전히 뭔가가 있었다. 어두워서 아무것도 보이지 않았지만 나는 알 수 있었다. 나는 침대 가에 무릎을 꿇고 앉았다. 오른손을 침대 밑에 살짝 넣었다. 손에 그림자가 졌다. 마치 반으로 나뉜 것처럼.

그리고 나는 뭔가에 이끌리듯 손을 안쪽으로 천천히 집어넣었다. 멈췄다. 손끝에 뭔가가 만져졌다. 딱딱하고 넓적한, 부드러운 질감의 무엇. 나는 단숨에 그것을 끌어당겼다.

책이었다. 두툼하고 아주 오래된 영어책이었다. 얼마나 여러 번 읽었는지 책장이 반들반들하게 닳아 있었다. 나는 매끄럽게 넘어가는 책장을 앞뒤로 여러 번 스르륵 넘겼다. 그때 책장 안쪽에서 종이 몇 장이 후드득 떨어졌다. 편지였다. 영어로 된 편지. 읽을 수는 없었지만, 거기에 적힌 날짜는 알아볼 수 있었다. 아주 최근에 받은 '답장'이었다. 그것도 외국인에게서. 나는 뢰이한의 말을 떠올렸다.

그 사람들이 떠날 때 말했어. 신원을 보증해줄 사람이 있으면, 미국으로 가기 쉬워진다고.

네 인생을 살아야 해.

연주를 믿지 마. 왜 연주가 너와 같은 생각을 할 거라고 생각해?

나는 다시 책으로 시선을 가져갔다. 책장마다 낙서와 필기가 가득했다. 연주의 글씨였다. 영어를 발음 그대로 적은 곳도 있었고, 뜻을 해석해둔 곳도 있었다. 나는 책장을 이곳저곳 넘겨가며 연주의 정성스러운 글씨를 읽었다.

"넬리, 내가 히스클리프야."

연주는 그 아래 이렇게 썼다.

"넬리, 나 자신이 히스클리프야."

"넬리, 나는 히스클리프야."

아마 번역을 연습한 듯했다. 나는 책장을 앞으로 넘겼다. 첫머리에는 더 빽빽하게 필기가 되어 있었다. 거의 모든 단어에 우리말 뜻이 적혀 있었다. 나는 연주가 써놓은 단어들을 더듬으며 혼자서 문장을 연결해보았다.

워더링 하이츠는 히스클리프…… 집.

워더링은…… 이곳.

돌아와, 캐서린. 돌아와. 돌아와.

창밖을 바라보았다. 아침이었다. 늦었다. 어서 일을 시작해야 했다. 하지만 자리에서 일어날 수 없었다. 옆방에서 웃음소리가 들려왔다. 셜리와 연주였다. 나는 다시 책을 집어들었다. 책장을 빠르게 넘겼다. 단어들을 되새겼다.
그리고 마지막 장에 이르렀을 때, 나는 휘갈기듯 쓰여 있는 선명한 글씨를 보았다.

"폭풍의 언덕."

그리고

"에밀리 브론테."

5

그 시절, 담임 선생님은 나를 눈앞에서 치워버리고 싶어했지만 교육자로서의 사명감을 완전히 저버리지는 않았다. 그녀는 내게 일본어를 제대로 가르쳐야 한다고 생각했던 것 같다. 하지만 나를 가까이하는 건 싫어했다. 내가 옆에 가까이 가거나 말을 걸면 그녀는 화들짝 놀라며 움츠러들곤 했다. 매우 미개하고 더러운 것을 봤다는 듯, 심란한 시선으로 나를 내려다봤다. 하지만 그녀가 꼭 내게만 그러는 건 아니었다. 그녀는 반 아이들 전부를 그런 식으로 대했다. 마치 우리와 자신 사이에 넘어서는 안 되는 선이 있는 것처럼 말이다. 그녀는 선 바깥쪽에 고고하게 서 있었고, 우리는 안쪽에 우글우글 몰려 있었다. 그러나 단 한 명, 종숙은 그녀의 곁에 서 있었다. 나중에 알게 된 사실인데, 해방 후 선생님은 곧장 일본으로 돌아갔다. 글쎄, 이걸 돌아갔다고 말할 수 있을까? 아무튼 그녀는 고향을 떠나 고향으로 되돌아갔다. 그리고 전쟁이 났을 즈음 우연히 그녀의 소식을 들었다. 죽었다고 했다. 고향에 적응하지 못했다고 했다. 그녀가 나고 자란, 식민지 조선을 그리워하다가 바다에 몸을 던졌다고 했다. 어쨌든 그때, 그녀가 자신의 운명을 전혀 가늠하지 못했던 시기, 해방이 겨우 이 년 남짓 남았던 날, 그녀는 모국의 언어를 제대로 습득하지 못하는 부진아를 위해 조치를 취했다. 종숙을 불러 임무를 맡겼던 것이다.

"한 달간 얘를 가르치렴. 히라가나와 가타카나를 외우게 만들어."

바로 그 순간이었다. 종숙이 나를 가르치는 일에 매혹되었던 건.

종숙은 그날 당장 내게 말했다.

"이제 매일 우리집에 와."

나는…… 그래, 이 표현도 종숙에게 배웠다. '나는 고무되었다.' 어쨌든 학교에서 처음 받은 관심이었다. 선생님이 아끼는 종숙이 나를 챙겨준다는 사실이 좋았다. 그전까지는 옆집에 살았어도 데면데면하기만 했는데, 그날 이후부터 우리는 조금씩 가까워졌다. 등하교를 같이 했고 학교에서도 잘 어울렸다. 나는 복도에 나가 서 있는 날이 줄었다.

종숙의 집은 유별나게 부모님 금슬이 좋은 걸로 알려져 있었다.

다복하다는 말이 잘 어울리는 집이었다. 우리집과는 달랐다. 우리 부모님은 먹고사는 일에만 신경썼고, 입버릇처럼 말했다. 각자 알아서 살아야 한다고. 살아남아야 한다고. 아버지는 어머니를 때리지는 않았지만, 종종 언성을 높였다. 어머니는 자주 불평을 했고, 아버지가 화를 내면 며칠이고 입을 다물어버렸다. 나는 그것이 부모의 모습이라고 생각했다.

그래서 종숙의 집에 처음 갔을 때, 적응이 잘 안 됐다. 그애의 부모님은 내 부모님과 똑같이 부두 노동자들이었지만 다정했다. 그들은 어떻게든 아이들에게 좋은 말을 해주려고 애썼다. 왜? 어째서? 나이가 차면 어차피 알아서 먹고살아야 하는데? 왜 이렇게까지 정성스럽게 자식을 대하는 걸까. 나는 그들의 입에서 나오는 한없이 다정한 말들이 어색하고 의문스러웠다. 딸을 자주 안아주는 아버지라니. 공부를 열심히 하라고 격려하는 어머니라니. 심지어 종숙의 아버지는 내게도 이렇게 말했다.

"그래, 너는 할 수 있다. 지금도 아주 잘하고 있단다."

왜?

어째서?

그러나 무엇보다 충격적이었던 건, 종숙의 아버지가 아내에게 일을 시키지 않으려 노력했다는 것이다. 서로 일을 미루다가 말다툼을 하고 마는 나의 부모와는 정말이지 너무 다른 사람들이었다. 시간이 갈수록 나는 종숙의 가족이 부담스러워졌다. 일본어를 배우는 일에도 별로 진척이 없었다. 나는 종숙의 집에 도착하는 순간부터 오로지 어서 숙제를 마치고 우리집에 돌아가야겠다는 생각만 했다. 적막과 쌀쌀맞은 눈빛이 도사리고 있는 우리집으로. 나의 공간으로.

그리하여 결국 종숙의 임무는 실패했다. 약속한 날이 되었을 때, 선생님은 종숙에게 실망을 감추지 않았다. 이렇게 말했다.

"네가 할 수 있을 거라 생각했는데…… 책임감이 없구나."

그날 종숙과 나는 크게 싸웠다. 그애는 내게 소리질렀다.

"나는 너에게 모든 시간을 쏟았어! 어떻게 그걸 못할 수가 있어?"

나는 미안했지만, 동시에 억울했다. 분했다. 네가 나에게 시간을 쏟았다고? 나는 항변했다. 너는 겨우 숙제만을 내주었다. 내가 잘 따라가지 못하니까 네가 먼저 포기한 거다. 내가 못한 게 아니다. 네가 나를 포기한 거다!

그러자 종숙은 입술을 꽉 깨물었다. 가방에서 노트 한 권을 꺼내 펼치더니 내 눈앞에 들이댔다.

"자. 자세히 봐. 사실을 봐."

그건 일지였다. 우리가 함께 공부한 날짜와 시간을 일일이 기록

한 노트였다. 종숙이 숙제를 얼마나 내주었는지, 그리고 내가 그걸 얼마나 수행했는지 쓰여 있었다. 내가 외운 히라가나와 가타카나가 기록되어 있었다. 무엇보다 놀라운 건, 내가 종숙의 집에 간 횟수와 머문 시간이었다. 나는 그들의 집이 부담스럽다고 생각했다. 그래서 늘 우리집에 돌아가고 싶다고 생각했고, 실제로 그렇게 했다. 정말이었다! 하지만 그 노트에는 전혀 다른 사실이 적혀 있었다. 나는 주말을 제외하고 거의 매일 종숙의 집에 있었다. 저녁을 얻어먹고 간 날도 많았다. 심지어 주말 언젠가는 내가 찾아왔지만 사정상 어쩔 수 없이 돌려보냈다는 기록도 있었다. 그 한 달간 내가 우리집에서 적막과 싸늘한 눈빛에 둘러싸여 있었던 시간은 얼마 되지 않았다. 그제야 나는 알 수 있었다. 나는 종숙의 가족이 부담스러웠던 것이 아니다. 그들 가족을 좋아하는, 간절히 원하는 나의 마음이 버거웠을 뿐이다.

그때 종숙이 차가운 말투로 쏘아붙였다.

"진실을 왜곡하지 마. 그건 못돼 처먹은 짓이야."

나는 깜짝 놀랐다. 그애의 어른스러운 말투 때문이기도 했지만, 진실을 왜곡한다는 묵직한 문장과 못돼 처먹었다는 상스러운 표현의 격차 때문이기도 했다. 다시 말하지만, 우리 마을에서 그런 식으로 말하는 애는 종숙밖에 없었다. 진실과 왜곡이라는 단어를 쓰는 사람. 처참하고 불경하다는 말을 쓰는 사람. 동등하다는 말과 매력적이라는 말을 쓰는 사람. 원한은 잊히지 않는 것이라고 말하는 사람. 오직 박종숙뿐이었다.

어쨌든 나는 입을 다물었다. 종숙 앞에서 할말이 없었다. 무슨 말을 하겠는가. 너무 놀라서 심장이 벌렁거릴 뿐이었다. 어떻게 이럴 수가 있을까? 수치심만이 나를 에워쌌다. 사라지고 싶었다. 하지만 정말로 나는 내 마음이 버거웠던 걸까? 정말 그랬을까? 그 것만이 진실일까? 알 수 없었다. 종숙의 노트에 나의 노력이나 감 정은 거의 적혀 있지 않았으니까. 당연했다. 그 노트에서 확인할 수 있는 건, 내가 말도 안 되는 고집을 부리며 종숙의 노력을 짓밟 았다는 사실뿐이었다.

왜곡.

그것이 나의 진실이었다.

그러니까 나는 종숙이 그렇게 애를 썼음에도 불구하고, 결국 히라가나와 가타카나를 외우지 못한 부진아인 것이다. 그애 집을 어슬렁거리며 뻔뻔스럽게 밥을 얻어먹고 다닌 옆집 멍청이인 것 이다.

나는 종숙에게 사과했다.

그리고 그날 저녁 내내 항구 근처를 하염없이 걸었다. 얼마나 걸었을까. 집으로 돌아가는 길, 훗날 도끼를 들고 마을을 휘젓고 다니게 되는 아저씨와 동네의 다른 아저씨들이 가게 앞 평상에 모 여 술을 마시고 있는 걸 보았다. 거기에는 도끼 아저씨의 형인 경 찰도 있었다. 내가 그 앞을 지나가자 도끼 아저씨가 나를 불렀다.

"얘, 너 왜 우니?"

"안 우는데요."

그러자 아저씨들이 소리 내 웃었다. 경찰이 중얼거리듯 말했다.

"얘 좀 봐라. 맹랑하네. 울면서 안 울었다네."

나는 발끈한 목소리로 대꾸했다.

"저 진짜 안 울었어요."

그러자 도끼 아저씨가 큰 소리로 웃음을 터뜨리면서 내게 말했다.

"그래, 넌 안 울었다. 그러니 앞으로도 울지 마라."

그러더니 주머니에서 동전을 꺼내 내게 건넸다. 사탕을 사 먹으라고 했다. 그걸 받아서는 안 된다는 생각이 들었지만, 뭐 어쩌랴 싶었다. 굳이 돈을 주겠다는데, 그걸 거절할 이유가 있나? 나는 허리를 굽혀 인사했다.

"감사합니다."

그리고 곧장 가게에 들어가서 사탕을 사 먹었다. 다디단 사탕을 입안에서 굴리며 또 한참 동안 항구 주변을 걷고 또 걸었다. 그때는 정말로 조금 울었다.

며칠 후 종숙이 우리집에 찾아왔다. 그리고 말했다.

"일본말 다시 가르쳐줄게."

나는 의아함에 되물었다.

"왜? 선생님이 또 시키셨어?"

"아니."

"그런데 왜?"

종숙은 거들먹거리며 대답했다.

"아마 너는 영원히 글자를 읽지 못할 수도 있고, 나는 계속 모든 것을 쏟아부어야 할지도 몰라."

나는 자존심이 상했다. 하지만 다시 물었다. 대체 왜 그러고 싶은 거냐고. 바로 그때, 종숙이 그 말을 했다.

"이건, 굉장히 매혹적인 상황이거든."

"……그게 무슨 말이야?"

이제는 그 뜻을 안다. 그리고 그애가 왜 그랬는지도 안다. 종숙역시 어떤 사실을 왜곡했다. 선생님의 편애 때문에 학교에는 종숙과 가까이 지내고 싶어하는 아이가 없었다. 유독 금슬 좋은 종숙의 부모님은 가정적인 만큼 다른 가족들의 삶에 별로 관심이 없었다. 그러니까 마을 사람들과 함께하는 일에 그다지 열의가 없었다. 그래서 우리 부모님은 그들 부모가 얌체 같다며 별로 좋아하지 않았다. 아마 마을 사람들 모두가 그랬을 것이다. 자기네 가족만, 자기들끼리만 다복한 사람들. 거기에 유별나게 똑똑한 외동딸. 계집애 주제에 어른들 앞에서 어려운 말을 서슴없이 늘어놓는 아이. 그런 종숙이 집에 친구를 데려가는 일은 처음이었을 것이다. 그렇게 오랫동안 친구와 시간을 보내는 것 역시 처음이었을 것이다. 종숙은 나를 가르치고 싶다고 했다. 그 일에 매혹되었다고 말했다. 어쩔 수 없이, 어쩔 수 없는 상황에 말려들었다고. 하지만 종숙은 진실을 왜곡했다. 진실은 종숙이 나를 좋아했다는 것이다. 나와 이야기하는 것, 시간을 보내는 것, 항구를 돌아다니는 것, 용돈으로 사탕을 사 먹으러 다니는 것을. 이제 나는 안다. 종숙은 나를 대할 때 가장 솔직해졌고, 내게는 무슨 말이든 했다. 오롯이 잘난 척을 했고, 가감 없이 풀이 죽었으며, 아무 이유 없이 웃었다. 그리고 어떤 왜곡도 없이 말하자면, 나 역시 그것이 좋았다. 누구와도 어울리지 못하는 것은 나도 마찬가지였으니까. 우리는 서로의 유일한 친구였다. 나는 그애를 사랑했다.

폭격을 당한 날, 우리는 함께 있었다.

영원한 건 없다.

언제든 무너질 수 있다. 그것이 무엇이든.

6

눈이 다 녹았다. 모처럼 날이 좋았다. 지난 며칠간 찬바람이 불었다는 사실이 믿기지 않을 정도였다. 봄이 오려면 아직 멀었지만, 그날을 꿈꾸는 건 어렵지 않았다. 시간이 가고 세월이 흐른다는 사실이 조금씩 실감났다. 연주와 셜리는 밖으로 더 자주 나갔다. 연주는 셜리에게 인천 이곳저곳을 보여주는 듯했다. 그들은 매일 조금씩 더 늦게 돌아왔고, 그만큼 가까워진 것처럼 보였다. 그럴수록 나는 연주와 대화하지 않게 되었다.

그녀를 어떻게 대해야 할지 모르겠어서 그런 것도 있지만, 내가 해야 할 일이 너무 늘어났던 것이다. 연주가 없는 동안 나는 예전엔 함께 나눠서 하던 일을 혼자 다 했다. 삼층을 청소하고, 계단을 깨끗이 닦고, 홀의 테이블을 정리하고, 음식을 나르는 일까지 모두 다. 이에 관해 연주가 아무 말도 하지 않은 건 아니었다. 그녀는 지나가듯 이렇게 말했다.

"네가 수고 좀 더 해줄래?"

나는 알겠다고 대답했지만 뭔가 꺼림칙했다. 돈 이야기가 없었다. 하지만 설마 싶었다. 지금까지 연주는 돈 문제로 불편한 상황을 만든 적이 한 번도 없었다. 내 일이 늘어난 만큼 더 챙겨주겠지, 나는 그렇게 믿기로 했다.

어차피 연주와 이야기를 할 시간도 없었다. 접점이 없었다. 그녀는 내가 침대에 몸을 눕힌 뒤, 아주 한참 시간이 흐르고서야 방으로 돌아오곤 했다. 나는 이른 새벽 일어나 일을 시작했다. 우리는 같은 방에 있었지만 서로 만나는 일이 거의 없었다.

아, 딱 한 번 그녀와 함께 시간을 보낸 적이 있긴 했다.

어느 새벽, 나는 잠을 이루지 못해 그때까지 깨어 있었다. 연주가 또 늦게 들어왔다. 그녀는 내가 잠들어 있을지도 모른다는 걸 아랑곳하지 않았다. 큰 소리를 내며 문을 닫았고, 화장대의 의자를 세게 끌어당겼다. 옷을 소파에 던져두고 묶은 머리를 풀기 시작했다. 핀을 많이 꽂아서 그런지 잘 풀지 못하는 듯했다. 아마 또 술에 취해 있었기 때문일 것이다. 연주는 끙끙대며 머리를 풀려다가 약간 신경질을 냈다. 나는 결국 자리에서 일어났다.

"내가 해줄게."

그러고서 나는 촛불을 켰다. 연주는 거울을 통해 내게 미소를 보냈다. 어둠 속에서 그녀의 얼굴이 희미하게 보였다. 순간 나는 놀랐다. 연주가 아닌 것 같았다. 다른 사람 같았다. 훨씬 늙고 초라한 사람이 화장대 앞에 앉아 있었다. 나는 눈치를 보며 그녀의 머리에서 핀을 뺐다. 그리고 머리를 빗겨주었다. 이마 부근부터 천천히 머리를 빗어 넘기는데, 머리카락 한 올이 반짝였다. 잘못 봤나 싶었는데, 아니었다. 그건 흰머리였다. 한 올이 뿌리부터 끝까지 새하얬다. 그 순간, 연주는 이만하면 충분하다며 그만하라고 했다.

그게 우리 대화의 끝이었다. 나는 침대로 돌아갔고, 연주는 콧노래를 흥얼거리며 화장대 앞에서 조금 더 시간을 보냈다. 그녀가 언제 침대에 들어왔는지는 모르겠다. 나는 무언가에 목이 감긴 듯 눈앞이 캄캄해졌고 아주 빠르게, 그녀로부터 멀어졌으니까.

다음날, 당숙모가 찾아왔다.

*

영원한 건 없다.

언제든 무너질 수 있다. 그것이 무엇이든.

*

당숙모를 홀 안의 테이블로 안내했다. 당숙모는 나를 위아래로 훑어보며 자리에 앉았다. 나는 연주의 녹색 재킷을 입고 있었다. 그 모습이 꽤 그럴싸해 보였던 모양이다. 당숙모는 내가 생각보다 더 잘살고 있다는 생각에 부아가 치민 듯했다. 그녀와 나는 셜리와 연주가 그러듯 긴 테이블의 양끝에 서로를 마주보고 앉았다. 그런 구도에서 당숙모를 바라보니 기분이 좀 이상했다. 뭐랄까, 내가 이 건물의 주인이 된 것 같았다. 몸가짐이 당당해졌다. 그런 나를 본 당숙모의 얼굴이 험악해졌다. 그녀가 내뱉듯이 말했다.

"나도 너를 찾아오고 싶지는 않았다."

나는 대답하지 않았다. 그녀가 말을 이었다.

"막내가 아프다."

그러고서 당숙모는 양손으로 얼굴을 감싸쥐었다. 울었다. 나는
역시 아무 말도 안 했다. 한참 뒤, 그녀가 눈물을 닦으며 말했다.

"어쨌든 내가 널 돌봐줬잖니. 그 값은 해줘야 하는 거 아니니?"

나는 자리에서 일어났다. 그러자 그녀가 어깨를 움츠렸다. 그제
야 나는 눈치챘다. 그녀는 아무렇지 않은 척 굴고 있었지만, 사실
은 나를 무서워하고 있었다. 왜? 어째서? 내가 떠나면서 한 말 때
문에? 그게 그렇게 무서워? 그렇다면 여기까지 찾아오지 말았어
야지. 나를 만날 생각은 절대 하지 말았어야지. 돌봐준 값이라니.
천박한 여자 같으니.

그때, 그녀가 떨리는 목소리로 말했다.

"그만하렴. 나도 잘 알고 있으니까."

"아……"

나는 뢰이한과 있었을 때처럼, 또 실수했다는 걸 알았다. 무심
코 속내를 모두 내뱉어버린 것이다. 당숙모가 나를 쳐다봤다. 그
리고 말했다.

"하지만 누가 진짜 천박한 여자인지는 모르겠구나."

그러나 그 말을 마치자마자, 그녀의 얼굴에 살짝 후회의 빛이
감돌았다. 내가 돈을 주지 않을까봐 걱정이 된 것이다. 문득 죄책
감이 들었다. 미안했다. 어쨌든 그녀는 고아가 된 지영현을 돌봐

주었고, 그래서 지영현은 무사히 스무 살이 될 수 있었다.

나는 말했다.

"여기서 잠시만 기다리세요."

그리고 방으로 들어가 화장대 가장 아래 칸을 열었다. 그동안 내가 번 돈을 모아둔 통이 있었다. 그 돈을 꺼내 절반을 세어 주머니에 집어넣고 밖으로 나왔다.

분명 그 자리에 가만히 있으라고 했던 것 같은데, 당숙모는 계단 난간 앞에 서 있었다. 그 자리에서 조금만 발을 헛디디면 아래로 굴러떨어질 게 뻔했다.

당숙모는 나를 보자마자 손을 내밀었다. 그녀는 그 자리에서 돈을 세었다. 그리고 한숨을 쉬었다. 나는 계속 그녀가 서 있는 자리가 신경 쓰였다. 그러지 말고 이쪽으로 오라고 할까? 하지만 당숙모가 내 말을 들을까? 믿을까? 나는 그녀에게 한 발짝 다가갔다. 그러자 그녀가 뒤로 물러섰다. 이제 그녀는 난간을 벗어나, 계단 가장 끄트머리에 아슬아슬하게 서 있었다. 정말 위험했다.

그때, 당숙모가 입을 열었다.

"나도 생각이라는 걸 해봤단다."

"무슨 생각이요?"

그녀가 두 손을 맞잡았다. 떨고 있었다.

"나는 그 일 안 했다. 군복 수선 말이야."

"그러세요?"

"그래. 안 했다. 너 혼자 그렇게 주장하는 거지."

"그런가요?"

"그래. 하지만…… 네 부모님이 무슨 짓을 했는지는 월미도 마을 사람들이 다 알지."

"네. 다 알죠."

당숙모는 맞잡은 양손을 계속 비벼댔다. 긴장한 듯했다.

"돈이 더 필요하다."

"그게 전부예요."

"거짓말."

나는 대답하지 않았다. 당숙모가 격양된 목소리로 말했다.

"거짓말인 거 다 알아. 너는 항상 그러니까. 이걸로는 부족해. 정말 부족해."

"……그게 전부예요."

당숙모가 턱을 치켜들었다. 금방이라도 눈물을 쏟을 것 같았다. 한숨이 나왔다. 어쩌다 이렇게 되었을까. 이 지경까지 오고 말았을까. 당숙모가 말했다.

"너를 신고할 거야."

갑자기 어느 추운 날 이불을 빨던 기억이 떠올랐다. 그날 막냇동생은 이불에 오줌을 쌌다. 당숙모는 막냇동생을 나무라지 않았다. 밖으로 내쫓으며 소금을 받아오라고 하지도 않았다. 내게 일을 마치고 돌아올 때까지 이불을 다 빨아놓으라는 말만 했다. 나는 온종일 이불을 빨았다. 저녁 무렵에는 손이 퉁퉁 부었다. 당연히 이불은 마르지 않았다. 그날 막냇동생은 이불이 없다며 울음을 터뜨렸다. 당숙모는 내게 아무 말도 하지 않았다. 나무라지도, 화를 내지도 않았다. 말 그대로였다. 그녀는 내게 한마디도 건네지 않았다.

"숙모."

나는 그녀를 불렀다.

"그 동네에요. 모든 걸 다 아는 사람이 한 명 있어요."

"거짓말. 또 거짓말이지."

"도끼를 들고 다녀요. 부역자는 다 잡아 죽이겠다면서요."

당숙모가 웃음을 터뜨렸다. 그녀는 정말로 나를 믿지 않는 것 같았다. 나는 말했다.

"제가 잡혀가면, 저는 숙모 이름을 말할 거고…… 그 아저씨가 증언을 하겠죠."

당숙모에게 이렇게까지 하고 싶지는 않았다. 진심이었다. 정말 진심이었다. 그런데 당숙모가 몸을 떨며 말했다.

"나도 경찰에 할말이 있다. 너에 대해서 말이야."

나는 미소를 지었다. 글쎄, 무슨 말을 하시려구요? 아버지에 대해서? 어머니에 대해서? 아니면 9월 10일 한꺼번에 죽은 마을 사람들에 대해서?

"다 거짓말이잖아."

당숙모가 말했다. 나는 할말을 잃었다. 이게 무슨 소리지? 당숙모는 한 발짝 더 뒤로 물러섰다. 그녀의 발뒤꿈치가 계단 끝을 아슬아슬하게 벗어났다. 나는 심장이 쿵쿵 뛰는 걸 느꼈다. 그때, 당숙모가 소리지르듯 말했다.

"너 말이야. 다 거짓말이잖아. 네가 하는 말, 네가 하는 모든 것, 모두 다!"

그 순간, 당숙모가 몸을 휘청였다. 균형을 잃은 것이다. 나는 다급히 그녀에게 달려갔다. 순간, 당숙모의 얼굴에 무언가가 번져나가는 걸 봤다. 그건 공포였다. 봐서는 안 되는 걸 본 사람의 끔찍하고 처참한 얼굴.

"숙모!"

나는 소리치며 손을 뻗었다. 하지만 늦었다. 당숙모는 계단 끝에서 뒤로 넘어갔다. 삐걱거리는 소리가 크게 들렸다. 그녀는 계단을 데굴데굴 굴렀다. 그리고

픽.

당숙모는 벽에 부딪혔다.

픽.

뒤이어 목뼈가 부러지는 듯한 소리가 커다랗게 들렸다. 나는 그 자리에 주저앉았다. 숨을 쉴 수가 없었다. 아래층에서 말소리가 들려왔다. 익숙한 목소리였다. 연주와 셜리였다. 나는 눈을 감았다. 이어, 연주와 셜리의 비명소리가 들렸다. 계단을 뛰어올라오는 소리가 들렸다. 나는 바닥에 엎드렸다. 몸을 떨었다. 누군가가 내 몸을 흔들었다. 목소리가 들렸다. 연주였다.

"영현아! 이게 무슨 일이야. 영현아!"

나는 눈을 떴다. 연주의 시선이 내가 입고 있는 녹색 재킷에 머물렀다. 나는 다시 눈을 감았다. 그리고 물었다.

"……연주야, 숙모는?"

그 순간이었다. 목소리가 들렸다.

"영현의 짓인가요? 영현이 그런 건가요?"

그건…… 셜리의 목소리였다. 셜리의 질문이었다. 아아, 나는 셜리의 말을 알아들었다. 공포로 가득한 그 목소리를 말이다. 그때, 셜리에게 대답하는 연주의 목소리가 들렸다.

"모르겠어요…… 하지만 그럴지도 몰라요."

그러나 연주는 내 손을 꽉 잡으며 속삭였다.

괜찮아. 영현아.

다 괜찮을 거야.

*

    나는 남은 돈을 다 털어 당숙모의 장례를 치렀다. 동생들을 고아원에 보낼 수는 없었기에, 당숙모의 친척들에게 연락했다. 당숙보다는 아무래도 당숙모 쪽의 친척이 더 낫지 않을까 싶었다. 대구에 살고 있던 당숙모의 언니가 인천으로 오는 데 일주일이 걸렸다. 이미 장례도 다 치른 후였다. 당숙모의 언니는 내게 긴말을 하지 않았다. 아니, 팔자가 사납다는 말을 했던가. 나에게 한 말인지, 동생들에게 한 말인지, 아니면 자신에게 한 말인지는 모르겠다. 팔자라. 평소에 자주 중얼거리던 단어인데 어색하기만 했다. 오히려 나는 그때 다른 단어를 떠올렸다. '안심' '안심하다' '안심이 되다'.

    지영현, 지금 안심하는 거야?

    나는 조금 멍한 상태로 그 시간을 보냈다. 내 인생의 어떤 부분이 완전히 끝나버렸다는 생각이 들었다.

    그리고 대불호텔로 돌아갔다. 연주는 나를 보자마자 안아주었다. 셜리 역시 내게 무슨 말을 건넸다. 그건 슬픔을 전하는 말이었다. 그래. 나는 또 알아들었다. 알아듣고 말았다. 곁에 있던 뢰이한이 내게 뭔가를 건넸다. 말린 귤껍질이 가득한 차였다.

    셜리와 연주, 그리고 나와 뢰이한. 오랜만에 넷이서 저녁식사를 함께했다. 뢰이한이 그간 있었던 일을 정리해 말해주었다. 사실, 경찰이 나를 의심했다고 했다. 내가 당숙모를 밀친 게 아니냐고 말이다. 하지만 이 계단에서 유독 사고가 많이 났고, 이전에도 사람이 죽은 적 있었다는 증언 때문에 넘어갈 수 있었다고 했다. 무엇보다 목격자가 없었으니까.

연주가 말했다.

"그리고 우리 모두 다 너를 믿었어."

나는 아무 말도 안 했다. 연주와 셜리가 눈을 마주치는 모습이 보였다. 나는 그 두 사람을 멍하니 바라보다가 무심코 내뱉었다.

"안 그랬잖아."

"응?"

연주가 내게 고개를 돌리며 물었다. 나는 연주를 똑바로 바라보며 말했다.

"너, 나 안 믿었잖아. 그날 셜리가 물었지. 내가 그런 거냐고. 너는 대답했어. 어쩌면 그럴지도 모른다고."

연주의 얼굴이 하얗게 질렸다. 그녀는 더듬거리며 내게 물었다.

"영현아…… 너 영어를 알아들어?"

나는 대답하지 않았다. 그게 이상한 거야? 죽은 작가의 유령을 보고, 그에게 쫓기고, 이 건물에 혼령이 들렸다고 말하면서, 그러면서 지금 나한테 놀라는 거야?

뢰이한이 끼어들었다.

"꼭 그런 의미로 말한 건 아닐 거야. 그날은 너무 정신이 없었고……"

나는 그의 말을 차갑게 잘랐다.

"뢰이한, 끼어들지 마. 당신은 우리가 무슨 이야기를 하는지 모르잖아."

뢰이한의 얼굴에 불쾌한 기운이 스윽 올라오는 것이 보였다. 그래. 바로 그 기분이야! 내가 당신들 사이에서 느끼는 기분이. 그 어느 곳에 있든 겉도는 바로 그 기분. 그 수치심.

절망.

분노.

원한.

연주가 침묵을 깼다.

"네가 어떻게 알아들었는지는 모르겠지만, 어쨌든 그런 의미는 아니었어."

"그럼 무슨 의미였어?"

"그냥……"

연주는 답답하다는 듯 허공을 바라보았다. 그러더니 갑자기 조금 격양된 목소리로 내게 물었다.

"너 지금까지 셜리와 내가 한 이야기를 다 알아들었던 거야?"

나는 대답하지 않았다. 연주가 입술을 꽉 깨물었다. 붉고 도톰한 그 입술. 파랗게 질려가는 얼굴. 연주는 불안해 보였다. 그래. 그렇겠지. 셜리와 자신만의 이야기라고 생각했는데, 늘 내가 끼어 있었다는 걸 깨달았으니. 하지만 연주야. 셜리도 그렇게 생각할까? 우리만의 이야기라고, 누구도 끼어들 수 없는 이야기라고, 과연 그렇게 생각할까? 나는 아무 말도 하지 않았다. 이전 같으면 최선을 다해 설명했을 것이다. 내가 느끼는 것을, 내게 닥친 상황을 어떻게든 연주에게 전달했을 것이다. 그러나 나는 목구멍까지 차오른 배신감을 참을 수가 없었다. 그래. 배신감. 너도 한번 느껴봐. 나는 끈질기게 침묵을 지키며 연주를 똑바로 바라보았다. 싸늘한 침묵이 우리를 감싸안았다.

그 순간, 옆에서 뢰이한이 웃음을 터뜨렸다.

"하…… 진짜 너희들, 징글징글하다."

그의 말에 연주가 눈을 치켜떴다. 분위기 파악 좀 하라는 뜻 같았다. 하지만 뢰이한은 웃음을 멈추지 않았다. 이 사람은 대체 뭐가 그렇게 우스운 걸까. 뭐가 그렇게 징글징글한 걸까. 우리들? 대불호텔? 이 모든 상황? 그래. 솔직히 말하면 나도 우스웠다. 이 모든 것이 지긋지긋하고 우습고 징그러웠다. 나는 여전히 연주를 똑바로 바라보며 그녀에게 말했다.

"너는 내게 기이한 일이 일어나지 않을 거라고 생각하는 거구나."

뢰이한이 웃음을 멈췄다. 공기의 무게가 느껴졌다. 차갑고, 신경질적인 감정으로 가득한 공기의 무게가. 연주가 말했다.

"내 질문은 그게 아니잖아."

"뭐가 아니야?"

연주는 말이 없었다. 나는 그녀에게 되물었다.

"왜 너는 에밀리 브론테가 내게는 찾아오지 않을 거라고 생각해?"

연주는 역시 말이 없었다. 나는 다시 물었다.

"왜 나만 아닐 거라 생각하지?"

그 순간이었다.

셜리의 목소리가 귓속으로 박혀 들어왔다.

"당신들은 서로를 믿지 못하는군요."

*

그리고 당신들은 모두 똑같아요. 같은 사람들이에요. 무슨 소리냐구요? 당신들은 모두 선장이 되고 싶어해요. 자기 배의 선장이 되고 싶어하죠. 저 바다로 나가고 싶어해요. 아, 놀라워요. 그건 내 마음이기도 하니까요. 이곳에 온 순간부터 지금까지 오로지 그 생각뿐이었죠. 나는 내 배의 선장이다. 웃음은 가능하다. 가능하다…… 당신들은 모두 웃고 싶어해요. 행복하기를 원해요. 하지만 서로를 믿지 못해요. 믿을 생각이 없어요. 믿으면 배신당한다고 생각하니까요. 그래서 자기 자신조차 믿지 못하니까요. 그게 당신들의 삶이었으니까요. 아, 그건 나의 삶이기도 해요. 네, 그래요. 왜 이토록 어려울까요. 불안함으로만 가득할까요. 누군가에게는 쉬운 일이 우리에게는 왜 이토록 고통스러울까요. 우리에게 사랑이란 덧없는 기억이고, 불행은 오래 남는 이야기죠.

그런 생각이 들어요. 나는 이야기를 왜 하는 걸까. 이야기라는 걸 굳이 왜 하고 싶어하는 걸까. 누군가가 들어주기를 바라서? 왜? 잘 모르겠어요. 불가능하다는 걸 알기 때문은 아닐까요? 그러니까 이해받는 거요. 온전히 이해받고, 사랑받고, 그래서 편안한 삶을 살아가는 것. 그것이 어렵다는 걸 알기 때문 아닐까요. 아아, 그래서 옆에 있는 가까운 사람에게 집착하게 되는 건 아닐까요? 내 마음을 알아줄 것 같은, 실체를 가진 사람이니까요. 그 실체를 계속 느끼고 싶으니까요.

하지만 대불호텔은 사람들을 떨어뜨려놓아요. 하나씩, 하나씩, 찢어놓죠. 현실을 알려주는 거예요. 우리가 가장 무서워하는 것을 드러내는 거예요. 혼자 남게 되는 것. 나의 이야기를 오직 나에게

만 하게 되는 것. 그리하여 바다로 나가고 싶은 마음이 무너지는 것. 아득한 꿈이 되어버리는 것. 나는 당신들이 익숙합니다.

당신들은 나예요.

네, 이제 알겠어요. 그래서 내가 여기에 있게 되었다는 걸요. 당신들에게서는 어떤 얼굴이 보여요. 외롭고 고독해서, 한 번 만난 이에게 쉽게 마음을 여는 사람. 오랫동안 함께 지낸 사람에게 실망하고 자리를 떠나온 사람. 자신의 것이 아닌 것에 미련을 갖고 있는 사람. 아아, 그건 내 얼굴이에요. 각자 다른 생각을 갖고 있지만, 결국 같은 얼굴을 하고 있는 우리가 여기에 함께 있네요. 부유하고 있어요. 하지만 살아가야 해요. 내 배의 키를 잡아야 하죠. 웃어야 해요. 가능할까요? 그런 삶이 가능할까요? 과연 가능할까요?

그럴까요.

그럴……

……

목소리가 끊겼다. 사라졌다. 이제 셜리는 내가 알아듣지 못하는 언어로 읊조리고 있었다. 그런데 나는 정말로 알아듣지 못하는 걸까? 나는 그녀가 무슨 말을 하는지 이해할 수 있을 것 같았다. 슬픔. 외로움. 불안함. 미움. 끝없는 미움. 셜리 잭슨…… 아마 이 사람은 한恨이라는 말을 이해하겠지. 이 사람이야말로. 바로 이 사람이야말로.

"영현아."

연주가 나를 불렀다.

나는 벽을 바라보며 대답했다.

"응."

"이거 하나만 물어보자."

"응."

"너…… 다른 친척은 누가 있어?"

나는 천천히 연주에게로 시선을 옮겼다. 되물었다.

"친척? 이번에는 또 무슨 소리야?"

그녀는 곧장 대답했다. 어떤 고민도 느껴지지 않았다.

"찾아갈 수 있겠어?"

아, 이 말을 하려던 거였구나. 처음부터 그랬구나. 그래서 나를 안아줬던 거구나. 그런데 왜 지금? 당숙모가 죽어서? 사고가 일어나서? 아니면 내가 셜리의 말을 알아들어서? 에밀리 브론테를 만나서? 하지만 그마저도 이제 사라져버려서? 그래서 내가 재수없어져서? 하지만 연주야. 너야말로 늘 재수없다는 말을 듣고 살지 않았어? 나는 너의 그런 팔자를 사랑했는데. 아아, 언제나 아끼고 아꼈는데.

재수없는 년.

불행히도 이번에는 속내가 새어나가지 않은 모양이었다. 우리 사이에는 어색한 침묵만 있었다. 그러나 결국 나는 고개를 끄덕였다. 그래, 네가 고용주니까. 나가라면 나가야겠지.

무엇보다 연주는 사고 직후 그 자리에 있었다. 그녀는 말을 바꿀 수 있었다. 내게 불리한 증언을 할 수 있었다. 다시 생각해보니 이상한 광경을 본 것 같다고, 내가 당숙모를 밀치는 걸 봤다고 말이다. 그렇게 굴면…… 나는 안심할 수 없는 삶을 살게 되겠지.

에밀리 브론테.

당신은 어디로 간 건가요.

그때 연주가 또 물었다.

"있잖아, 영현아. 그때 왜 하필 당숙모를 찾아갔어?"

피로했다. 쉬고 싶었다. 그녀는 이걸 왜 묻는 것일까. 모든 게 끝나지 않았는가. 대화할 필요 없다. 대화할 필요 없어. 나는 속으로 중얼거렸다. 아니, 누군가 내게 그렇게 속삭이는 듯했다. 대답하지 마. 저년은 그걸 알 필요가 없어. 이건 너의 이야기야. 네가 주인공이야. 나는 눈을 감았다. 입을 열었다.

"그런 걸 왜 묻는 거야?"

"대답해줘. 왜 다른 친척을 찾아가지 않았어?"

"어딨는지 몰랐어."

다 거짓말이잖아. 네가 하는 말, 네가 하는 모든 것, 모두 다!

울컥, 짜증이 밀려왔다. 당장 짐을 싸서 여기를 나가고 싶은 충동이 일었다. 아니, 그 반대였다. 연주를 이 건물에서 쫓아내고 싶었다. 그럴 수만 있다면. 정말로 그럴 수만 있다면! 아아, 너무 피로했다. 나는 잠을 자고 싶었다. 더이상 울고 싶지 않았고, 슬픔을 나누는 짓 따위도 그만하고 싶었다. 아무도 없는 방에 대자로 뻗어서 아주 오래도록 잠을 자고 싶었다. 혼자서. 나 혼자서. 제발!

하지만 연주가 말을 이었다.

"그때, 내가 네 당숙모를 만났을 때 말이야."

나는 계속 눈을 감고 있었다.

"그러시더라. 사실 너를 잘 알고 굉장히 아끼는 친척이 있었다고. 네가 정말 똑똑하고 영리해서, 공부를 도와주고 싶어하신 분이 계셨다고. 그분은 너희 학교 선생님과도 계속 편지를 주고받으셨대. 네가 왜 그분을 찾아가지 않았는지 궁금하다고 하시더라고."

나는 연주의 말을 끊었다.

"연주야."

그리고 눈을 떴다. 연주가 내 앞에 앉아 있었다. 다른 사람들은 눈에 들어오지 않았다. 오직 연주와 나 우리 둘뿐이었다. 나는 허리를 세우고 꼿꼿이 앉았다. 그리고 그녀에게 말했다.

"이건, 내 프라이버시야."

연주는 대답하지 않았다. 나는 살짝 목소리를 높였다.

"프라이버시라고. 알겠어?"

나는 자리에서 일어났다. 무엇도 설명하기 싫었다. 그래, 그런 친척이 있었지. 하지만 폭격이 있은 후 그분은 내게 연락을 딱 끊었다. 그래서였다. 나도 홀로된 과부에게 붙어살고 싶지는 않았다. 그랬단 말이다. 너는 아무것도 모르잖아. 휴식이 필요했다. 홀 밖으로 나가려는데 뒤에서 연주가 일어나 소리쳤다.

"당숙모가 그러셨어. 중매 같은 건 없었다고!"

나는 한숨을 쉬었다. 그래. 당숙모는 그렇게 말했겠지. 그렇게 말하고도 남았겠지. 연주가 다급한 목소리로 말을 이었다.

"너를 시집보낼 계획도 없었고, 네가 벌어오는 돈을 받은 적도 없었고."

나는 돌아섰다. 연주에게 물었다.

"그래. 또 뭐라고 하셨어?"

"넌, 한 번도, 단 한 번도 일을 한 적이 없다고."

나는 웃었다. 연주는 나를 경멸하듯 쳐다보고 있었다. 마치 내가 엄청난 잘못을 저질렀다는 듯, 감히 어떻게 자신을 속일 수 있느냐는 듯 준엄한 태도로 나를 내려다보고 있었다. 하지만 연주야말로 나를 속이지 않았던가. 셜리를 속이고 있지 않는가. 소리를 들었다고? 에밀리 브론테를 봤다고? 연주는 소설에 등장하는 이야기를 조잡하게 섞어서 셜리에게 말하고 있지 않는가. 연주의 진짜 이야기를 아는 사람은 바로 나였다. 하지만 바로 그녀 곁으로 셜리가 다가섰다. 그리고 뢰이한도 연주의 옆에 섰다. 세 사람은 서로를 위로하듯 함께 저쪽에 서 있었다. 그리고 나는 이쪽에 서 있었다. 나는 그들에게 물었다.

"그 말을 믿어?"

연주가 고개를 흔들었다.

"모르겠어. 그냥 뭐든 말해봐. 어디서 살았는지, 가족들은 어떤 사람들이었는지, 폭격으로 가족들이 죽었을 때는 어땠는지, 형제는 없었는지, 그립지는 않은지, 가끔 그들의 꿈을 꾸고 울지는 않는지, 보고 싶은 사람은 없는지, 어떤 동네에서 어떻게 살았는지 그런 걸 좀 제발 말해봐. 너의 진짜 이야기를 해봐."

"말했잖아. 나는 항상 말했어. 네가 듣지 않은 거지."

연주는 대답하지 않았다. 아무도 대답하지 않았다. 침묵만 고요히 가라앉았다. 나는 말했다.

"지금도 아무도 안 듣고 있구나."

연주가 이제 도저히 견딜 수 없다는 듯이 말을 뱉어냈다.

"지영현. 너는 누구야?"

나는 홀 밖으로 나왔다. 연주의 한숨 소리가 들렸다. 하지만 그 소리는 이내 서서히 사라졌다. 조용해졌다. 아아, 얼마나 그리웠던가. 이 고요함. 침묵. 나는 천천히 복도를 걸었다.

그날 밤, 셜리의 침대 위에서 『워더링 하이츠』가 발견되었다.

7

이후로는 모든 기억이 흐릿하다. 무슨 일이 일어났던가. 어떤 말을 들었던가. 그래. 셜리가 『워더링 하이츠』를 발견한 뒤, 연주는 곧장 내게 쫓아왔다. 나는 "아니야. 아니야. 내가 그런 게 아니야"라는 말을 반복했다. 연주는 듣지 않았다. 그녀가 뭐라고 했더라. 역시, 모든 것이 흐릿하다. 아, 기억난다.

끔찍한. 최악의. 믿을 수 없는. 더러운. 은혜도 모르는. 그래. 이렇게 말했다. 은혜를 모른다고. 그리고 또 이렇게 말했다.

"너는 살인자야. 끔찍한 살인자. 네가 당숙모를 죽인 거야. 세상에, 왜 몰랐을까. 조금이나마 너를 믿었던 내가 끔찍해."

정말로 연주가 한 말일까. 잘 모르겠다. 연주가 정말로 내게 그렇게 무서운 말을 했을까. 하지만 내 기억 속에서 그렇게 외치고 있는 사람은 연주가 틀림없다. 보송보송한 뺨과 커다란 눈, 살짝 메마른 입술. 그러나 연주가 내게 화를 내는 기억은 아주 짧게 남아 있다.

기억의 대부분을 차지하는 건, 셜리와 연주의 끊이지 않는 대화다.

셜리는 연주에게 소리를 지르고 침묵한다. 연주는 셜리에게 끊임없이 말을 건다. 영어로 들려오는 그 말을 나는 전혀 해석할 수 없지만 모두 알아들을 수 있을 것 같다. 완벽히 알아들을 수 있을 것 같다. 아니에요. 모두 오해예요. 제가 그 책을 읽은 건 맞지만, 에밀리 브론테가 저를 찾아오는 건 사실이에요. 이 집에는 그녀가 살고 있어요. 언제 어디서 나타날지 모르는 그녀 때문에 저는 두려워요. 이곳에 있고 싶지 않아요. 저는 정말 무서워요. 그녀가 저를 죽일 것 같아요. 언젠가는 정말로 그럴 거예요. 이 집이 저를 미치게 만들어요. 다만 어떻게 설명해야 할지 몰랐어요. 그래서 책을 읽었어요. 책 속의 문장들이 그 막연한 느낌을 설명할 수 있게 해줬어요. 그래서 그랬던 거예요. 저는 거짓말을 하지 않았어요. 정말이에요. 정말. 정말. 정말이에요. 제 이야기를 다 믿으셨잖아요. 제 이야기에서 뭔가를 느끼셨잖아요. 그래서 쓰셨잖아요. 그건 거짓인가요? 아니잖아요. 그건 진짜가 맞잖아요.

옆방에 있으면 그들의 목소리를 들을 수가 있었다. 연주의 목소리는 애처로웠고, 셜리의 목소리에는 배신감이 가득했다. 나는 홀

로 침대에 앉아 그 소리들을 들었다. 때때로 슬며시 미소를 짓기
도 했다. 그러면 어디선가 낄낄낄낄, 하는 웃음소리가 들려오곤
했다. 아, 드디어 나도 소리를 들을 수 있게 된 걸까. 이제 정말로.

옆방에서 흐느끼는 소리가 들려왔다. 연주의 울음소리. 단 한
번도 흐트러진 모습을 보인 적이 없었는데, 연주는 결국 눈물을
쏟고 말았다. 셜리의 목소리는 들려오지 않았다. 그런 지 한참 되
었다.

셜리는 결국 이곳을 떠나기로 했다. 사람을 불러 우편을 보냈다.
나는 그것이 남편에게 보내는 편지일 것이라 예상한다. 상상한다.
이제 돌아갈 것이라고, 이곳의 이야기는 모두 거짓이었고, 나는 어
떤 영감도 받지 못했다고 분노하는 편지를.

나는 조금 더 상상한다.

아니, 알아듣는다.

나는 이 빌어먹을 미친 집에서 미친 일들을 겪고 있어. 이건 영
감도 무엇도 아니고 그저 끔찍한 경험에 불과해. 당신은 이게 예
술이라고 생각해? 그렇게 말하고 싶겠지. 이게 나를 한계로 밀어
붙여서 나에게서 새로운 이야기를 끌어낼 거라고 생각하겠지. 그
래, 아마 그럴 수도 있겠지. 하지만 그거 알아? 아마 내가 이걸 이
야기로 쓴다면, 당신의 그 비열하고 멍청한 강요가 가장 큰 공포
로 묘사될 거야. 왜냐하면 나를 한계로 몰아붙이는 건 이 낡아빠
진 건물이 아니라 당신의 그 저열한 판단이니까. 그러면 당신은

또 말하겠지. 결국 당신 덕에 내가 소설을 쓸 수 있는 거라고. 그래? 그럴까. 당신은 내가 없으면 무엇도 판단할 필요가 없겠지만, 나는 당신이 없어도 무엇이든 쓸 수 있어. 내 이야기의 감정은 내가 느끼는 것이고, 그래서 결국 내가 결정하는 것이니까. 바로 그걸 여기서 깨달았어. 당신이 나를 여기 남겨둔 덕분에 깨달았지. 그리고 이제 나는 여기를 떠날 거야. 그리고 당신도 떠날 거야. 당신처럼 작은 인간이 상상하는 범위에 나를 가둬두고 싶지 않아. 당신은 대불호텔이야. 냄새나고 지저분하고 금방이라도 쓰러질 것 같은 오래된 폐가지. 이곳에 나를 가둬둔다고 해서 내가 똑같이 너저분해지지는 않아. 바다는 넓고, 나는 내 배를 운항할 줄 알아. 내 배를 움직이는 건 나야. 당신이 아니지. 나는 내 배의 선장이고 주인이야. 나는 웃으면서 이 배를 움직일 거야. 당신에게는 불가능한 일이지. 그리고 너, 처음부터 의도를 가지고 접근해 나를 속인 너. 너를 내가 용서할 거라고 생각해? 그 순간 나는 상상을 멈춘다. 갑자기 궁금하다. 셜리의 분노는 무엇 때문일까. 자신이 겪는 기이하고 이상한 느낌을 다른 사람도 함께 겪고 있다는 생각 때문에 기뻤는데, 오래전 죽은 위대한 소설가가 나타난다는 사실에 위안을 받았는데, 그 모든 것이 거짓말이라는 걸 알게 되어서일까. 아니면 그저 연주를 믿었는데, 그녀가 자신을 속였다는 걸 알았기 때문일까. 혹시 두 사람은 약속을 했을까. 그러니까 함께 떠날 약속. 셜리는 연주를 미국에 데려가겠다고 말했을까. 연주를 여기서 꺼내주겠다고 했을까. 알 수 없다. 어쨌든 두 사람 사이가 틀어져버린 것은 사실이다.

신뢰.

연주는 신뢰를 얻지 못했다.

낄낄낄낄

나는 웃지 않았지만 웃음소리가 들렸다. 나는 웃음소리가 들리도록 내버려두었다.

낄낄낄낄.

소리가 조금 더 커졌고, 나는 그 소리를 듣다 미소를 지었다. 그 순간, 옆방에서 연주의 흐느낌이 멈췄다. 이어, 저벅저벅 복도를 걸어오는 소리가 들렸다. 방문이 벌컥 열렸다.

"나가."

연주가 내게 말했다.

"뭐라고?"

내 말에 연주는 기가 찬다는 듯 고개를 저었다. 지금껏 아무 말도 하지 않은 건 내게 양심이 있다면 알아서 나갈 거라고 생각했기 때문이라고 했다. 그리고 또 뭐라고 했더라. 그래, 파렴치하다고 했다. 파렴치하고 뻔뻔하다고. 그러더니 내 팔을 잡아당겼다. 나는 안간힘을 쓰며 버텼다. 그런데 연주의 힘이 너무 강했다. 그녀에게 그런 힘이 있을 줄은 몰랐다. 나는 방문 밖으로 떠밀려 넘어졌다. 연주가 그런 나를 일으켜세웠다. 그 순간 목소리가 들렸다.

"웃어? 감히 그런 일을 저질러놓고 옆에서 큰 소리로 웃어?"

연주의 목소리가 아니었다. 누구지? 누가 내게 말하고 있는 거지? 공간이 좁아지는 느낌이 들었다. 사방이 나를 향해 조여들어왔다. 숨이 막혔다. 나는 연주의 팔을 잡았다. 매달렸다. 하지만 연주는 참을 수 없다는 듯 나를 질질 끌어냈다. 계단이 보이는 순간, 위아래가 뒤집히는 느낌이 들었다. 어느새 나는 거꾸로 매달려 있었다. 천장에서 아래를 바라보았다. 바닥이 흐물흐물 움직이는 것이 보였다. 피가 머리로 쏠렸고, 비명과 함께 목소리들이 내 귓가로 파고들었다. 내가 너랑 살 거라고 생각했니? 너는 불청객이야. 언제 어디서나 그렇지. 누구에게도 환영받지 못하고, 사랑받지 못할 거야. 나는 허공에서 허우적댔다. 바로 아래 보이는 계단 난간을 잡기 위해 애썼다. 손끝이 난간에 닿을락 말락 했다. 소리가 계속 들려왔다. 가버려. 가버려. 우리는 더이상 너를 원하지 않아. 이곳에 너는 필요 없으니 가버려. 너는 여기 머물 수 없어.

나는 이를 악물고 중얼거렸다.

아니, 나는 있을 거야!

너도 여기 신세를 지고 있을 뿐이잖아! 아마 그렇게 연주에게 소리쳤던 것 같다. 아니, 이 집을 향해 그렇게 말했던가. 모두 여기에 빌붙어 있을 뿐이야. 누구도 나한테 명령할 수 없어. 나는 난간을 향해 손을 뻗었다. 꽉 잡았다. 나는 여기 있을 거야. 무슨 일이 있어도 여기 있을 거야. 그러자 공간이 다시 뒤집혔고, 나는 바닥에 섰다. 양손으로 난간을 꽉 잡고 놓지 않았다. 손이 부들부들 떨렸다.

이것이 마지막 기억이다. 정신이 들었을 때, 나는 홀에 홀로 누워 있었다.

*

연주가 호텔을 비웠다. 뢰이한 혼자 셜리의 방을 들락거렸다. 나는 홀에 자리를 펴고 앉아 모든 걸 모른 척했다. 그래, 어디 한번 혼자 다 해봐. 이 잘난 새끼야. 온갖 곳을 다 치우며 그 외국인의 비위를 맞춰봐. 어디 한번 계속해봐.

하지만 아니나 다를까, 오후 늦게 뢰이한이 창백해진 얼굴로 나를 찾아왔다. 나는 속으로 웃었다. 아마 연주가 내게는 절대 부탁하지 말라고 했을 텐데, 어쩔 수 없는 모양이었다. 그가 다급한 목소리로 말했다.

"내가 할 수 없는 일이야. 네가 있어야 할 것 같아."

아, 그래?

나는 느긋하게 자리에서 일어나 셜리의 방으로 갔다. 그녀는 침
대에 누워 있었다. 안색이 좋지 않았다. 나는 창문을 열어 환기를
시켰다. 옆에서 뢰이한이 어쩔 줄 몰라하는 것이 느껴졌다. 여기
에 있어야 하는지, 아니면 나가야 하는지 갈피를 못 잡는 것 같았
다. 나는 모든 것을 다 알고 있다는 듯 태연하게 셜리에게 다가갔
다. 무슨 일일까.

그녀가 배를 감싸안고 있는 모습이 눈에 띄었다. 아…… 혹시?
나는 쓰레기통 뚜껑을 열었다. 뒤에서 뢰이한이 흠칫 놀라는 것이
느껴졌다. 그럼 그렇지. 피 묻은 천조각이 가득 쌓여 있었다. 나는
뢰이한을 향해 몸을 돌리고, 지금껏 시늉조차 내본 적 없는 고압
적인 말투로 그에게 말했다. 여기에서 나가달라고. 그는 잠시 멈
칫하더니, 이내 어쩔 수 없다는 듯 한숨을 쉬며 문으로 향했다. 그
가 방에서 나간 뒤, 나는 셜리에게 말했다.

"하이, 셜리. 결국 우리 둘만 남았네요."

셜리가 고개를 돌렸다. 도도하게 굴기는. 나는 속으로 그녀를
비웃었다. 어차피 남의 도움 없이는 살아가지도 못하는 이방인이
면서. 당신은 집으로 돌아갈 때조차 누군가의 도움을 받아야 하겠

지. 그때, 셜리가 내게 무슨 말을 했다. 나는 알아듣지 못했다. 그러자 마음이 한없이 바닥으로 꺼지는 느낌이 들었다. 누군가의 말을 알아듣는 것이 왜 이토록 힘든 일인가. 어려운 일인가. 그리고 나는 왜 나의 이야기를 제대로 전하지 못하는 걸까.

안심.

나는 다시 한번 그 단어를 떠올렸다. 내가 원하는 건 오직 그것뿐이었다. 왜 그 마음을 갖는 게 이토록 어려울까. 뢰이한은 계획을 세우라고 했지만…… 내게 남은 것은 아무것도 없었다. 모아둔 돈도, 나를 환영할 친척도, 그 무엇도 없었다. 이제는 연주도 나를 미워했다. 나는 무엇을 기대하며 살아야 할까. 목소리? 이 건물의 악의? 하. 그래. 그것만이라도 나를 찾아와준다면.

에밀리 브론테, 대체 당신은 어디에 있나요?

그때 셜리가 한쪽 손을 들어올렸다. 그리고 무슨 말을 했다. 나는 역시 알아듣지 못했고, 셜리의 손은 힘없이 침대 위로 툭 떨어졌다. 나는 그 하얀 손을 물끄러미 바라보았다. 이방인. 누군가의 도움에 둘러싸인 여자. 나와는 다른 사람. 하지만 지금 내게 어떤 말도 전하지 못하고 힘없이 누워 있는 사람. 나는 그녀의 손을 잡았다. 그녀 역시 내 손을 뿌리치지 않았다. 그 순간, 나는 그녀의 마음이 손을 통해 내게로 전해지는 걸 느꼈다. 그 깊은 슬픔과 절망, 배신감이 내 마음속으로 흘러들어왔다. 그녀는 두려워하고 있었다. 이 낯선 곳에서 병이 들까봐, 사라지게 될까봐, 그래서 모두

에게 잊힐까봐 말이다. 나는 그녀의 손을 더 꽉 잡았다. 눈을 마주
했다. 내 마음 역시 그녀에게 전해졌다는 걸 알았다. 맞아요. 내가
당신에게 『워더링 하이츠』를 가져간 게 아니에요. 내가 당숙모를
밀친 게 아니에요. 제발 나를 믿어줘요. 그녀가 나를 이해한다는
듯 고개를 살짝 끄덕였다.

그래요. 알고 있어요.

눈물이 차올랐다. 그래서 눈을 감았다. 아아, 이 짧은 대답을
얼마나 원했던가. 얼마나 간절히 바랐던가. 나는 셜리의 손을 더
꽉 잡았다. 내게 닿은 이 타인의 온기를 놓치지 않으려 온 힘을 다
했다.

그때, 뒤에서 비명소리가 들렸다. 나는 급히 고개를 돌렸다. 연
주였다.

"너 지금 뭐하는 거야!"

그녀가 내게 달려왔다. 소름이 끼쳤다. 연주 때문에? 아니, 나
때문이었다. 믿을 수 없었다. 있을 수 없는 일이었다. 분명 나는
셜리의 손을 잡고 있었는데, 아니었다. 세상에, 나는 셜리의 목을
누르고 있었다. 이럴 수가. 그러면 내가 잡은 손은 뭐지? 그 온기
와 촉감은 뭐야?

연주가 소리를 지르며 나를 밀쳤다.

"이럴 줄 알았어. 이 나쁜 년!"

그러고서 연주는 셜리를 끌어안았다. 그녀의 품속에서 셜리는

떨었다. 무섭다는 듯 나를 쳐다보았다. 그러나 진짜 겁먹은 사람은 나였다! 방금 느낀 것들이 무엇인지, 나 자신도 확신할 수 없었다. 내가 왜 저 사람의 목을 짓누르고 있었던 거지? 그리고 저 사람은 왜 가만히 있었던 거지? 셜리는 나보다 키도 크고 덩치도 좋았다. 아무리 아프지만 나를 밀어낼 힘 정도는 있었을 것이다. 왜 가만히 있었던 거지? 왜 이 지경이 되도록 그대로 있었던 거지? 셜리는 계속 나를 바라보고 있었다. 긴 속눈썹 아래 자리한 커다란 눈동자가 나를 똑바로 응시했다.

그래요. 알고 있어요.

나는 몸을 떨었다. 내가 그녀 앞에서 계속 눈을 감고 있었다는 사실이 떠올랐다. 나는 셜리의 방에서 뛰쳐나왔다.

일부러 그런 거야. 내가 눈을 감고 있는 사이에 자신의 목으로 내 손을 옮긴 거야!

하지만 연주가 내 뒤를 쫓아왔다. 옆방으로 들어가 문을 잠그려 했는데 연주가 더 빨랐다. 그녀가 나를 밀쳤다. 나는 침대로 넘어졌다. 이어 뢰이한이 방으로 따라 들어왔다. 나는 두 사람을 번갈아 바라보았다. 무서웠다. 나는 떨리는 목소리로 그녀를 불렀다.

"연주야."

그녀의 눈에 분노가 담겨 있었다. 내가 아는 연주의 모습이 아니었다. 그녀가 내 턱을 꽉 쥐면서 말했다.

"지영현? 웃기지 마, 이 사기꾼 년."

나는 그녀의 손을 뿌리쳤다. 연주가 소파에 앉아 숨을 몰아 내쉬었다. 마음을 가라앉히려는 듯했다. 무서웠다. 이렇게 연주가 무서웠던 적이 없었다. 나는 문가를 힐끔 바라보았다. 그러나 도망칠 수 없었다. 뢰이한이 문 앞을 막고 서 있었다. 나는 침대 등받이에 바짝 다가앉았다. 연주가 내게 말했다.

"오늘 내가 어디에 다녀왔는지 알아?"

나는 대답하지 않았다.

"네 고향에 다녀왔어. 월미도."

나는 주먹을 쥐었다. 지금 당장 대불호텔에서 나가고 싶었다. 이젠 정말 그랬다. 여기서 나가라고 하지 않았는가. 이젠 정말 나갈 수 있다. 나갈 것이다.

아니, 너는 나갈 수 없어.

무슨 소리지? 이건 누가 건네는 말이지?

낄낄낄낄

그 위에 연주의 목소리가 겹쳐졌다.

"거기서 내가 누굴 만났는지 알아?"

*

　지영현? 걔는 죽었어.

　살아 있을 리 없어. 내가 몇 번이나 확인했어. 그년은 지영현이
아니야. 지영현을 따라다니던 강아지지. 이름이 뭐더라. 종숙이였
던가. 말숙이였던가. 그래, 바로 그애야. 불쌍한 것들. 아니, 불쌍
하지 않아. 누구도 불쌍하지 않지. 세상천지에 어떻게 그런 일이
있을까 싶겠지만, 사는 게 원래 그래. 늘 예상치 못한 일로 가득하
지. 이 동네 역시 그랬어. 환갑에 같이 잔칫상 벌이고, 대신 배 타
러 나가고, 돌떡 돌리고, 품앗이해가며 살았지만 다 한순간에 무
너졌지. 아니야. 원래 우리는 이 모양이었던 거야. 그냥 같이 살아
야 하니까 같이 살았을 뿐이야. 언제든 등을 돌릴 준비가 되어 있
었어. 이봐, 아가씨. 맑스가 누군지 알아? 나도 몰라. 모르는 놈이
야. 그런데 그 얼굴도 모르는 코쟁이 놈이 말이야, 이 동네를 뒤집
었어. 대단하지 않아? 한 번도 본 적 없는 사람이 내가 사는 세상
을 바꾼다는 게 말이야.

　그래. 나도 알아. 우리 형님은 지독한 데가 있었어. 그게 원리
원칙이었다고 고집하지는 않겠어. 오만한 새끼였지. 그래서 우리
집이 떵떵거리며 살았냐고? 솔직히 그건 아니야. 아가씨는 어려서
모르겠지만, 우리는 세상이 계속 뒤집히는 걸 내내 목격했어. 우

226

리도 당할 만큼 당하며 살았다는 뜻이야. 일본 놈들이 우리를 사람 취급이나 했을 것 같아? 하지만 동네 사람들은 우리가 다 해 처먹었다고 생각했지. 그래. 남의 인생은 참 쉬워 보여. 그렇지 않아?

그놈들이 우리를 가장 경멸했지. 지영현네 부모 말이야. 아, 그것들 아주 되바라진 것들이었지. 처음부터 그랬던 건 아니야. 지영현 할애비는 가난하기 짝이 없는 어부였어. 그런데 큰아들놈을 인천으로 보내서 공부를 시키더라고. 그러더니 들리는 말로는 아들놈이 인천에서 꽤나 잘나가는 직장에 다니게 되었다는 거야. 해운회사인가 뭔가. 그런데 그놈이 갑자기 회사를 그만두고 월미도로 돌아왔어. 머릿속에 그 맑스인가 뭔가를 잔뜩 담아갖고 왔어. 지랑 똑같은 여자랑 같이 왔지. 그 연놈들이 뭐라고 했더라? 세상 모든 인간은 평등하다나. 공부를 해야 한다나? 잡것들.

얼마 전까지만 해도 형님하고 눈도 못 마주쳤으면서, 우리 가족에게 굽신거리며 잘 봐달라고 했으면서, 공부 좀 하고 시뻘겋게 변하니까 아주 눈에 뵈는 것이 없는 것 같더군. 부두 노동자들의 삶이 부당하다고? 대체 노동이라는 것이 뭐야? 그 뜻을 제대로 알고나 있는 거야? 다들 그렇게 살아. 계속 살아왔어. 삶은 그냥 그렇게 계속 살아가는 거야. 그런데 그놈들이 계속 이렇게 살아서는 안 된다고 말하기 시작한 거야. 그러더니 우리 형님을 표적으로 잡았지. 그가 횡포를 부린다고 말하기 시작했어. 아니, 그게 횡포인가? 어떻게 그게 횡포인가? 경찰 노릇 하면서 적당히 사람들 봐주고, 감사 표시하겠다는 마음 못 뿌리쳐 몇 푼 받고, 그래서 다음에 또 도와주고 그러면서 산 것이 횡포인가? 적어도 우리 형님은 사람들이 먹고사는 문제에 예민했어. 다들 열심히 일해서 배불리 먹어야 한다고 생각했지. 하지만 말이야, 지씨 그놈은 그런 것에 아무 관심이 없었어. 횡포니 부당이니 뭐니 이딴 말이나 지껄였을 뿐, 정작 사람들이 밥을 먹고 잠을 자는 일에는 아무 관심도 없었다고. 그냥 도시에서 배운 걸 자랑하고 싶어했을 뿐이야. 지가 얼마나 똑똑한 놈인지 확인받고 싶어했지.

그러다 말이야.

아주 되바라진 막내딸을 낳았어. 그게 지영현이야.

아주 물건이었지.

그럼 뭐해.

죽었는데.

살았다면 꽤 큰 인물이 되었을지도 모르지.

하지만 죽었어.

죽어버렸지.

그런데, 웃기는 이야기 하나 해줄까. 동네 국민학교에 지영현을 물고 빨고 하던 선생이 하나 있었어. 그런데 그 여자가 왜 그렇게 지영현을 아꼈는지 알아? 지씨 놈이 돈을 줬거든. 아니, 평등이 어쩌고저쩌고하더니 지 자식 잘 봐달라고 하면서 선생한테 돈을 멕인 거야. 글쎄, 따로 영어를 가르쳐달라고 했다더군. 그 코쟁이 놈의 말을 말이야. 지영현 그 요망한 것은 지가 잘나고 똑똑해서 따로 과외를 받는 줄 알았지. 그래서 나중에 진실을 알고 나서 아주 동네가 시끄럽게 난리를 피웠어.

마을 한복판에서 지 부모에게 뭐라고 지껄였는지 알아?

"처참하고 불경해요."

이랬어. 아우, 되바라진 것. 그런 말을 할 줄 아는 애였지.

정말 똑똑했어.

그래서 그 일본인 선생도 찜찜했던 모양이야. 아니면 아무 생각이 없었을 수도 있어. 사실 그건 중요하지 않아. 그 여자가 지영현 옆에 종숙이를 붙였다는 게 중요하지. 아, 말숙이였던가. 얘는 참…… 기억이 안 나. 내가 동네 사람들 족보를 다 외우는 사람인데 이 계집애는 정말 희미해. 얼굴조차 잘 생각이 안 나. 하도 지영현하고 붙어다녀서 그런가, 지영현처럼 보이기도 해.

어쨌든 개한테는 아무도 관심이 없었어. 그 집이 좀 그랬어. 희미했지. 조용히 자기 할일만 하기도 벅찬 사람들이었지. 사실 그런 사람들이 진짜 삶을 사는 거야. 안 그래? 그냥 하루하루 자기 몫을 하며 조용히 사는 인간들. 젊을 때는 그런 삶이 우스워 보이지. 지루해 보이지. 아마 종숙이도 그랬을 거야. 지 부모가 싫었겠지. 지영현이 부러웠을 거야.

내가 보기에도 지영현네 부모는 딸내미를 유난스러울 정도로 극진히 키웠으니까. 자기 먹을 돈을 아껴서 지영현에게는 새 옷을 입히고 쌀밥을 먹였지. 아마 도시로 보내서 공부를 시킬 생각이었던 것 같아. 그런데 얼씨구, 해방이 된 거야. 아주 더 난리가 났지……

모르겠어.

해방 후에는 많은 것이 엉망이었어. 법도 없고 질서도 없었어. 매일매일 뭔가가 뒤집어졌지. 그래. 그 여름 이후로 정말 많은 것이 변했어. 함께 술을 마시거나 서로의 일을 도와주는 모습이 사라졌지. 우리는 서로를 의심했으니까. 좌익일지 모른다. 우익일지 모른다. 그냥 미친놈일지 모른다. 아무튼 우리를 해칠지 모른다…… 우리는 서로를 증오했어. 같은 마을에서 벌거벗고 같이 자랐는데, 서로를 미워하는 데 더 익숙해졌지. 하지만 그때 그 고

물거리는 것들이 자라는 걸 보는 건 꽤 재미가 있었어.

나는 말이야, 똑똑한 년이 똑똑한 말을 하는 게 나쁘지 않았어.

한번은 말이야, 무슨 일이 있었는지, 애가 울면서 항구를 돌아다니더라고. 그래서 왜 우냐고 했더니 눈을 부릅뜨고는 그러데. 자기 안 울었다고. 그게 참 귀엽더라고. 뭔가에 도전하는 듯한 그런 얼굴 말이야. 그 순간 그런 생각이 들었지. 요것, 요것은 좀 다르게 살지도 모르겠다. 그래서 용돈을 줬더니, 아이고, 돈을 또 덥석 받아요. 가게로 뽈뽈 걸어가서는 사탕을 사 먹더라고.

바로 그애 부모가 내 형님을 죽였어. 트럭에 청년단 놈들을 한가득 싣고는 형님 집으로 쳐들어갔지. 그 마누라? 그년은 빨갱이들에게 밥을 해 먹이고, 그놈들 옷을 고쳐줬지. 부녀회를 만들어서 마을 여자들을 죄다 끌고 다녔지. 세상이 변해야 한다며 난리 치더니, 결국은 끼리끼리 노는 짓들이었어. 누구는 잘살고 누구는 못살고, 그게 매번 뒤집힐 뿐이었어. 이번에는 이놈이 뜨고, 이번에는 저놈이 뜨고.

그러니까 말이야, 천벌을 받은 거야. 알겠어? 폭격은 천벌이었어.

그런데 왜 나까지 벌을 받아야 하나? 어? 왜 내 가족들도 같이 죽어야 했나? 아가씨, 혹시 답을 알고 있나? 그날 나는 정신없이 뛰어다녔어. 그놈들을 죽이려고? 아니, 내 가족들을 구하려고 말이야. 무너진 집에다 대고 소리치고 소리쳤지. 내 새끼야, 내 새끼 어디 있느냐.

그러다 저기, 멀리서 뭔가가 꾸물대는 게 보이더라고. 나는 내 가족은 아닐 거라고 직감했어. 집에서 너무 멀었으니까. 그래도…… 나도 몰라. 왜 거기까지 뛰어갔는지는.

누군가를 구하고 싶지 않았어.

나를 구하고 싶었을 뿐이야.

거기 그애들이 있었어. 지영현과 그 강아지. 종숙이. 피투성이였어. 누가 누군지 알 수 없었지. 생각해보면 그래. 나는 그애들을 늘 구분하지 못했어. 종숙이가 지영현과 어울리기 시작한 이후로는 더 그랬어. 그년, 지영현에게 단어를 배우기 시작했거든. 되바라지고 똑 부러지게 말하는 계집애가 하나에서 둘이 된 거야. 그것들이 마을 여기저기를 돌아다니면서 어려운 말을 쓰고, 큰 소리로 웃고……

하지만 그날 그애들은 말이야.

한 명이 다른 한 명의 목을 조르고 있었어.

뭘 그렇게 놀라.

아가씨, 역시 젊구먼.

나는 두 아이를 억지로 떼어냈지. 하지만 이미 늦었어. 바닥에 누워 있던 아이는 죽었어. 내가 계속 아이라고 말하는 이유는…… 누가 누군지 알 수 없었기 때문이야. 지영현과 종숙이. 둘 중 하나라는 것만 확실했지. 살아남은 아이가 말하더라고. 어쩔 수 없었다고. 나는 소름이 끼쳤지. 뭐가 어쩔 수 없다는 거냐고 소리를 질렀더니 이러는 거야. 이미 건물에 깔려서 희망이 없었다고.

희망?

그걸 왜 네가 정하냐고 했지. 그애 어깨를 잡고 마구 흔들었어. 그애는 눈물 한 방울 흘리지 않았지. 그러더니 이러는 거야.

"쟤가 원했어요. 계속 이렇게 살고 싶지 않다고 했어요. 만일 이렇게 살아남는다면 원한만 갖게 될 거라고 했어요."

"원한?"

"네. 원한이요. 너무 화가 나서, 분노가 치밀어서, 누군가를 해치지 않고는 견디지 못하는 마음을 갖게 될 거라구요."

"그래서 죽였다고?"

"아니요. 부탁받았어요. 중단해달라고 했어요."

나는 몸을 떨며 물었지. 정말로 몸이 떨렸어.

"뭐를 말이냐."

"사는 거요. 이 삶을 중단하게 해달라고 했어요."

나는 피투성이가 된 아이에게 소리를 질렀지. 그런 건 너희들이 정하는 것이 아니다. 너희가 선택하는 것이 아니다. 그 순간, 폭음이 들렸고, 나는 하늘을 바라보았지. 그때 이해했어. 하늘이 무너진다는 말을 말이야. 어두운 구름에 뒤덮인 하늘이 순식간에 머리 위로 내려앉았지. 나는 몸을 웅크렸어. 동시에 죽은 그 아이의 시체가 건물 잔해에 파묻히는 걸 보았지. 그애는 지영현이었을까, 종숙이었을까. 나는 알지 못했어. 나는 그저…… 눈을 감고 그 말을 되뇌었지. 사는 것을 중단하다. 중단하다. 중단하다. 아아, 중단하게 해주십시오. 원한을 갖지 않게 해주십시오.

눈을 떴을 때, 눈앞에는 아무도 없더라고. 건물들의 무덤만 보였지.

그리고 며칠 후 내 집 앞을 슬금슬금 기어가는 그 계집애를 보기 전까지, 둘 중 누가 죽었는지 알지 못했어.

원한을 갖고 싶지 않다고?

그렇게 살고 싶지 않다고?

그런 건 선택하는 게 아니야.

어차피 원한은 나를 찾아와.

그것들이 나를 선택하는 거야.

엎드려 있는 그 계집애를 본 순간 알았어. 그 아이는 지영현이
아니었어. 나는 알아. 나는 그 꼬물거리는 것이 자라는 과정을 모
두 지켜봤으니까. 왜 이 이야기를 이렇게 길게 하느냐면 말이야,
그애가 지영현이었다면, 그애가 맞았다면, 나는 절대 살려 보내지
않았을 거야. 그애가 아무리 똑똑하고 말하는 게 신기하고, 그래
서 그애가 무한히 많은 가능성을 갖고 있다는 걸 알았고, 요것은
조금 다른 인생을 살지도 모르겠다는 생각이 들었어도, 나는 절대
그 빨갱이 딸년을 살려 보내지 않았을 거야.

나는 선택받았으니까.

그리고 그게 정의이니까.

안 그래?

말해봐. 아가씨.

이런 게 정의가 아니면 대체 뭐가 정의야?

*

나는 무엇도 설명할 수 없었다. 그의 말이 맞는다면, 나는 지영
현이 아니었다. 신분을 훔친 사람이었다. 그리고 그의 말이 틀렸
다고 하면, 나는 빨갱이의 자식이 되는 셈이었다. 어느 쪽을 선택

하건 나는 이 땅에서 계속 살아갈 자격이 없는 사람이 되었다. 그리고 연주는 나를 봐줄 생각이 없어 보였다. 그녀는 나를 똑바로 바라보며 물었다.

"자, 이제 말해봐. 너는 누구야?"

어떤 말도 생각나지 않았다. 연주가 웃었다. 아니, 뢰이한이 웃었나? 모두 나를 보고 웃었다. 아아, 이것이 나의 삶이었다. 인생이었다. 나는 소리질렀다.

"진실을 왜곡하지 마! 그건 못돼 처먹은 짓이야!"

연주가 자리에서 일어났다. 동시에 뢰이한이 방문을 열었다. 그녀가 내게 고압적인 말투로 말했다. 상관없다고. 내게 진실을 듣는 건 아무 의미가 없다고.

"나가. 이곳에서 영원히 사라져."

그러더니 덧붙였다.

"하지만 이건 분명해. 그때 폭격으로 죽었어야 하는 사람은 바로 너야."

나는 눈물을 참으며 천천히 문밖으로 걸어나갔다. 어째서 이런 말을 들어야 하는가. 왜 이런 대우를 받아야 하는가. 나는 최선을 다해 살았다. 끝없이 마음을 주었다. 그런데 왜. 어째서?

옆방 문이 열리며 셜리가 나왔다. 그녀는 푸석한 얼굴로 나를 쳐다보았다. 한마디도 하지 않았지만 무슨 생각을 하는지 알 수 있었다. 그녀는 뢰이한과 연주, 두 사람과 똑같은 표정을 하고 있었으니까. 아아, 이들은 늘 같은 생각을 하는구나. 그들이 나를 쫓아내고 싶어한다는 사실이 끔찍하게 증오스러웠다. 왜? 왜 하필 난데? 울컥 분노가 치솟아올랐다. 대체 내가 무엇을 잘못했지? 내가 나인 것이 잘못된 것인가? 내가 나로 살아온 것이 문제인가? 세상이 변했을 뿐, 나는 그대로였다. 그것이 왜 문제인가. 원한이 사무친다는 것이 무엇인지 알 것 같았다.

셜리, 당신이 말했지. 그 자매들에 대해서. 한이 풀릴 때까지 수령들을 죽이고 죽인 그 분노에 대해서 말이야. 그럼 죽어나간 수령들은 어떻게 되는 거야? 그건 자매들의 이야기가 아니야. 누군가의 원한 때문에 계속 죽어나간 수십 명 인간들의 이야기야. 그 원혼들이 스며들어 있는 불경한 집에 관한 이야기야! 나는 이 건물에 스며들어 있는 무수한 원한, 그리고 살면서 겪은 지독한 원한들이 내 안에서 괴기스럽게 부푸는 것을 느꼈다.

이렇게 내가 나갈 것 같아? 나는 절대 그럴 수 없어. 내가 왜? 어째서 내가 이렇게 순순히 나가야 하지? 너희들을 곤란하게 만들어주겠어. 나의 원한을 그대로 드러내줄게. 내가 무엇을 남길 수 있는지 보여줄게. 너희는 세 사람이고, 나는 한 명이지. 연주야, 이곳을 나갈 수 없다고 했지? 그래. 영원히 나갈 수 없게 해줄게. 너희들은 나의 원한에 묻히게 될 거야. 낄낄낄낄. 나는 웃었다. 아니, 웃음소리를 들었다. 다시 웃었다. 낄낄낄낄. 이게 무슨 소리지? 누구의 목소리지? 왜 갑자기 이런 소리가 들리는 거지? 내게

만 들리는 소리인 거야? 혹시, 에밀리 브론테 당신인가요? 갑자기 기분이 좋았다. 그래! 정말 좋았다. 드디어 나는 안심할 수 있는 방법을 찾은 것이다.

나는 여기서 죽을 것이다.

원한이 되리라. 그를 위해 삶을 중단하리라. 내 목뼈를 부러뜨리리라. 그러면 너희들은 죄책감에서 영원히 벗어날 수 없겠지. 연주야, 너도 한번 당해봐. 나를 밀어뜨렸다는 의심을 받는 사람이 한번 되어봐. 셜리, 당신은 집으로 돌아가는 길이 어려워지겠군요. 그리고 뢰이한. 누가 너의 말을 믿어주겠어? 모든 사람이 다 네가 이 땅에서 사라지기를 원하고 있는데 말이야. 그래! 결국 이곳에 영원히 남는 사람은 내가 될 거야. 나는 영원히, 끊임없이 복수를 감행할 것이다. 너희들, 너희들의 자식들까지 모두 없애고 또 없앨 것이다.

내가 에밀리 브론테가 될 것이다.

그리하여, 나는 계단 난간으로 달려들었다. 뛰어내렸다. 비명 소리가 나를 감쌌다. 나는 웃었다. 아아, 이토록 행복한 적이 없었다. 이것이 바로 내가 원하던 것이었다.

안심.

그 단어를 되새겼다. 나는 바닥으로 떨어졌다. 떨어지고 또 떨어졌다.

안심.

건물이 뒤집히는 것을 느꼈다.

안심.

나는 위에 있었고 동시에 아래에 있었다. 나는 거꾸로 섰다.

드디어, 나는 이곳의 귀신이 된 것이다. 아름다워. 정말 아름다워.

나는 눈을 떴다. 고개를 돌렸다.

목뼈가 부러진 연주가 내 옆에 누워 있었다.

나는 자리에서 벌떡 일어났다. 내 얼굴을 만졌다. 뜨거웠다. 아아, 나는 살아 있었다. 웃음이 밀려왔다. 낄낄낄낄. 기억도 함께 밀려왔다. 난간에서 떨어지려는 순간, 연주가 내 손을 붙들었다. 놓지 않았다. 나는 그대로 바닥으로 떨어졌다. 연주가 먼저 바닥에 부딪혔고, 나는 그녀의 위로 떨어졌다. 바닥과 내 몸 사이에서 연주의 몸이 으스러졌다.

"연주야……?"

나는 그녀를 불렀다. 그리고 고개를 들었다. 계단 위에 뢰이한
과 셜리가 충격을 받은 표정으로 가만히 서 있었다. 이어…… 셜
리가 소리를 질렀고, 뢰이한이 급히 계단을 뛰어내려왔다. 나는
뛰었다. 달려나갔다. 아니야. 이런 건 내가 원하던 것이 아니야.
내가 하려던 것이 아니야. 내가 진짜 원하던 것이 아니야.

그래?

정말 그래?

*

밤바람이 나를 휘감았다. 바다 냄새가 몸속으로 스며들었다. 나
는 숨이 차도록 달렸다. 어디인지 알 수 없었고, 어디로 가는지도
알 수 없었다. 나는 살아 있었다. 그리고 나는 죽었다. 그래. 나는
살았고 죽었다. 영원히 이 길을 달려가는 유령이 되었다. 왜지? 왜
이렇게 뛰고 있는 거지? 나는 누구지? 파도가 바위에 부딪치는 소
리가 들렸다. 나는 멈춰 섰다. 그 소리들 한가운데 오래도록 서 있
었다.

드디어 나는 혼자였다.

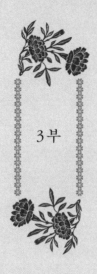

3부

악으로써 악을 보흔단 말이 올을지라

－『장화홍련전』

I am the captain of my fate.
Laughter is possible laughter is possible
laughter is possible.

– Shirley Jackson

1

그후 어떻게 됐느냐는 내 질문에 박지운은 물을 한 모금 마시더니, 아무 일 없었다고 대답했다. 경찰이 지영현을 찾아내서 체포했고, 셜리 잭슨은 미국으로 돌아갔다. 얼마 후 지영현은 감옥에서 죽었다. 그게 전부냐고 묻자 박지운은 대답했다.

"그래. 그것이 전부다."

옆에서 진이 피식 웃음을 터뜨리더니 이렇게 말했다.

"할머니, 지난번에는 지영현이 고연주의 시체를 계단 밑에 숨겼다고 했잖아요."

박지운은 못 들은 척하며 물을 한 모금 더 마셨다. 진이 또 지적했다.

"시체 냄새 때문에 중화루 손님이 완전히 끊겼다는 이야기도 했잖아요. 차오가 직접 올라가서 고연주의 시체를 찾아냈다면서요."

그러자 박지운이 미소를 지었다. 그런 소리를 한 적이 없다는 뜻 같았다. 진이 답답하다는 듯 또 말했다.

"그것 때문에 할아버지가 체포되었다고도 하셨잖아요."

박지운은 또 못 들은 척했다. 내가 있어서 불편한 것일까? 그래서 솔직하게 말을 못하는 것일까? 아니면 그냥 새로운 거짓말을 늘어놓고 능청을 부리는 것일까. 애초에 이 사람은 왜 이렇게까지 엉뚱한 이야기를 끊임없이 늘어놓는 걸까. 그러면서도 나는 박지운의 대답을 기다렸다. 이유 없이 초조했다. 궁금했다. 정말로 셜리 잭슨이 한국에 온 것이 맞는지, 고연주와 지영현은 어떻게 되었는지, 무엇보다 뢰이한의 운명은 어느 방향으로 흘러갔는지 나는 너무나도 궁금했다. 설사 이 모든 것이 가짜라 해도, 만들어진 이야기라 해도 말이다. 왜냐하면, 내게 이 이야기는 진짜처럼 다가왔으니까. 나는 그 진짜를 조금 더 느끼고 싶었다. 그때, 박지운이 나를 똑바로 바라보며 물었다.

"너는 남 이야기가 그렇게 좋냐?"

박지운은 곧장 진에게로 시선을 돌린 다음 신경질적인 목소리로 말했다.

"어디서 요사스러운 걸 데려와서는……"

진의 얼굴이 새빨개졌다. 나 역시 마찬가지였다. 어떤 수치심이, 강한 부끄러움이 마음 깊은 곳에서부터 밀려올라오는 것을 느졌다. 박지운은 냉담한 표정으로 진과 나를 쓱 훑어보더니 벽 쪽으로 고개를 돌렸다. 한참 떠들어댈 때와는 전혀 다른 모습이었다. 이제 그녀는 우리가 귀찮은 듯했다. 나는 처참하게 무너진 대불호텔의 빈터를 떠올렸다. 이야기 속에 등장하는 사람들 중 대불호텔에 끝까지 남았던 이는 단 한 명도 없었다. 게다가 그들 중 누구도 살아 있지 않았다. 어쩌면 더는 궁금해할 필요가 없는 이야기였다. 이미 결말이 정해져 있었다. 설사 이게 거짓말이라 해도 마찬가지였다. 그들 중 누가 살아 있는가. 아무도 없었다. 아무도.

아, 단 한 사람.

박지운을 제외하고는.

그 순간, 등뒤에서 익숙한 목소리가 들려왔다.

"말 참 예쁘게 하시네."

보애 이모가 문가에 서 있었다. 나는 어색한 미소를 지으며 엉거주춤 자리에서 일어났다. 방안으로 들어온 이모가 그냥 앉아 있으라며 손사래를 쳤다. 박지운은 보애 이모의 말에 대답하지 않았다. 두 사람은 서로 눈을 살짝 마주친 뒤, 데면데면한 표정으로 재빨리 얼굴을 돌렸을 뿐이다.

보애 이모가 장롱 문을 열었다. 이불을 꺼냈다. 진이 자연스레 일어나 그녀의 뒤에 섰고, 이불을 받아 바닥에 폈다. 그제야 박지운이 보애 이모에게 말을 걸었다.

"너 뭐하냐. 이불을 왜 꺼내?"

이모가 무덤덤한 목소리로 대답했다.

"주무셔야지. 낮잠 잘 시간이잖아."

그러자 박지운이 발끈했다.

"낮잠이라니? 나는 낮잠 같은 거 안 자는 사람이야!"

박지운은 보애 이모가 펴놓은 이불을 확 끌어당기더니 힘껏 내던졌다. 하지만 힘이 없었는지 이불은 그녀의 무릎 부근에서 초라하게 구겨졌다. 박지운은 자존심이 상한 듯 입을 꾹 다문 채 이불을 노려보았다. 그때, 이모가 내 어깨를 부드럽게 툭툭 치며 눈짓을 했다. 방에서 나가자는 뜻이었다. 나는 박지운에게 인사를 하는 둥 마는 둥 하며 자리에서 일어났다. 그때 진과 눈이 마주쳤다. 그는 굳은 얼굴로 내 시선을 피했다. 화가 나 보였다.

목소리가 밀려들었다.

자, 봤지? 이제 너는 그를 잃게 될 거야.

애초에 오지 말았어야지. 그럼 그가 이런 꼴을 보일 일도 없었을 텐데. 창피해하는 거 모르겠어?

요사스러운 것. 다 네 탓이야.

이모가 거실로 사과와 홍차를 내왔다. 우리는 서로 아무 말도 안 했다. 이모가 사과를 깎는 소리만 사각사각 들려왔다. 그리고 몇 분 지나지 않아, 방안에서 코 고는 소리가 들렸다. 나는 웃음은 커녕 형식적인 미소조차 지어지지 않았다. 이모가 내게 사과 한 조각을 건네며 물었다.

"그래도 재밌었지?"

"네?"

이모가 눈을 지그시 깜빡이며 말했다.

"뻥이긴 해도 말이야. 우리 엄마 이야기. 재밌지?"

나는 멋쩍게 웃었다. 그녀가 내 기분을 풀어주기 위해 한 말이라는 걸 모르지 않았다. 씁쓸했다. 정작 위로를 받아야 할 사람은 이모인 것 같은데 말이다. 이모는 자신은 하도 많이 들어서 질린다고 너스레를 떨었다. 그리고 덧붙였다.

"들을 때마다 이야기가 바뀌는 것 같아."

그때 진이 끼어들었다.

"요즘 더 심해진 것 같아요. 이제 할머니는 자기가 무슨 말 했는지 기억도 잘 못하는 것 같아."

보애 이모가 낮게 한숨을 쉬었다. 그리고 중얼거렸다. 검사를 한번 받아봐야 할 것 같다고. 나는 놀랐다. 이모의 말 때문이 아니었다. 진의 말투와 목소리 때문이었다. 지난 몇 년간, 진은 이런

식으로 말한 적이 없었다. 그러니까 차갑고 냉소적인 말투로 무언
가를 지시하듯이, 지긋지긋함과 짜증이 뒤섞인 마음을 있는 그대
로 내보이면서 말이다. 나는 그가 낯설었다. 그리고 익숙했다. 그
에게서도 느껴졌던 것이다. 사랑하지 않는 가족을 두고 있는 사람
들에게서만 일렁이는 낙담과 체념.

이모가 진에게 물었다.

"이번 버전은 어땠어? 지난번 이야기랑 많이 달랐어?"

진이 역시나 냉소적인 말투로 대답했다.

"지영현은 도망가다 잡히고, 고연주는 죽고 뭐 그랬지."

"그 이야기는 안 하든?"

이모가 물었다.

"무슨 이야기?"

진이 되물었다. 이모가 홍차를 한 모금 마신 후, 대답했다.

"지영현이 잡힐 때 고연주의 재킷을 입고 있었다는 이야기 말이
야."

"재킷? 응. 그런 이야기는 없었어요."

"그래? 어쩐 일이래?"

"왜?"

"매번 이야기가 달라져도 그건 변한 적이 없거든."

진이 생각에 잠겼다. 아무래도 그에게는 낯선 이야기인 모양이
었다. 박지운은 보애 이모에게만 재킷 이야기를 한 듯했다. 역시

영문을 알 수 없었다. 머릿속이 시끄러워지기 시작했다. 박지운의 이야기에 대한, 그 배경과 인물들에 대한 참을 수 없는 호기심과 궁금증이 다시 일렁이며 솟구쳐오르기 시작했다. 나는 속으로 중얼거렸다. 아무것도 망치지 않았어. 아직 아무것도 망치지 않았다고. 그러니까 아직 누구도 잃어버린 게 아냐! 나는 이모의 얼굴을 조심스레 바라보았다. 그리고 천천히 입을 열었다.

"이모."

"응?"

"할머니가 해주신 이야기요. 어디까지가 진짜예요?"

이모가 홍차를 한 모금 더 마셨다. 나도 그녀를 따라 차를 마셨다. 차는 거의 다 식어 있었다. 이모가 대답했다.

"글쎄."

나는 다시 물었다.

"그럼, 언제부터 저런 이야기를 하신 거예요?"

이모는 이제 차를 마시지 않았다. 그녀는 아주 잠시 기억을 더듬어보는 듯 눈을 깜빡였고, 짧게 대답했다.

"내가 아주 어렸을 때부터."

그 순간, 진이 끼어들었다.

"뢰이한 할아버지가 돌아가셨을 때부터?"

보애 이모가 진을 바라보았다. 할아버지라는 호칭에 굳이 이름을 붙여 부르는 자신의 아들을 말이다. 그녀가 대답했다.

"응."

그리고 더는 아무 말도 하지 않았다. 나도 입을 다물었다. 진 역시 조용해졌다. 그렇게 얼마나 시간이 지났을까. 보애 이모가 다시 찻잔을 집어들었다. 다 식은 차를 후루룩 들이켜며 그녀가 말했다.

"어릴 때는 말이야, 저 이야기를 다 믿었어."

*

일단 재미있잖니. 누가 누구를 의심하고 미워하고, 그러다 죽게하고 도망치고…… 누군가에게 상처를 주고 싶은 마음이란, 어쩜 그렇게 공감하기 쉬울까. 그래. 이야기를 믿었다기보다는 이해했다고 하는 게 더 맞는 말인 것 같구나.

그리고 박지운도 이해했어. 그랬다고 생각했지.

어릴 때부터 늘 그렇게 생각했단다. 우리 엄마는 참 안타까운 사람이구나. 어쩌다가 남자를 잘못 만나서 이렇게 됐구나. 혹시 박지운이 '운'에 관해서 이야기를 했니? 운이 좋으면 밭일 한 번 시키지 않는 남자를 만나겠지만, 그렇지 않으면 반대일 거라고 말이야. 나는 그게 박지운의 이야기라고 생각했어. 이해했지. 그런 셈이잖니. 아마 이야기에서는 박지운이 쌀집 딸로 등장했을 거야. 하지만 실제로 박지운은 전쟁고아였고, 친척집에서 더부살이를 했단다. 이런, 고연주도 닮았고 지영현도 닮았네. 그런데 이야기 속에서 두 여자는 뢰이한에게 별 관심이 없지. 이것 참 재미있지 않니? 정작 박지운은 뢰이한에게 관심이 있었을 거 아니니. 그러니까 결혼을 했겠지. 어쩌다 운이 그렇게 풀려서 말이야.

무슨 이야기를 할까. 너무 많은 이야기가 쌓여 있구나.

그래. 내 기억 속에서 우리 가족은 불행한 적이 없었어.

그런 추억이 있어. 아주 허름한 집이야. 벽에는 내가 그린 그림이 잔뜩 붙어 있어. 어머니와 아버지가 경쟁하듯 그 그림들을 붙여놓았지. 붙이면서 서로 많이 웃었지. 그리고 어떤 그림이 더 뛰어난지 진지하게 이야기하곤 했어. 말 그대로 토론했지. 그 기억은 잘못된 걸까?

어느 날, 나는 밥을 먹고 있어. 내 입안에 밥알이 가득차 있지. 하지만 나는 씹지 않고 있어. 그런 나를 보고 어머니가 웃어. 그리고 아버지에게 말하지.

"애 좀 봐. 당신이 김치를 입에 넣어줄 때까지 기다리느라 밥알을 씹지도 않고 있네."

그러자 아버지가 아차차, 요란스러운 소리를 내며 젓가락으로 김치를 잘게 찢어. 그리고 김치를 집은 젓가락을 공중에 띄워 올리지. 나는 그의 손을 따라 고개를 들어. 아버지가 칙칙폭폭 기차 소리를 내며 젓가락을 내 입으로 가져와. 나는 입을 크게 벌리지. 아버지가 말해.

"반찬역에 도착했습니다, 아가씨."

입안에서 김치맛이 나. 맛이 좋아. 아주 좋지. 기분도 좋아. 즐거워. 이때는 언제일까. 아홉 살 이후는 아니야. 그때 아버지는 세상에 없었으니까. 그러면 여덟 살? 일곱 살? 여섯 살? 어떻게 생각하니? 어렸을 때 일을 생생하게 기억하는 게 가능하긴 한 걸까? 이건 진짜 기억인 걸까? 내가 만들어낸 기억은 아닐까? 아버지가 그리워서 말이야. 언젠가 한번은 고민하다가 결국 어머니에게 물어본 적이 있었지. 그녀는 대답했어.

"몰라. 네가 그렇다면 그런 거겠지. 알아서 해."

알아서 하라니. 그건 무슨 뜻일까. 기억을 알아서 하라고? 아니면 마음놓고 아버지를 보고 싶어하라고? 하지만 어머니는 아버지 이야기 하는 걸 싫어했어. 그래서 나는 그녀에게 더 요구하지 않았어. 알아서 했지. 그게 내 기억이라고 믿기로 했어. 하지만 계속 의심했단다. 우리 가족에게 그렇게 단란한 순간이 있었다는 게, 어머니가 아버지를 미워하지 않는다는 게 너무 어색했거든. 그래서 새아버지가 돌아가시고 나서 조사를 해봤어. 그때 중화루에서 아버지와 같이 일했던 직원이 살아 계신다는 걸 알아냈거든. 그분에게 가서 이것저것 물어보았지.

응?

왜 그전에는 알아보지 않았냐고? 그건…… 어쩐지 새아버지에게 할 짓이 아닌 것 같았거든.

그래. 뢰이한이 체포되었던 건 사실이었어. 이건 진짜 있었던 일이란다. 하지만 살인사건에 연루되었던 건 아니야. 살인이 아니라 사기 사건이었단다.

자, 지금부터 박지운이 해준 이야기와 전혀 다른 이야기를 해줄게.

잘 들어보렴.

*

1954년, 차오는 중화루를 맡은 뒤 이층과 삼층을 모두 월세로 내놓았다. 임대업은 그럭저럭 운영됐다. 하지만 이야기 속의 사람들은 찾아오지 않았다. 그러니까 셜리 잭슨도, 고연주도. 하지만 삼 년 뒤, 1957년 9월 2일. 녹색 재킷을 입은 한 여자가 찾아왔다. 얼굴이 말갛고 입술이 도톰한 어린 여자였다. 스무 살이라고 했다. 이름은 지영현이었다. 그녀는 얼마 전까지 당숙모 집에서 함께 살았는데, 사정이 생겨서 그 집에서 나왔다고 했다. 그러면서 방세를 한 달 뒤에 줄 테니 일단 머무를 수 없겠냐고 물었다. 차오는 고심했다. 그때 뢰이한이 나섰다. 평소 남의 일이라고는 전혀 관심 없던 녀석이 말이다. 그는 지영현이 불쌍하다고 했다. 갈 곳도 없어 보이고 형편도 안되어 보이니, 일단 거둬주는 게 어떻겠냐고 말이다.

"보면 모르시겠어요? 그 당숙모에게 쫓겨난 것 같아요."

차오는 뢰이한을 빤히 바라봤다. 황당했다. 속으로 이죽거렸다. 네놈도 사내자식이라 좀 곱상하게 생긴 여자를 보니 동하는 거냐? 동시에 호기심이 들었다. 뢰이한이 여자에게 그런 관심을 보이는 게 처음이었던 것이다. 내내 울적한 얼굴로 세상의 온갖 비극이란 비극은 다 짊어지고 다니는 것처럼 굴던 놈이 갑자기 여자? 차오는 뢰이한을 보며 한참 뜸을 들이다가 대답했다.

"그래. 있으라고 해. 언젠가 돈을 주긴 주겠지."

그 덕에 지영현은 중화루로 들어갈 수 있게 되었던 것이다. 하지만 차오가 지영현의 '입주'를 허락한 건, 꼭 뢰이한을 의식했기 때문은 아니었다. 그냥 차오가 원래 그런 인간이었기 때문이다. 그게 그 사람의 한계였다. 물러터진 인간. 사실 첫해를 제외하고 그의 임대업은 엉망진창이었다. 방세를 미루는 사람. 적게 주는 사람. 몰래 도망가는 사람. 억지를 부리는 사람. 아주 난리법석이었다. 차오는 사람들에게 악착같이 돈을 받으러 다닐 만큼 마음이 야무지지 못했다. 심지어 그는 자신의 미국 이민도 바로 결정하지 못했다.

"가야지. 여기를 떠나야 해."

늘 그렇게 말만 했을 뿐, 그는 계속 이곳에 머무르고 있었다. 조선이 독립을 하고, 남북으로 갈라지고, 한국 정부가 수립되고, 전쟁이 터지는 그 모든 역사를 다 겪어내며 살고 있었다. 중화루에서 떠나지 못하고 있었다.

그러던 중, 그는 자신이 뢰이한에 대해 착각을 했다는 사실을 알게 됐다. 뢰이한은 지영현에게 아무 관심이 없었던 것이다. 알고 보니 뢰이한에게는 다른 여자가 있었다.

젊은 놈들이란!

바로 뢰이한에게 지영현을 소개해준 여자. 영현의 사정이 딱하니 좀 도와줄 수 없겠냐고 부탁한 여자. 영현이 그 건물에 머무를 수 없겠냐고 운을 띄운 여자.

아주 먼 훗날, 뢰이한의 딸에게도 같은 이야기를 해주게 되는 입이 가벼운 직원이 차오에게 그 여자의 이름을 말해주었다.

박지운.

그녀는 지영현의 당숙모가 아는 사람의 집에서 식모살이를 하던 여자였는데, 부업으로 삯바느질도 하고 있었다. 생활력이 넘치는 억척스러운 여자였다. 오지랖도 꽤 넓어서 여기저기 아는 사람도 많았고, 지영현과도 상당히 친하게 지냈다. 그래서 지영현이 당숙모 집에서 쫓겨난 날, 박지운은 중화루의 삯바느질감을 들고 종종 자신을 찾아오던 뢰이한을 떠올렸던 것이다. 일이 그렇게 된 것이었다.

그 모든 사실을 듣고서 차오는 확신했다. '이것들 엮여 있군.' 왜냐하면 뢰이한은 그렇게 누군가의 부탁을 흔쾌히 들어줄 녀석이 아니었다. 게다가 남 일에 끼어드는 여자라니. 그런 여자의 말을 들어주다니. 차오는 뢰이한이 젊다는 사실을 실감했다. 그래, 그런 마음과 설렘을 가질 나이지. 뭔가를 시작하고, 욕심내고, 많은 가능성을 점쳐볼 나이지. 그렇지. 하지만 사실 차오의 확신은 억측이었다. 그때 뢰이한과 박지운은 별다른 사이가 아니었다. 그저 그들은 서로를 이해했을 뿐이다. 의지할 사람이 없고, 외롭고, 그래서 수도 없이 죽음을 생각하며 하루하루를 맞이한다는 게 어떤 일인지 알았을 뿐이다. 그래서 박지운은 자신과 비슷한 처지인 지영현도 이해했던 것이다. 그리고 뢰이한은 지영현을 이해하는 박지운을 이해했던 것이고. 물론 확실치는 않다. 이 역시 누군가에 의해 전해지고, 또 전해진 이야기니까.

하지만.

조금만 더 시간이 주어졌다면 좋았을 것이다. 역사에서 가정이란 무의미한 것이라지만, 그래도 그 젊은 사람들을 생각하면 이런 생각을 멈출 수 없다.

기회가 주어졌더라면.

변명할 틈이 있었더라면.

그랬다면.

가을이 끝나갈 무렵, 지영현의 당숙모가 차오를 찾아왔다. 차오에게 긴히 할 이야기가 있다고 했다.
"지영현, 그 아이는 매우 악독해요. 피하셔야 해요."
그녀는 말했다.
여기에 살고 있는 지영현은 지영현이 아니에요. 진짜 시조카인 지영현의 식구가 대전으로 피란을 가던 길에 만난 소녀입니다. 지영현은 그 소녀를 가까이했어요. 그러지 않았으면 그애가 우리 가족사를 그렇게까지 잘 알고 있을 리가 없지요. 그런데 아시죠. 피란길, 대전으로 가는 길목에 폭탄이 떨어졌습니다. 지영현과 그가족들은 모두 죽었어요. 그런데, 살아남은 그 소녀가 지영현의삶을 자신의 것으로 만들었습니다. 그러고서 뻔뻔하게 저를 찾아왔지요.
그애의 당숙, 그러니까 제 남편은 일찌감치 죽었고, 다른 친척들도 아주 어릴 때 말고는 지영현을 본 적이 없었어요. 그래서 저는 그 소녀가 자신이 지영현이라 주장하니, 그냥 믿었지요. 함께살았어요. 하지만 그애가 나이를 먹어갈수록 어쩐지 딴사람이라는 느낌을 지울 수가 없었습니다. 남편에게서 느껴지던 그 친숙함, 그들 가족에게 배어 있던 억척스러움, 그 성격이 드러나곤 했던 특유의 표정들. 그 모든 것이 그애에게는 없었어요. 제가 이상하다고 생각하시나요? 아니요. 여자는 압니다. 저는 그의 아내였어요. 저만 느끼고 알 수 있는 게 있는 법이에요. 저는 어쩐지 엉뚱한 검은 머리 짐승을 거두고 있다는 느낌을 지울 수 없었어요. 제가 냉혹하다고 생각하시나요? 아니요. 생각을 해보세요. 그래요. 제가 다른 사람을 데리고 살 수도 있어요. 만일 그애가 지영현의 친구라고 처음부터 솔직하게 말했으면 차라리 괜찮았을지도 몰라요. 하지만 제 시조카인 척하다니요. 다른 사람의 신분을 아무렇지 않게 자기 것이라고 말하는 사람이라니요. 그런 사람과 제 자식들을 함께 둘 수는 없었습니다. 저는 의심이 들었고, 어떻게든 이걸 확인해야만 했어요. 매일 그 생각에 사로잡혔지요. 만일 내가 죽는다면? 아니, 죽임을 당한다면? 이게 과장이라고 생각하시나요? 아니라는 거 다 압니다. 우리가 살아온 시간들을 돌이켜보세요.

무슨 일이든 일어나요. 이 땅에서는.

그런 곳이지요.

불안감이 제 마음을 채웠습니다. 모든 것이 의심스러웠어요. 만일 저 아이가 제 자식을 해친다면요? 아니, 우리 전부를 해친다면요? 그래서 우리들 중 누군가의 이름을 가져간다면요? 처음부터 그러기 위해서 우리를 찾아온 것이라면요? 나는 누구를 믿어야 하죠? 누가 우리를 도와주죠? 그러던 어느 날, 번쩍 그 생각이 떠올랐어요. 진짜 지영현, 그 아이는 가족들의 생일을 모두 정확히 외우고 있었다는 사실을요. 그런데 제 집에 살고 있는 지영현은 단한 번도 죽은 가족들의 생일에 대해 입도 뻥긋한 적이 없었어요. 오직, 폭격을 맞은 날, 그 제삿날만 열심히 챙겼을 뿐이지요. 저는 곧장 지영현에게 다가가 네 아버지의 생일이 언제냐고 물었어요. 세상에. 그애는 눈치를 봤습니다. 기억하지 못했어요.

이게 말이 되나요?

저는 속았던 거예요. 제 모든 의심이 맞았던 거예요. 그때 그 아이가 다급하게 외쳤습니다.

"기억이…… 안 나요. 하지만 어머니 생신은 7월 16일이에요!"

저는 그 순간 이 악독한 년의 뺨을 내리쳤습니다. 세상에, 에미 생일만 기억하고 사는 년이 어디 있답니까. 저는 참을 수가 없었어요. 이년이 지금까지 나를 속여먹었던 거예요. 다 속셈이 있었던 거예요. 어쩌면 그렇게 철석같이 믿었을까. 속았을까. 그 난리를 겪고도 사람을 믿었다니, 스스로가 다 한심했습니다. 그런데 지영현, 아니, 지영현이 된 그애가 항변하더군요.

그 모든 걸 꼭 기억해야만 가족은 아니라고요. 그리고 또 말했어요.

"나는 지영현이 맞습니다."

저는 믿지 않았어요. 더는 그럴 이유가 없었습니다. 그래서 지영현을 집에서 쫓아냈습니다. 마음이 좋지는 않았어요. 하지만 마음을 다잡았습니다. 저는 제 자식들을 키워야 합니다. 그런데 가족도 아닌 사람을 자그마치 칠 년이나 데리고 살았어요. 더는 할 수 없었어요. 그런데…… 그애가 집에서 나가고 며칠 후, 알게 되었습니다. 모아둔 돈 이만오천 환이 사라졌다는 것을요.

거기까지 들은 차오가 물었다.

"그러니까…… 지영현이 그 돈을 가져갔다는 말씀을 하시는 겁니까?"

"걔가 아니면 누구겠어요."

차오는 또 물었다. 그럼 왜 이제야 찾아왔느냐고. 그리고 왜 자신에게 그 이야기를 하는 것이냐고. 그러자 당숙모가 허리를 꼿꼿이 폈다. 얼굴이 딱딱하게 굳었다. 마치 모욕을 당했다는 듯한 표정이었다. 그녀는 고압적인 말투로 이렇게 말했다.

"걔하고는 이야기가 통하지 않으니까요. 그래서 사장님이 받으신 돈을 제게 돌려주셨으면 합니다."

아.

차오는 그제야 알아차렸다. 이 부인은 지영현이 훔친 돈으로 방세를 냈다고 생각하는 것이다. 그는 피식 웃으면서 고개를 저었다. 그리고 말했다.

"돈은 한 푼도 받지 못했습니다."

당숙모는 믿지 않았다. 심지어 그녀는 차오를 이상한 사람처럼 생각하는 듯했다. 어떻게 돈도 받지 않고 사람을 들인단 말인가. 이 세상에서. 이런 세상에서.

당숙모가 돌아간 뒤, 차오는 오후 내내 생각에 잠겼다. 어차피 지영현은 쫓아내야 할 사람이었다. 좋은 핑계가 생긴 셈이었다. 그러나 그는 계속 생각했다. 그 아이가 정말로 돈을 훔쳤을까. 그랬다면 차라리 방세를 내지 않았을까. 아니면 더 멀리 도망을 치든가. 그는 또 생각했다. 이런 이야기를 핑계삼아 사람을 내쫓는 것이 옳은 일일까. 하지만 무슨 상관인가.

이 세상에서. 이런 세상에서.

그러나 차오가 진짜 고민했던 것은 지영현이나 그녀의 당숙모 일이 아니었다. 그는 자신에 대해 고민했다. 그러니까, 왜 이렇게까지 연연하는지, 망설이는지 이해할 수 없었다. 나는 왜 이곳을 떠나지 못하는가. 누군가를 내쫓지도 못하는가. 의심하는 것조차 머뭇거리는가. 아니, 대체 무엇 때문에 나는 이곳에 계속 살고 있는가. 다른 친척들은 모두 미국에 갔다. 이제 남은 사람은 차오의 가족들과 친자식처럼 데리고 있는 조카딸 한 명뿐이었다.

이것이 바로 나의 인생인가.

나는 대체 무엇을 원하는가.

　다음날 아침 그는 지영현을 찾아갔다. 특별히 무슨 요구를 할
생각은 없었다. 지영현의 이야기를 들어보고 싶었을 뿐이었다. 그
런데…… 지영현은 밤새 울었는지 퉁퉁 부은 얼굴로 그를 맞이했
다. 그리고 몸을 떨며 이야기했다.
　"이상해요. 여기는 이상해요. 여기에는 저만 있는 게 아니에요.
소리들이 있어요. 그리고 누군가가 있어요. 그 사람들, 그 여자들
이 있어요. 그들은 이곳에 스며들어 있어요. 제가 이곳에 영원히
갇히기를 바라고 있어요. 저는 나갈 수 없어요. 그러려고 하면 저
는 이곳을 영원히 나갈 수 없게 될 거예요. 저는 남아야만 나갈 수
있어요. 만일 억지로 나가게 된다면 저는 정말로 여기에 갇혀버릴
거예요. 도와주세요. 제발 도와주세요."
　그러면서 지영현은 차오에게 급히 손을 내밀었다. 그 손끝이 차
오의 손등에 닿았다. 차가웠다. 그는 소스라치게 놀랐다. 몸이 얼
어붙는 것 같았기 때문이다. 그 차가움이 그에게로 옮아 붙어 떨
어져나가지 않았다. 그는 한기에 몸을 떨었다. 그후, 아주 오랜 시
간이 지난 뒤 그는 조카딸과 함께 만화영화를 보면서 그때의 기
억을 되살린다. 기차를 타고 온 우주를 돌아다니는 키가 큰 여자
와 못생긴 소년이 나오는 만화영화였다. 어느 에피소드에서 두 사
람은 온몸이 얼음으로 변한 여자를 만난다. 그녀는 인간이던 시절

맛있게 먹었던 라면을 그리워한다. 지금은 라면을 먹을 수 없기 때문이다. 그녀가 젓가락을 들어 라면에 갖다대면, 음식은 순식간에 얼어붙어버린다. 그녀는 라면을 단 한 입도 먹을 수 없다. 그녀 주위에 있는 사람들도 마찬가지다. 그녀에게 닿는 순간 얼어붙어버린다. 그래서 그녀는 언제까지나 혼자다.

그는 지영현에게서 뒷걸음질쳤다. 겁이 났던 것이다. 그녀가 하는 말도 이상했고, 손의 차가운 촉감도 징그러웠다. 차오는 더듬거리며 지영현에게 말했다. 어서 이 건물에서 나가달라고. 오늘밤 당장 모든 짐을 챙겨서 나가라고. 그리고 그는 뒤도 돌아보지 않고 아래층으로 내려갔다. 방안에 틀어박혀 종일 몸을 떨었다. 추웠다.

그날 밤, 지영현은 계단 난간에서 몸을 던졌다. 그녀는 이층 난간에 허리를 부딪힌 다음 일층으로 곧장 떨어졌다. 목뼈가 부러졌다.

그 시체를 뢰이한이 발견했다.

*

이야기를 다 들은 나는 어안이 벙벙했다. 겹쳐지던 이야기가 다시 확 벌어졌으니까. 그럼 뢰이한이 연루되었다는 사기 사건은 뭐

지? 보애 이모는 그런 나를 보며 재미있다는 듯 눈을 찡긋 감았다
떴다.

"더 들어봐."

지영현이 죽은 뒤 당숙모가 경찰에 신고를 했다. "되놈들이 내
돈을 훔쳐갔소!" 시체를 발견한 사람이 뢰이한이었으므로, 그가
용의자로 몰리고 말았다. 아아, 너무 쉬웠다. 누군가를 의심하는
것이. 광장에 세우는 것이. 책임을 지라고 말하는 것이. 경찰은 뢰
이한을 서에 데려다 앉혀놓고 자근자근 몰아세웠다.

"너지? 네가 중간에서 돈을 홀랑 먹어치웠지?"

뢰이한은 아니라고 대답했다. 절대 그런 적이 없다고 말했다.
그는 밤새 조사를 받았다. 난리법석이 났다. 경찰들이 중화루를
샅샅이 뒤졌다. 뢰이한의 방을 쑥대밭으로 만들었다. 사람들이 몰
려와 중화루에 돌을 던졌다.

나가라!

이곳에서 모두 나가!

돈의 행방은 찾을 수 없었다. 며칠 뒤 뢰이한은 증거불충분으
로 풀려났다. 그러나 경찰조사 이후 많은 것이 불리해졌다. 애초
에 사람들은 청인을 달가워하지 않았다. 그런데 사기 혐의로 조사
를 받은 적이 있는 청인이라니! 설상가상으로 청인들 사이에서도
소문이 났다. 그 아버지에 그 아들, 망나니 뢰진추의 자식이 결국
똑같은 일을 저질렀다고. 그와 일하는 걸 달가워하는 사람이 없었

다. 그를 믿기는 하지만 괜한 오해를 받을까봐 피하는 사람도 있었다. 한국에서도, 청인 공동체 안에서도 그는 외톨이였다. 점점 더 그렇게 되어갔다. 결국 얼마 후 차오가 중화루 영업에서 손을 떼자 그는 그때그때 돈이 되는 일을 전전하며 살았다. 그게 그의 삶이 되었다. 운명이 되었다.

이야기를 다 들은 진이 보애 이모에게 물었다.

"그럼…… 외할머니는 그걸 알면서도 외할아버지랑 만났던 거야?"

이모는 멀리 창밖을 바라보았다. 기억을 더듬어보는 것 같았다. 그리고 다시 이야기를 시작했다.

뢰이한이 경찰서에서 나오던 날, 박지운이 그의 앞에 나타났다. 순간 뢰이한은 마음고생을 한 사람이 자기 혼자만이 아니었다는 걸 깨달았다. 박지운은 죄책감을 느끼고 있었다. 무심코 한 사람을 소개했을 뿐인데, 그 일이 누군가를 곤란하게 만들었다는 사실에 말이다.

박지운이 말했다.

"미안해요. 정말 미안해요. 저는 정말……"

"괜찮아요."

뢰이한은 대답했다. 그러면서 받아들였다. 이 여자는, 이 여자만큼은 자신을 믿고 있다는 사실을. 사람은 참 어리석다. 어쩌면 그렇게, 한순간의 감정에 모든 것을 내던질까. 사소한 일로는 그렇게 많은 생각을 하고 또 하면서, 왜 누군가를 사랑하고 미워하는 일에는 그렇게 쉽게 말려들어갈까.

그들은 그해 결혼했다. 보애 이모는 말했다.

"아마, 어머니와 아버지는 결혼한 직후 깨달았을 거야. 아, 이건 아니다. 우리 둘은 잘 맞지 않는 사람들이다."

이번에도 진이 반문했다. 그는 조금 침울해 보였다.

"왜?"

이모가 대답했다.

"아버지는…… 가난뱅이였으니까. 그리고…… 청인이었지. 화교 말이야. 하고 싶은 걸 할 수 없는 사람이었어. 너희 할머니를 봐. 그걸 견딜 사람이니?"

문득 나는 이해가 되지 않았다. 그러면 헤어졌어야 하지 않을까. 즉각 뭔가를 알아차렸다면 말이다. 어차피 혼인신고 절차도 복잡했을 것이고, 살 곳을 마련하기도 힘들었을 것이며, 누군가에게 이해받기도 어려웠을 것이다. 아니 그냥, 서로의 마음이 어긋났다면 그때 결정을 내릴 수 있지 않았을까. 역시 옛날 사람들이라 어쩔 수 없었던 것일까. 아니면 남의 일이기 때문에, 지금과 아주 먼 시기의 사람들이기 때문에, 결국 내가 그들에게 무관심하기 때문에 이렇게 생각하는 것일까.

아아.

이 생각을 머릿속에만 담고 있었어야 했는데.

나는 보애 이모에게 질문을 내뱉었다.

"그럼 두 분은 왜 계속 같이 사셨던 거예요……?"

그 순간, 나는 진의 표정이 확 어두워지는 걸 봤다. 보애 이모가
씩 웃었다. 나는 등에 소름이 돋았다. 그제야 나는 깨달았다. 내가
실수를 했다는 것을. 정말 큰 실수를 했다는 것을. 몸안에 낄낄거
리는 웃음소리가 들이닥치기 시작했다. 그래. 그럴 줄 알았어. 네가
그럴 줄 알았지.

보애 이모는 엄마의 친구였다. 그들은 같은 해에 태어났다. 그
러니까 1957년 겨울, 뢰이한과 박지운이 결혼한 이유는 바로 보
애 이모를 임신했기 때문이었다.

봐.

이렇게 될 거라고 했지?

그럼 그렇지.

네까짓 게 말이야.

바로 네가!

*

　지하철역 앞까지 진이 데려다줬다. 걷는 내내 그는 말이 없었다. 나는 그의 속내를 알 수 없었다. 나의 무심함에 그는 화가 났을까. 났겠지. 나를 더이상 보고 싶지 않아할까. 그럴 수도 있겠지. 미안했다. 하지만 차마 미안하다는 말을 꺼낼 수 없었다. 그 말을 내뱉으면 정말로 내가 큰 실수를 했다는 사실을 인정해야 할 것 같았고, 그러면 그를 다시는 보지 못할 것 같았다. 치사했다. 나는 정말 치사하고 비겁했다. 하지만 그럴 수밖에 없었다.

　웃기시네.

　너는 겨우 이런 게 너의 최선이라고 생각하지?

　지하보도 앞에서 우리는 서로에게 인사를 했다. 진은 "잘 가"라는 말을 남기고 곧장 뒤돌아섰다. 나는 그를 부르지 않았다.
　흔들리는 지하철에 홀로 앉아 문득 생활사 박물관을 둘러보지 못했다는 사실을 깨달았다. 하지만 그게 다 무슨 소용인가.

　이후, 진에게서는 연락이 오지 않았다.

2

그렇게 한 달이 지났다. 그동안 나는 박지운의 이야기를 정리하며 시간을 보냈다. 인터넷으로 옛날 신문도 찾아봤다. 키워드를 바꿔가며 계속 검색했다. 인천 살인사건. 1950년대 사기 사건. 대불호텔 살인사건. 중화루 살인사건. 셜리 잭슨. 인천…… 내친김에 도서관에 가서 1950년대에 발행된 오래된 잡지와 신문을 뒤적거렸다. 아무것도 나오지 않았다. 찾을 수 없었다. 나중에는 해외 사이트 이곳저곳을 돌아다니며 영어로 된 글들을 더듬더듬 읽어나갔다. 하지만 역시나, 인천과 셜리 잭슨에 관련된 이야기는 찾을 수 없었다. 내 능력이 부족한 것일까. 박지운의 이야기가 거짓인 걸까. 그러면서도 나는 그녀의 이야기를 정리하는 걸 멈추지 못했다. 그 이야기에 박힌 어떤 감정을 이해하고 싶다는 욕망 때문이기도 했지만, 앞에서 말한 것처럼 박지운의 이야기를 정리하기 시작한 후부터 괴이한 목소리들이 덜 들려오기 시작했기 때문이다.

잠을 깊이 자는 날도 많아졌고, 무엇보다 뭔가에 쫓기듯 악에 받쳐 컴퓨터 앞에 앉아 있는 일이 없어졌다. 물론, 덕분에 「니꼴라 유치원」은 한 줄도 쓰지 못했다. 어쩌면 계속 쓰지 못할지도 모른다고 생각했다. 그러나 놀랍게도 전혀 걱정이 되지 않았다. 마음이 편했다. 그렇게 된다면 어쩔 수 없는 일이라는 생각도 들었다.

그냥, 팔자인 거지 뭐.

그래. 팔자.

물론 진에 대해서는 전혀 그렇지 못했다. 그를 생각하면 황폐한 대불호텔 터가 떠올랐고…… 그냥 진이 보고 싶었다.

그래서 결국 어느 주말, 나는 인천을 다시 찾았다. 생활사 박물관에 가기 위해서였다. 핑계였다. 사실은 진을 만나고 싶었을 뿐이었다. 지하철에서 나는 계속 핸드폰을 만지작거렸다. 뭐라고 운을 뗄까. 그냥 한번 들렀다고 말할까. 그때 못 간 생활사 박물관에 갈까 하는데, 지금 뭐하냐고 물어볼까. 아니면 박지운의 이야기를 다 정리했는데 한번 읽어보라고 할까? 나는 한숨을 쉬었다. 어느 하나 자연스러운 게 없었다. 게다가 확신도 없었다. 겁이 났다. 그가 나를 거절한다면? 다시는 보고 싶지 않다고 말한다면? 충분히 그럴 수 있었다. 우리는 형제도 아니었고, 연인도 아니었다. 분명 친한 친구였지만…… 그건, 언제든 헤어질 수 있는 사이라는 뜻이기도 했다. 그리고 우리는 지금 그 길목에 들어선 것 같았다.

대불호텔 터는 여전했다. 공사는 조금 더 진행되었지만, 이게 어떻게 새로운 시대의 대불호텔이 된다는 것인지 전혀 감이 잡히지 않았다. 생활사 박물관으로 이동하기 전, 나는 다시 한번 대불호텔 터의 쇠창살 안쪽을 들여다보았다. 아무도 없었다.

나는 박물관으로 갔다.

느닷없는 이야기일 수 있는데, 나는 시련이 사람을 강하게 해준다는 말을 믿지 않는다. 시련은 시련에 불과하다고 생각한다. 고통 이후 단단해지는 마음이나 냉정한 판단력 같은 것은 결과론적인 이야기라고 생각한다. 그렇게 생각할 만한 여유가 생겼다는 뜻에 불과한 것이다. 그렇다면 무엇이 사람을 여유 있게 만드는 것일까. 사람마다 다르다는 건 알겠다. 물질적인 안정일 수도 있고, 정서적인 휴식일 수도 있고, 새로이 닥쳐온 또다른 고난일 수도 있고. 하지만 누군가에게 여유란 영원히 찾아오지 않는 불가해한 감각일지도 모르겠다. 영원히 지속되는 원한. 상처를 주고 싶은 마음. 가라앉지 않는 분노.

이 말을 꺼낸 까닭은, 그 박물관에 들어서는 순간 내가 영원히 절대 알 수 없을, 어쩌면 지속되고 있을지 모를 누군가의 시련을 엿보는 기분이 들었기 때문이다. 왜였을까. 글쎄. 다 옛날 물건들이라 그랬던 걸까.

지나간 시간. 과거.

하지만 누군가에게는 여전히 생생한 현실로 남아 있을지 모르는 또렷한 시련.

박물관의 진열품들은 식민지 시기부터 근현대까지 시대적 범위가 꽤 넓었다. 가치가 있다 싶은 물건은 모두 진열해놓았기 때문인지, 특정 시기에 집중하고 있다는 생각은 들지 않았다. 대불호텔의 물건들도 있었다. 호텔이 성황을 이루었을 때 쓰인 물건들이었다. 커피를 내리는 기구, 숙박계, 축음기, 시계, 찻잔, 그리고 피아노.

지영현과 고연주의 흔적은 찾을 수 없었다. 혹시나 해서 세 번이나 꼼꼼하게 돌아보았지만, 박지운이 해준 이야기를 연상시키는 그 무엇도 찾지 못했다. 결국 나는 체념했다. 그리고 박물관을 빠져나오던 길에 안내 데스크에서 팸플릿 하나를 집어들었다. 차이나타운의 역사를 간단하게 정리한 내용이었다. 팸플릿을 읽던 나는 순간 자리에 멈춰 섰다. 이 구절 때문이었다.

중화루의 황금색 간판은 지금 차이나타운의 람청루에 보관되어 있다. 람청루의 지배인은 중화루의 사장이었던 차오의 조카이자 지금 한국에서 가장 유명한 요리사 중 한 명인 이청화이다.

이청화.

나는 곧장 그녀의 얼굴을 떠올렸다. 세상에, 그 사람이 차오의 조카였다니! 나는 박물관 밖으로 뛰어나왔다. 드디어 이야기와 가까운 사람을 발견한 것이다. 진실을 알지도 모르는 사람을 찾아낸 것이다. 심장이 쿵쿵 뛰었다. 뭔가를 알아낼 수 있을 것 같다는 기대와 희망이 나를 사로잡았다. 그게 무엇인지는 알 수 없었다. 하지만 찾고 싶었다. 그래야 했다. 나는 잠시 핸드폰을 만지작거렸다. 진에게 연락을 해야 할까. 이걸 말해줘야 할까. 하지만 무엇을? 박지운의 이야기 속에 등장했던 바로 그 중화루의 간판, 이야기 속 뢰이한이 갖고 싶어했던 그 간판이 지금 여기 인천에 버젓이 남아 있다고? 차오의 친척이 여기서 살고 있다고? 그 이야기를 하기 위해서? 하지만 왜? 그게 그에게 어떤 의미가 있기에?

나는 힘껏 달렸다. 십 분도 되지 않아 람청루에 도착했다. 숨을 몰아쉬며 람청루의 붉은 대문과 남색 기와를 올려다봤다. 화려하고 아름다운 외관으로 유명한 음식점다웠다. 무엇보다 이 음식점은 청나라의 작은 저택을 옮겨놓은 듯한 모습으로 알려져 있었다. 대문을 열고 들어가면 그 건너에 또 문이 있고, 그 안에 또 문이 있었다. 한밤중에 바깥에서 보면 조금 스산하다는 이야기도 있었다. 안쪽에서부터 문이 하나씩 착착 닫히는 것이 세상으로부터 차례차례 분리되어가는 듯한 느낌을 준다고 말이다.

나는 첫번째 문 안으로 들어갔다. 숨을 고르며 다소 긴 입구를 걸었다. 두번째 문을 넘었다. 두번째와 세번째 문 사이는 첫번째보다 짧았다. 람청루 건물이 다가올수록 심장이 더 두근거렸다.

세번째 문을 넘어섰다.

건물 입구 밖으로 줄을 선 사람들이 보였다. 대기표를 나누어주고 있는 직원도 보였다. 나는 그들의 눈치를 받으며 건물 안으로 재빨리 들어갔다. 카운터에 서 있던 남자가 당혹스러운 눈길로 나를 쳐다봤다. 나는 그에게 외치듯이 말했다.

"사장님을 만나게 해주세요."

"네?"

나는 다급히 말을 이었다.

"만나야 해요. 꼭 듣고 싶은 이야기가 있어요."

그가 밖에 있는 사람에게 눈짓을 했다. 데리고 나가라는 뜻 같았다. 나는 그의 앞에 있는 메모장을 우악스럽게 집어들었다. 그가 이보세요! 라고 소리쳤다. 하지만 지금 그게 문제가 아니었다. 나는 제발 잠깐만 기다려달라고 애원하며 메모를 남겼다. 이청화 앞으로 보낼 메시지였다. 물론 희망은 없었다. 이청화는 유명인사였다. 이 사람이 과연 그녀에게 이 쪽지를 전해줄까? 내 부탁을 진지하게 들어줄까? 하지만 지금 떠오르는 방법은 이것뿐이었다. 만일 이게 소용없다면, 다음에 예약을 하고, 그때 만나지 못하면 또 예약을 해서…… 아무튼, 그녀를 만날 수만 있다면 무슨 수든 써야 했다.

나는 그에게 메모장을 되돌려주며 말했다.

"부탁드립니다. 이걸 꼭 사장님에게 전해주세요."

연락처와 함께 종이에 적은 내용은 간단했다. 한 단어뿐이었다.

'뢰이한.'

이틀 뒤, 이청화에게서 전화가 걸려왔다.

*

이야기는 이렇게 다시 시작되었다.

*

시작은 언제나 아름다운 법이다. 모든 것이 그러하다. 하지만 모든 것은 언제든 망가질 수 있다. 우리는 늘 그런 위협 속에 산다.

*

우선, 제가 하는 이야기가 다 진실이라고 할 수는 없어요. 그걸 염두에 두고 들어주었으면 좋겠네요. 차오 삼촌은 저의 외삼촌이에요. 원래 외삼촌 가족은 미국으로 이민을 갈 생각이었어요. 생각이라는 말은 문제가 있네요. 이렇게 표현하도록 하죠. 그들은 미국에 가야 했어요. 왜냐하면 다른 친척들이 이미 미국에 가서 자리를 잡기 시작했으니까요. 저의 부모님도 그랬어요. 하지만 저는 외삼촌 가족과 함께 한국에 있었죠. 음, 돌아왔다고 해야겠네요.

향수병에 걸렸거든요. 놀랍죠? 네, 그랬습니다. 한국이 그리웠어요. 어쨌든 저는 여기서 태어나고 자랐으니까요. 여기를 그리워할 거라고는 생각해본 적이 없었는데, 미국에 도착한 순간부터 모든 것이 끔찍했어요. 말하는 것, 먹는 것, 보이는 것. 모든 것이 낯설고 다 싫었어요. 정말 놀랍죠. 여기서는 별로 좋아하지도 않던 호떡을 그렇게 그리워했으니까요. 네, 호떡은 미국에서도 만들 수 있죠. 하지만 제가 그리워했던 건, 인천 부둣가를 걸으며 후후 불어 먹던 바로 그 호떡이었어요. 설탕이 가득 든 바삭한 밀가루 빵. 그것 없이는 살 수 없을 것 같았죠. 실제로 살 수가 없었어요.

아마 지금은 그때 저의 상태를 두고 우울증이라고 부를 거예요. 집에 틀어박혀 밖으로 나가지 않았으니까요. 먹지도 자지도 않고 그저 가만히만 있었죠. 어떤 의욕도 없었어요. 그래서 부모님은 궁여지책으로 일단 저를 한국에 다시 보내기로 결정하셨죠. 차오 삼촌이 준비를 마치고 미국으로 들어올 테니, 그때 함께 돌아오라고 하셨어요. 그길로 저는 부모님 곁을 떠났고 다시는 돌아가지 않았네요. 제가 이 이야기를 하는 이유는…… 네, 당신 표정에서도 드러나네요. 사람들에게는 제 사연이 다르게 알려져 있죠. 제가 중화요리의 명맥을 잇고 싶어서 한국에 남았다고요. 아니에요. 그건, 글쎄요. 그 신화를 제가 군이 정정하고 다닐 이유는 없으니까요. 그럴싸하잖아요. 하지만 실제로 저는 그때 향수병에 빠진 십대 소녀였고, 그보다 더 분명한 진실은, 그렇다고 해서 제가 이 땅을 그렇게 사랑하지도 않았다는 거예요. 저는 그저 익숙한 것들로 돌아가고 싶었을 뿐이에요. 인천 부둣가, 바다 냄새, 지저분하고 낙후된 거리. 허름한 건물들. 설탕이 가득한 호떡.

저를 돌려보낼 때 부모님은 민망해하셨죠. 그래서 차오 삼촌에게 거짓말을 했어요. 제가 중화요리를 배우고 싶어한다고요. 사실 말이 안 됐죠. 우리 가족은 모두 다 요식업을 했는데, 굳이 한국으로 돌아가서 그 요리를 배운다니요. 하지만 그게 먹히긴 했어요. 차오 삼촌은 가족 중에서 가장 실력이 뛰어났거든요. 억지스럽긴 해도 완전히 이상하지는 않았어요. 그러니까…… 제가 요리를 배우고 싶어하는 마음이 간절하다는 뜻으로 해석될 수밖에 없었지요. 그게 차오 삼촌의 마음을 흔들었던 것 같아요. 나이 어린 제가, 그것도 여자인 제가 중화요리의 명맥을 잇고 싶어한다니…… 우유부단한 그에게는 제가 참 결연한 아이처럼 보였겠지요.

그게 언제였더라. 네, 1965년쯤이었을 거예요. 그 무렵 차오 삼촌은 한국에 그대로 눌러사는 건 어떨지 진지하게 고민했던 것 같습니다. 그러던 중에 외삼촌의 마음에 쐐기를 박는 사건이 일어났어요. 네, 제가 당신에게 연락을 하게 된 바로 그 이유죠.

뢰이한.

그가 세상을 떠났습니다.

지금부터 그 이야기를 해드릴게요. 걱정 마세요. 이건 무서운 이야기가 아니에요.

사실 처음부터 그랬답니다.

*

뢰이한은 사랑에 빠졌다. 박지운. 그 여자를 떠날 수 없었다. 그로 인해 그의 운명은 완전히 뒤바뀌었다. 사기 사건. 신원상의 문제. 청인 공동체와의 갈등. 외로움. 이런 것이 그의 운명을 바꾼것이 아니다. 사랑이 그의 삶을 뒤집어놓았다. 사실 그는 자신이 겪는 부당한 일들에 별다른 불만이 없었다. 기대와 미련이 없었기 때문이다. 그는 차오와 함께 중화루를 정리하고 미국으로 갈 계획이었다. 숙명이었다. 사실 라이 가문은 뢰이한을 버리지 않았다. 막내인 그에게 마지막 숙제를 맡겼을 뿐이었다. 중화루 건물과 관련된 자잘한 문제들을 해결하고 마지막으로 미국에 넘어오는 것. 그 일이 해결되면 뢰이한은 미국인이 될 예정이었다. 게다가 라이 가문과 차오 가문은 가까웠다. 두 집안은 미국에서 함께 중화요릿집을 시작했는데, 손이 매우 부족한 상황이었다. 이제 차오와 뢰이한만 미국으로 가면 모든 것이 해결될 터였다. 미국에서 끊임없이 연락이 왔다. 어서 들어오거라. 언제 올 것이냐. 어서 미국으로 와라. 대체 언제까지 기다리게 할 것이냐.

실제로 뢰이한은 떠나야 옳았다. 이곳에서 그런 말도 안 되는 일들을 겪었으니, 한국에 남아 있을 이유가 없었다. 그는 이 땅에 침을 뱉고 떠나버렸어야 했다. 그러나 떠나지 않았다. 그는 박지운의 곁에 남는 걸 선택했다. 그에게 대불호텔은 원한이 아니었다.

사랑이었다.

이후, 시련이 시작되었다. 모두가 아는 그 혹독한 삶. 칠 년여간의 피폐한 생활. 누구도 불러주지 않고, 누구에게도 필요한 사람으로 살지 못했던 삶. 박지운은 종종 그런 농담을 들었다.

"혹시 당신 전족을 하고 있어?"

아니, 그건 농담이 아니었다. 누구도 농담을 그런 식으로 하지 않는다. 농담은 그런 것이 아니다. 박지운은 울지 않았다. 그녀는 씩씩했다. 그녀는 남편이 자신을 선택했으며, 자신 역시 남편을 선택했음을 기억했다. 그것이 결혼이었다. 그녀는 그 선택에 최선을 다할 생각이었다.

그러나 삶의 부침은 계속되었다. 세월의 광기가 빛을 발했다. 화교들의 생업에 다양한 허가 조건이 따라붙기 시작했다. 이 땅은 외지인들을 원하지 않았다. 국민의, 국민에 의한, 국민을 위한 나라.

그래서 1965년, 드디어 차오는 미국 이민을 결정했다. 마음이 계속 흔들렸지만 어쩔 수 없다고 생각했다. 이제는 결단을 내려야 하는 때였던 것이다. 차오는 수속을 마치고 미국의 친척들과 연락을 마무리했다. 반면 뢰이한은 포기하지 않았다. 여전히 사람들은 그와 오래 일하기를 꺼렸지만, 뢰이한은 이해했다. 아니, 그냥 받아들였다. 그는 계속 그런 식으로 이곳저곳을 돌아다니며 일했다.

차오는 뢰이한이 신경 쓰였다. 결국 저 녀석만 여기를 떠나지 못하는구나. 앞으로 어떻게 살려고 저러는 것일까. 그래서 그는 뢰이한에게 돈을 빌려주기로 했다. 당연히 뢰이한은 기뻐했다. 감사했다. 그러면서 말했다. 어쩌면 이걸 발판으로 제대로 시작할 수 있을지도 모르겠다고. 차오는 무얼 시작할 거냐고 물었다. 뢰이한이 대답했다.

"중화루의 간판을 되찾아오는 거요."

차오는 어안이 벙벙했다. 중화루의 간판이라고? 내가 얼마 전 완전히 팔아치운 건물의 그 낡은 간판 말인가? 차오는 마음이 답답했다. 그는 뢰이한에게 말했다.

"그냥 미국에 같이 가자."

"못 가요. 아내와 딸이 여기 있잖아요."

"우선 너라도 가. 그래서 자리를 잡아. 그러면 불러올 수 있잖아."

"힘들다는 거 아시잖아요."

차오는 대답하지 않았다. 뢰이한이 말을 이었다.

"한국인에게 이민은 쉽지 않아요."

"……적어도 보애는 데려올 수 있지. 보애라도 제대로 살아야 하는 거 아니냐."

그러자 뢰이한이 잠시 말을 멈췄다. 그러더니 나직한 목소리로

282

대꾸했다.

"형님, 제가 제대로 안 살고 있나요?"

차오는 한숨을 쉬었다. 차를 마셨다. 할말이 없었다. 아니, 할말이 너무 많았다. 너는 제대로 살고 있지. 너무나도 제대로 살고 있지. 너처럼 산다면 그에 걸맞은 정당한 대가를 얻는 것이 맞는단다. 하지만 이 세상은 너에게 너그럽지 않아. 너를 봐줄 생각이 없어. 그렇더라도 네 자식만은 숨통을 틔워주어야 하는 것 아니겠니. 하지만 차오는 끝내 한마디도 하지 않았다. 그냥 방법을 찾아보자고만 대답했다. 뢰이한의 가족들이 모두 미국으로 건너갈 수 있는 방법을 말이다. 그러자 뢰이한이 씨익 웃으며 대답했다.

"괜찮습니다. 저 여기서 살게요."

차오는 황당했다. 이놈이 아직 정신을 못 차렸구나. 젊은 놈이 객기가 아주 넘쳐흘러. 대체 이게 무슨 허세인가. 젊은 시절이 얼마나 귀한지 모르는가. 결국 차오는 목소리를 높였다.

"왜 이러는 것이냐. 이유가 무엇이냐. 왜 이렇게 인생을 함부로 대하는 것이냐. 이따위 곳에 왜 계속 있고 싶은 건데!"

말하다보니 너무 화가 났다. 그는 더 큰 소리로 외쳤다.

"도대체 왜 그렇게 고집을 부리는 거야? 상황 파악이 안 돼? 왜 그러는 거냐, 대체!"

그러자 뢰이한이 숨을 크게 들이마셨다. 뭔가를 깊이 생각하는 듯했다. 그리고 다시 입을 열었다.

"형님, 저는 가게를 하고 싶어요. 바로 여기서요. 이 땅에서요. 저는 중국인이지만 중국에서 태어나지 않았지요. 이상하지 않습니까? 제 고향은 람청인데, 저는 그곳에 한 번도 가본 적이 없어요. 저는 이곳에서 태어났어요. 그리고 고향 음식을 먹으면서 자랐지요. 대체 그 고향의 음식이란 뭘까요? 람청 음식일까요? 인천 음식일까요? 어쨌든 저는 계속 그 음식을 먹고 싶어요. 그리고 만들고 싶어요. 아마 앞으로 제가 만드는 음식은 저와 같은 사람들을 위한 음식이 되겠지요. 고향이 없지만 고향을 그리워하는 사람들. 고향이 없기에 고향을 만들어야 하는 사람들.

형님, 저는 처음부터 미국에 갈 생각이 없었어요. 가족들에게는 미안하지만요. 저는 이곳이 너무 익숙해요. 저는 그냥 여기 사람입니다. 이곳 사람들이 저를 싫어해도 그 사실은 변하지 않아요. 저는 그들의 일부이고, 그들 역시 저의 일부이지요. 하지만 그 사실을 감상적으로 받아들이는 건 아니에요. 저는 단지 박지운과 제 아이에게 제가 만든 음식을 먹이고, 제가 산 옷을 입히고 싶어요. 그냥 그렇게 계속 살고 싶어요. 형님, 저는 행복합니다. 제가 바라는 건 이 행복이 계속 이어지는 겁니다. 아이의 그림을 벽에 붙이고 싶어요. 그걸 보면서 아내와 수다를 떨고 싶어요. 아이에게 밥을 먹이고 싶어요. 그게 김치든 자차이든 뭐든 말입니다. 그리고 언젠가는 그 건물로 돌아가고 싶어요. 대불호텔이요. 중화루 말입니다. 그곳이야말로 저의 진짜 고향이니까요. 그 간판을 다시 찾고 싶어요. 중화루를 이어가고 싶습니다. 그래서 제 아내에게, 아이에게도 고향을 만들어주고 싶어요. 그뿐이에요. 한심하게 생각하셔도 좋고, 답답한 놈이라고 생각하셔도 좋아요. 하지만 이게 진심이에요. 꼭 어떤 가능성만을 보고 살아야 하는 건 아니잖아요. 언젠가는 후회할지도 모르죠. 아마 끝내 이루지 못할 수도 있어요. 하지만 지금은 기력이 남아 있어요. 이 힘이 남아 있는 한, 그냥 계속 이렇게 해보고 싶어요. 고향을 만들고 싶습니다."

*

그러나, 일주일 후 뢰이한은 세상을 떠났다.

*

과로사였다.

*

이후, 차오는 이민을 취소했다. 뢰이한이 죽고서야 그는 깨달았던 것이다. 자신이 왜 그렇게 오랜 시간 머뭇거렸는지 말이다. 사실, 그 역시 태어나고 자란 이 땅을 떠나고 싶지 않았다. 원하지 않았다. 그는 한 번도 본 적 없는 상상의 모국을 고향으로 두고 있었기에, 어느 곳으로든 갈 수 있었다. 어디서든 살 수 있었다. 그렇기에 늘 떠날 생각만을 했다. 그러나 그건 어디서든 자신이 사랑할 곳을 만들 수 있다는 뜻이기도 했다. 뢰이한이 그걸 깨닫게 해주었다. 사랑을 선택할 수 있다는 것. 그리하여 그가 나고 자란 곳을 얼마든지 사랑할 수 있다는 것을. 그 마음을 알려준 뢰이한이 사랑했던 건, 바로 중화루였다. 그 오래된 건물에서 풍기던 따뜻한 닭 국물 냄새. 고수를 볶는 향긋한 냄새. 추운 날 차를 우릴 때 피어오르는 훈김. 사랑하는 여인.

그리고 보애寶愛.

그것은 보물처럼 사랑한다는 뜻.

3

나는 진에게 전화를 걸었다. 설명을 잘하지 못했다. 그냥 지금 만나야 할 것 같다고만 했다. 그는 말이 없었다. 나는 계속 재촉했다. 이기적인 행동이라는 걸 알고 있었지만, 나를 막을 수가 없었다. 그에게 꼭 해주고 싶은 말이 있었다. 뢰이한. 박지운. 보애. 그리고 중화루. 대불호텔…… 사랑. 그래. 나는 사랑이라는 단어를 말하고 싶었다. 나는 외치듯이 말했다. 어서 만나자. 만나서 이야기해. 이건 만나서 이야기해야만 해.

사실은 그냥 진이 보고 싶었던 것뿐이면서.

전화기 너머에서 그가 대답했다.

"알았어. 조금만 기다려."

날이 추웠다. 금방이라도 눈이 내릴 듯했다. 나는 하늘을 바라보며 입김을 불었다. 하얀 입김이 공중에서 흩어졌다. 멀지 않은 곳, 람청루의 지붕이 눈에 들어왔다. 어쩐지 눈물이 날 것 같았다. 따뜻한 귤피차를 마시고 싶었다.

얼마 후, 멀리서 그의 차가 천천히 이쪽으로 다가오는 것이 보였다. 다시금 심장이 쿵쿵거리기 시작했다. 진은 조금 초췌해 보였다. 나는 날이 추우니 어디라도 들어가서 이야기하자고 했다. 그는 거절했다. 지금 이 자리에서 말해줬으면 좋겠다고 했다.

"무슨 이야기를 하고 싶은 거야?"

나는 더듬거리며 그에게 말을 꺼냈다.

"있잖아. 내가 끼어들 이야기는 아니라는 걸 잘 알아. 그런데……"

"그런데?"

"너희 외할아버지와 외할머니는 서로 많이 사랑하셨어."

진이 허공을 바라보며 한숨을 쉬었다. 그리고 내게 냉담한 말투로 말했다.

"그만해."

역시, 뭔가가 끝나버렸다는 생각이 들었다. 언제나 다정하고 끈기 있게 내 이야기를 들어주던 사람. 내게 무엇이든 할 수 있을 거라고 말하던 사람. 이제 그 사람은 없었다. 아아, 나는 그를 결국 잃은 것이다. 그간 간신히 잠겨 있던 목소리들이 내 안에서 울컥울컥 밀려나왔다. 나는 고개를 숙였다. 그때, 그가 조금 격양된 목소리로 말했다.

"내가 그걸 몰랐을 거라고 생각해?"

그러더니 그는 앞서 걸어가기 시작했다. 나는 그의 뒤를 따랐다. 그의 어깨가 떨리는 것이 보였다. 나는 달려가 그를 붙잡았다. 그의 얼굴을 쳐다보았다. 그는 금방이라도 울음을 터뜨릴 듯 위태로워 보였다. 나는 그를 근처의 벤치로 데려가 앉혔다. 한참 동안 그는 말이 없었다. 추웠지만…… 춥지 않았다.

"엄마는 평생 외할머니가 외할아버지를 욕하는 소리를 들으면서 살았어. 이런 이야기를 자주 했대. 네 아버지 때문에 내 급이 떨어졌다. 그리고 이런 소리도 종종 하셨지. 너 아니었으면 네 아버지가 그렇게 일을 많이 하지는 않았을 거다. 끔찍해? 그럼 이건 어때. 새아버지가 네 인생을 살린 거야. 네 팔자를 고쳐준 거야. 상상할 수 없지. 그런 이야기를 평생 들으면서 산다는 거 말이야. 그런데 그게 언제부터 시작된 건지 알아? 바로 뢰이한 할아버지가

288

돌아가신 후부터야. 외할머니가 혼자된 후부터 그렇게 된 거야. 그전까지 외할머니는 엄마에게 혹독하게 군 적이 없었어. 외할머니는 외할아버지를 잃고 나서 그렇게 괴팍하고 못된 인간이 되어버렸어. 매일 이상한 이야기를 지껄이고, 딸에게 독한 소리를 하고, 이기적이고 제멋대로 구는 사람이 되어버렸지. 나도 알아. 외할아버지와 외할머니가 사랑하셨다는 거. 그걸 어떻게 모르겠어. 우리 가족 이야기잖아. 평생 외할머니를 봐왔고, 엄마를 봐왔어. 그 둘을 봐왔기 때문에 알아. 하지만 외할머니는 엄마를 사랑하지는 않았어. 내게는 그 사실이 더 중요해. 얼굴 한 번 본 적 없는 남자가 아내와 딸을 남겨놓고 떠나버리는 바람에, 내 엄마가 평생 상처 속에서 살았다는 사실이 더 중요하다고. 이해가 돼? 그런 엄마가 있다는 게? 엄마가 그럴 수 있다는 게 말이야."

나는 대답하지 않았다. 문득, 엄마와 외할머니가 떠올랐다. 어린 시절, 나는 엄마가 외할머니를 미워한다는 사실이 무서웠다. 왜냐하면 나도 엄마가 미운 순간들이 있었으니까. 엄마에게 그런 미운 마음을 가져서는 안 된다고 생각했으니까. 그래서 엄마가 미울 때마다 가책했다. 어떻게 내가 감히 엄마를, 사랑하는 엄마를 미워하는 마음을 가질 수 있단 말인가. 그런데 엄마는 외할머니를 아무렇지 않게 미워했다. 무서웠다. 하지만 나중에 알게 되었다. 그래도 되는 것이다. 엄마를 미워할 수도 있는 것이다. 증오할 수도 있는 것이다. 원망할 수도 있는 것이다. 얼마든지 그래도 되는 것이다. 그럴 수 있는 것이다. 그런 사람도 있는 것이다. 모두가 엄마를 사랑할 수는 없고, 모두가 자식을 사랑할 수도 없다.

나는 그에게 대답했다.

"응. 이해가 돼."

그가 놀랍다는 듯 나를 쳐다보았다. 믿을 수 없다는 표정이었다. 나는 말을 이었다.

"그건 뭐랄까, 한 번도 가본 적 없는 곳을 고향이라고 믿고 사는 것과 비슷한 거겠지."

그가 김이 빠진다는 듯 힘없이 웃음을 터뜨렸다.

"가끔 네 말은 도저히 못 알아듣겠어."

나 역시 그랬다. 이 마음을, 이 느낌을 어떻게 말해야 할지 알 수 없었다. 그래도 전하고 싶었다. 이청화의 이야기에서 내가 느낀 감정을, 지금까지 이야기를 정리하며 깨달은 어떤 것들을 진에게 나누어주고 싶었다. 그가 코트 주머니에 손을 넣고 벤치에 등을 기댔다. 웃음기는 사라져 있었다. 그가 말했다.

"내 주위에 있는 여자들은 다 이상해."

나는 대답하지 않았다. 진은 다시 말을 이었다.

"그중에서도 네가 제일 이상해."

"왜?"

"넌 네 이야기를 하지 않잖아. 늘 남의 이야기를 하지."

"그래서…… 요사스러워?"

진지하게 한 질문이었는데, 그는 또다시 웃음을 터뜨렸다. 자존심이 조금 상했다. 내가 박지운보다 이상한 사람이라니 말이다. 그때, 그가 진지한 표정으로 나를 쳐다보더니 말했다.

"왜 연락 안 했어?"

네가 화났을까봐. 네가 실망했을까봐. 네가 다시는 나를 보고 싶어하지 않을까봐. 괜히 연락했다가 너를 더 화나게 만들까봐. 더 실망하게 할까봐. 그래서 정말로 다시는 나를 보고 싶어하지 않을까봐. 그렇게 겁이 나서. 힘들어서. 무서워서. 너를 정말로 잃고 싶지 않아서 그랬어. 무수히 많은 말들이 머릿속에 떠올랐지만 나는 그중 무엇도 입 밖으로 꺼내지 못했다. 그저 그에게 되물었을 뿐이다.

"그럼 너는 왜 안 했어?"

그러자 그가 곧장 대답했다.

"넌 나한테 관심이 없잖아."

울컥, 마음속에서 뭔가가 치밀어올랐다. 하지만 그가 더 빨랐다. 그는 오늘 처음 만났을 때처럼 조금 격양된 목소리로 말을 이어나갔다.

"너는 늘 무언가를 이야기하고 있지만, 그게 우리 이야기는 아니잖아. 너는 너를 보여주지 않아. 늘 네 소설 이야기를 하지. 복수로 가득한 이야기. 원한으로 가득한 이야기. 이번에도 나는 모르겠어. 너는 왜 우리 가족 일에 관심을 보이는 거야? 뭐라고 하는 게 아니야. 그냥 궁금할 뿐이야. 너에게 이야기라는 건 뭐야? 이걸 어떻게 만들고 싶어? 할아버지와 할머니의 러브 스토리? 사랑했지만 어쩔 수 없이 마음이 엇갈린 사람들의 이야기? 그렇게 만들고 싶은 거야? 고연주와 지영현이 안타까워? 뢰이한이 불쌍해? 하지만 생각해봐. 네가 하는 이야기는 사실 그들의 이야기가 아니야. 이건 우리 이야기야.

이젠 이 이야기를 해야 해. 왜 늘 고개를 숙이는 거야? 내가 화났다고 생각해? 나는 화나지 않았어. 그날도 그랬어. 그냥 나는 쪽팔렸을 뿐이야. 네 앞에서 외할머니가 엄마에게 면박을 주고, 엄마가 한탄을 하는 게 창피하고 부끄러웠을 뿐이야. 그래서 그냥 무슨 말도 할 수 없었을 뿐이야. 한 달 내내 그랬어. 그리고 그 시간 내내 네가 그리웠어. 그냥 네가 나에게 연락해주기를 바랐어. 가족들의 지난 삶 같은 이상한 이야기 없이 그냥 나에 대한 마음을 말해주기를 바랐어. 그래, 이게 빌어먹을 짓이라는 것도 알아. 내가 연락하면 됐을 테니까. 하지만 자존심이 상했어. 그리고 두려웠어. 만일 네가 나와 같은 마음이 아니라면? 무엇보다 나는 네가 우리보다 다른 사람의 이야기에 더 관심이 많다는 걸 아니까. 지금도 너는 우리 가족 이야기를 하고 싶어하잖아. 그 이야기 속으로 도망치고 싶어하잖아. 지금 네 앞에 내가 있는데 말이야. 있잖아, 그냥 내게 물어봐주면 안 돼? 내가 부끄러워하는지. 화가 났는지. 뭐가 궁금한지. 그냥 상상하지 말고 내게 물어봐주면 안 돼?

나는 지금 네 곁에 있어. 그러니까 이건 다른 사람들의 러브 스토리가 아니야. 너와 나의 이야기야. 그래야만 해. 아니야?"

그러더니 그는 얼굴을 감싸쥐었다. 한참 동안 그는 그 상태로 있었다. 아주 오랫동안.

나는 물었다.

"계속 그러고 있을 거야?"

"응."

"왜?"

"한심하니까."

"뭐가 한심한데."

"그냥…… 이런 식으로 너를 압박하고 싶지 않았거든. 이런 모습을 보이고 싶지 않았어. 아, 엄마랑 똑같아."

"아니야."

"외할머니하고도 똑같아."

"그렇지 않아."

"뢰이한하고도 다를 게 없지."

그의 목소리가 젖어 있었다. 그가 왜 얼굴에서 손을 떼지 않는지 알 것 같았다. 나는 그의 어깨를 부드럽게 매만졌다.

"그렇게 말하지 마."

그가 여전히 얼굴을 감싼 채 고개를 숙였다. 그와 함께 있었던 날들이 떠올랐다. 나는 그에게 많은 것을 의지했다. 속내를 털어놓고, 엄마의 흉을 보고, 앞으로 나아가지 않는 나의 글에 대해 이야기했다. 그리고 원한에 대해서, 내 속을 시커멓게 태우고 있는 그 불순한 감정들에 대해서 끊임없이 털어놓고 또 털어놓았다. 하지만 그의 말이 맞았다. 그건 내 이야기가 아니었다. 내가 하고 싶은 이야기였을 뿐이다. 나는 그에게 나의 진짜 모습을 보여주고 싶지 않았다. 때문에 그와 헤어지고 나면 수치심이 밀려오곤 했다. 나 역시 쪽팔렸다. 나의 치부를 보여줬을지도 모른다는 불안 때문에, 그가 나의 진짜 모습을 눈치챘을지도 모른다는 생각 때문에 견딜 수가 없었다. 하지만 그를 만나는 걸 멈출 수 없었다. 불안을 감수할 만큼 그를 사랑했으니까. 그래. 나는 이 사람을 사랑했다. 나는 그에게 말했다.

"정말이야. 그렇게 말하지 마."

그 순간, 내 안에 오랫동안 잠겨 있던 목소리들이 스르르 사라지는 것을 느꼈다. 이제 나는 나의 목소리로 그에게 이야기를 하고 있었다.

"네가 나한테 어떤 사람인데."

그가 얼굴에서 손을 내렸다. 그리고 나를 바라보았다. 나는 그의 얼굴에서 눈물을 닦아주었다. 그리고 그의 목을 천천히 끌어안았다.

"맞아. 이건 우리 이야기야. 나한테 아주 소중하고, 너한테도 소중한 사람에 대한 이야기."

*

이제는 내가 그 이야기를 해줄게.

*

그래서 우리는 늘 시작해버리고 만다. 그게 무엇이든. 어떻게되든. 사실, 앞으로 벌어질 일들은 지금 별로 중요하지 않다. 그렇지 않은가.

*

악의? 그까짓 것들.

*

진과 나는 람청루로 갔다. 이청화가 기다리고 있었다. 그녀는지하실로 우리를 안내했다. 문이 열렸다. 간판은 생각했던 것보다크기가 컸다. 건물 한가운데를 장식했을 정도이니 그럴 법도 했다. 하지만 낡고 초라하기도 했다. 바래버린 황금색 칠이 군데군데 어설프게 남아 지저분해 보였다. 간판 가장자리는 조금씩 깨진 채 먼지가 가득 쌓여 있었다. 세월의 흔적이 역력했다. 하지만 중화루라는 한자 세 글자만은 또렷하게 눈에 들어왔다. 굵고 힘있는 서체로 쓰인 글자를 바라보고 있으니 한때 반짝거렸을 옛 풍경이 상상되었다. 많은 사람들을 끌어들이고, 즐겁게 하고, 원하는 것을 꿈꾸게 했을 세 글자. 진과 나는 그 글자들을 마주보며 나란히 섰다. 어느 순간이었을까. 그가 내 손을 잡았다. 그때, 나는 앞으로 그와 꽤 오랜 시간을 함께 보내게 되리라는 예감이 들었다. 동시에 아마 우리도 그런 말을 주고받게 될지 모른다는 생각을 했다.

너 때문에.

당신 때문에.

어떻게 될까. 우리는 그 말을 하지 않기 위해 노력하는 삶을 살게 될까, 아니면 그 말을 하지 않고는 못 견디는 삶을 살게 될까. 나는 진의 옆모습을 슬쩍 바라보았다. 그는 조금 황홀한 표정으로 간판을 쳐다보고 있었다. 아, 이런, 그는 자신의 이야기 속에 빠져들어가 있었다. 그의 뿌리, 시작, 비밀, 상상으로만 채워넣을 수 있는 듬성듬성한 구멍들. 나는 상상했다. 박지운. 남편이 떠난 후 억척스럽고 독하게 변해버린 그녀. 그 상상을 통해 나는 문득 이해했다. 그녀는 뢰이한을 너무나도 깊이 사랑했던 것이다. 그리하여 그가 없이도 살아가기 위해서, 그를 사랑하지 않는 가짜 마음을 만든 것이다. 그러니 그녀가 품은 건 원한이 아니다. 그건 영원한 사랑이다. 어떤 방식으로든 계속 기억할 수밖에 없는 사랑. 이야기 속에서 뢰이한은 계속 살아 있다. 그녀는 셜리 잭슨이고, 고연주이고, 지영현이고, 차오이고, 끊임없이 그들의 이야기를 엿보는 중화루의 말 많은 직원이며, 대불호텔이다. 그녀는 박지운이다. 떠나지 못하는 사람들. 떠날 수 없는 사람들.

이제 더는 박지운을 찾아가지 않으리라. 이제는 내가 정리한 이야기 속의 박지운을 들여다보리라. 그런 방식으로 그녀의 이야기를 들어보리라. 그렇게 이야기를 쌓고 쌓고 또 쌓다보면, 진짜 마음을 알 수 있겠지. 왜 그렇게 알고 싶어하느냐고? 왜 계속 쓰고 싶어하느냐고? 왜냐하면 그 마음이 결국은 나의 마음이니까. 내가 나를 이해하는 방식이니까. 나의 이야기니까. 그리하여 나는 나의 이야기를 또 상상한다.

바로 그날 밤. 네 사람은 대불호텔의 홀 안 창가에 서 있다. 셜리, 지영현, 고연주, 그리고 뢰이한. 사람들이 몰려와 돌을 던지고 창문을 부수며 그들에게 이 땅에서 나가라고 소리쳤던 바로 그날 밤이다. 하지만 사람들은 물러갔고 이제 호텔에는 네 사람만 남아 있다. 그들은 배부르게 먹었고, 조금 취했다. 창밖으로 태양이 떠오르고 있다. 뜨겁고 밝다. 멀리서 뱃고동 소리가 들려온다. 바닷바람의 짠 내음이 그들의 입안을 축축하게 적신다. 그들은 바람을 한껏 들이마시고, 웃고, 빛을 쬔다. 누군가 말한다.

계속 이렇게 살았으면 좋겠다.

그러자 누군가 대답한다.

응, 정말 그랬으면 좋겠다.

또 누군가 대답한다.

아마 그렇게 될 거야.

영원히.

그들의 목소리가 호텔에 둥둥 울린다. 아주 오래전, 사람들로 가득했던 커다란 홀. 뜨거운 닭 국물과 향긋한 고수 냄새로 가득했던 오래된 벽돌 건물. 그들의 대답이 피아노 음처럼 건물 안을 가득 채운다. 그리고 어디선가 또다른 목소리가 들린다. 지나간 시간, 역사, 그곳을 거쳐간 사람들의 기억으로 남아 건물 자체가 된 모든 이들의 목소리. 그리고 그 이야기를 상상하는 사람의 목소리. 그들이 행복하기를 바라고, 원하는 것을 이루기를 바라고,

그리하여 원한을 사랑으로 바꾸는 삶으로 걸어들어가기를 바라는 사람의 목소리. 그 이야기를 짓고, 계속 이어가는 사람의 이야기. 대불호텔 터를 떠나지 못하고 끊임없이 그 건물을 고쳐가며 남아 있는 사람의 이야기. 그 이야기 속에서 네 사람은 다 같이 나란히 서서 떠오르는 태양을 바라본다. 그들은 안다. 언제 어디에 있든, 빛은 이렇게 따라올 것이다. 절대 잊지 않고 싶은 기억. 보물처럼 사랑스러운 마음. 그들은 그 한마음으로 조용히 오래도록…… 안 심한다.

에필로그

얼마 후 나는 「니꼴라 유치원」을 완성했다. 팔자라는 건 참 알 수 없는 일이다. 쓰지 못할 거라 생각하고 결국 포기했는데, 그렇게 결정하자마자 쓸 수 있게 되었으니 말이다. 혹시, 그즈음의 경험이 특별히 내게 어떤 영감을 주었기 때문일까. 나는 여러 번 생각했다. 하지만 그건 아닌 것 같다. 그냥…… 그 소설에 대한 내 마음이 무언가를 만들어줬다고 생각한다. 나 역시 어떤 원한을 가졌지만, 그건 사실 비대한 자의식의 일부이기도 했다. 내가 대단한 무언가를 만들고 있고, 이걸 해내야만 한다는, 나만이 이걸 할 수 있다는 특별한 마음 말이다. 물론 그것 없이 소설을 쓸 수는 없는 것 같다. 하지만 그렇다고 해서 그게 전부인 것도 역시 아니다. 소설을 쓰지 못해도 괜찮다고 마음먹은 날, 나는 대단한 것을 만들어내겠다는 마음, 그러니까 나의 상과 대결하겠다는 원한을 그냥 접었을 뿐이다. 대신 지금 내가 쓸 수 있는 것을 쓰겠다고 마음먹었다. 그래서 그게 꼭 「니꼴라 유치원」이 아니어도 된다고 생각했다. 그러자 이야기가 풀리기 시작했고, 나는 매일매일 조금씩 앞으로 나아갈 수 있었다. 결국 이야기를 쓴다는 건, 살아가는 일과 비슷한 것 같다. 매일매일 할 수 있는 일을 하면서 그냥 계속 살아가는 것. 삶은 그런 식으로 지속되는 거라는 사실을 받아들이는 것. 그 삶을 소중하게 생각하는 것. 그 마음이 결국은 다시 글을 쓸 수 있게 해준 것이라 믿는다.

하지만 사실 지금도 종종 목소리는 들려온다. 나를 짓밟고 싶어하는 충동들이 느껴진다. 그건 나의 충동이기도 하다. 하지만 나는 그 목소리들을 그냥 듣는다. 그리고 잊는다. 잊으려고 노력한다. 그게 지금 나의 삶이다. 앞으로도 그런 삶을, 계속 살아가고 싶다.

그래도 한 가지 남은 이야기가 있다.

겨울 내내 나는 「니꼴라 유치원」을 쓰며 지냈고, 끝내 결말에 들어섰다. 고민이 되었다. 민우 엄마의 선택에 대해서 말이다. 그녀는 모든 진실을 안 뒤 어떤 행동을 할까. 유치원 밖으로 빠져나올까. 아니면 그 자리에 그대로 있을까. 그러던 중, 우연히 『뉴요커』 홈페이지에 실린 셜리 잭슨에 대한 에세이 한 편을 읽게 되었다. 새로 출간된 셜리 잭슨의 전기소설에 대한 리뷰였다. 나는 어설픈 영어 실력을 총동원해서 그 글을 더듬더듬 읽었다. 하지만 역시 쉽지 않은 일이었다. 솔직히 재미도 별로 없었다. 그래서 그만 읽으려 하는데, 어느 대목에서 흠칫 눈을 멈췄다. "동양의 그 자매들 the sisters in the Far East", 바로 이 대목에서.

순간 나는 그 글에 혹 빠져들었다. 사전을 찾아가며 열심히 읽었다. 그건 셜리 잭슨이 평소 자주 이야기했다는 공포 설화를 소개하는 대목이었다.

동양에 어떤 자매가 있었다. 두 사람은 계모의 계략에 빠져 억울하게 죽었다. 그들은 원혼이 되어 마을에 수령이 부임해 올 때마다 죽이고, 또 죽였다. 수십 명의 수령들이 죽어나갔다. 억울한 죽음이 거듭되었다. 그리고 어느 날, 심장이 튼튼한 수령이 도착했다. 그는 자매의 원한을 풀어주었다. 자매는 감사를 표하고 이승에서 사라졌다. 그러나 수령들은 남았다. 자매에 의해 억울하게 죽은 그 수십 명의 수령들 말이다. 누군가의 원한에 의해 또다른 원한이 된 이들. 수령은 그들의 한을 풀어줄 수 없었다. 그들이 원망하는 자들은 세상에서 사라졌기 때문이다. 그래서 그들은 수령에게 화풀이를 했다. 수령의 집을 지배했다. 유령의 집으로 만들었다. 집은 악의, 원한, 지독한 원망, 없애려 해도 불어나고 불어나는 감정 덩어리가 되었다. 그들은 집의 하인들을 죽였고, 태어난 아기를 죽였고, 지나가는 행인을 죽였다. 그렇게 죽은 이들 역시 원한의 일부가 되었다. 그 모두가 매일 밤 수령에게 나타나 그의 무능을 비웃었다. 너에겐 어떤 능력도 없다. 네가 대단한 사람이라고 생각하느냐? 너는 아무것도 해결하지 못했다. 너는 그 무엇도 아니다. 수령은 가만히 있었다. 그 모든 이야기를 그냥 듣고만 있었다. 그렇게 평생, 수령은 그들의 모든 이야기를 들었다. 수령직을 그만둔 뒤에는 그 집의 방 한 칸을 빌려 살며 밤새워 이야기를 들었다. 그러자 어느 순간부터 원혼들이 잠잠해졌다. 다른 이들을 해치기보다, 수령에게 들러붙어 있는 시간이 늘어났다. 자신의 이야기를 하느라 정신이 없었던 것이다. 원혼의 마음이 수령의 마음이 되고, 수령의 마음이 원혼의 마음이 되었다.

아아, 그들은 이야기를 들어줄 사람이 필요했던 것이다.

세월이 흘렀다. 수령은 꼬부랑 할아버지가 되었다. 그는 집밖으로 잘 나가지 않았다. 사람들이 종종 그를 보러 왔지만, 그는 그들을 문 앞에서 돌려보내곤 했다. 그는 산 사람들과의 연을 끊었다. 그래도 그를 방문하는 사람들이 여전히 조금은 있었다. 어느 날, 그를 보러 멀리서 지인이 왔다. 워낙 먼 곳에서 온지라 수령은 그를 돌려보낼 수 없었다. 그를 집으로 들였다. 지인은 깜짝 놀랐다. 방안이 아주 깨끗이 정리되어 있었던 것이다. 이불과 좌탁, 무명옷 한 벌이 전부였다. 그리고 무엇보다, 수령의 얼굴에 병색이 완연했다. 지인이 의원을 부르려 하자 수령은 고개를 저었다. 순간, 지인은 수령이 무슨 생각을 하는지 알아차렸다. 그는 물었다. 정말로 이것을 원하는가. 수령은 대답했다. 정말로 이것을 원하네.

지인은 수령의 손을 꽉 잡았다 놓았다. 그게 마지막이었다. 얼마 후, 수령은 집안에서 숨을 거두었다. 그의 영혼은 그 집에 남았다. 그렇게 그는 망자들 가운데로 걸어들어갔다. 그리고 이번에는 자신의 이야기를 하기 시작했다. 원혼들은, 아니, 이제 더이상 어떤 한도 품지 않은 그 존재들은 가만히 그의 이야기를 들어주기 시작했다. 그 집은 마을에서 가장 조용한 곳이 되었다.

다음날, 나는 그 글을 다시 찾아보았다. 놀랍게도 그런 구절은 없었다. 나는 몇 번을 반복해서 잡지사 홈페이지를 뒤졌다. sisters 라는 단어를 찾았다. 없었다. 마치 그 부분은 처음부터 존재하지 않았던 것처럼. 다 나의 착각인 것처럼. 나는 혹시 글의 일부분이 갑자기 누락된 게 아닌가 싶어 잡지사에 메일을 보내볼까 고민했으나 결국 그만두었다. 나의 영어 실력은 보잘것없었으니까. 그리고 다시 눈에 띄지 않는 이야기라면 애써 찾을 필요가 없다는 생각이 들었기 때문이다. 무엇이 더 진실된 이유인지, 그 사실은 내 마음속에만 품고 있으리라. 중요한 것은 내가 그 이야기를 기억하고 있고, 아마 앞으로도 잊지 못하리라는 사실일 테니까. 그리하여 고백하리라. 「니꼴라 유치원」의 우스운 결말은 바로 이 경험에 빚지고 있다. 하지만 진짜 말하고 싶은 경험은 바로 이것이다. 그 페이지를 여러 번 뒤지며 내가 원하는 단어를 찾다가, 나는 이전에는 눈에 들어오지 않았던 문장 하나를 발견했다. 이렇게 쓰여 있었다. 셜리 잭슨은 새로운 삶을 원했다고. 그녀는 삶을 절대로 포기하지 않았다고. 그리하여 그 시기의 일기에는 이런 구절이 쓰여 있었다고 한다. "나는 내 배의 선장이다. 웃을 수 있다 웃을 수 있다 웃을 수 있다I am the captain of my fate. Laughter is possible laughter is possible laughter is possible."

이것이 전부냐고 묻는다면,

그렇다. 전부이다.

새벽이다.

이제 산책을 가야겠다.

작가의 말

신원 사칭이라는 소재는 1950년대 실제 있었던 가짜 이강석 사건—강성병이라는 인물이 이승만 대통령의 양아들 이강석을 사칭한 사건—에서 모티브를 얻었다. 문용 옹주에 대한 이야기 또한 실제 사건을 바탕으로 했으나 소설 속 내용은 대부분 창작된 것이다. 월미도 폭격에 관한 서술은 1950년 9월 10일 일어난 사건을 바탕으로 했다. 그러나 마을 사람들에 대한 이야기는 모두 창작된 것이다. 1부에 등장하는 고등학교와 유치원은 실존하는 기관을 모델로 했으나 관련된 에피소드들은 허구이다. 또한 이 소설에 등장하는 중화루 관계자들은 가상인물이다. 이들의 이름은 라이 가문에서 성姓을 빌려왔을 뿐 모두 창작되었으며, 그 삶은 실제 라이 가문과 어떤 연관도 없다. 셜리 잭슨의 이야기 역시 소설로서 재창작된 것이다. 그 외에 소설에 등장하는 사건과 인물들은 모두 허구이며 특정 사건과 어떤 관련도 없다.

이 책을 쓸 때 도움을 받은 자료들은 다음과 같다.

셜리 잭슨, 『힐 하우스의 유령』, 김시현 옮김, 엘릭시르, 2014; *The Haunting of Hill House*, Penguin Books, 1959.

에밀리 브론테, 『폭풍의 언덕』, 김정아 옮김, 문학동네, 2011.

작자 미상, 『장화홍련전』, 현실문화, 2007.

스티븐 킹, 『죽음의 무도』, 조재형 옮김, 황금가지, 2010.

박찬승, 『마을로 간 한국전쟁』, 돌베개, 2010.

유주현, 『황녀』(전2권), 아름다운날, 2010.

이정희, 『한반도 화교사』, 동아시아, 2018.

이정희·송승석, 『근대 인천 화교의 사회와 경제』, 학고방, 2015.

왕언메이, 『동아시아 현대사 속의 한국화교』, 송승석 옮김, 학고방, 2013.

김창수, 「인천 대불호텔·중화루의 변천사 자료 연구」, 『인천학연구』 13권, 2010.

손장원·조희라, 「대불호텔의 건축사적 고찰」, 『한국디지털건축인테리어학회 논문집』 11권 3호, 2011.

윤정란, 「한국전쟁과 장사에 나선 여성들의 삶」, 『여성과 역사』 7호,

2007.

이임하, 「한국전쟁과 여성노동의 확대」, 『한국사학보』 14호, 2003.

이정학, 「개화기 호텔발전사에 관한 연구」, 『관광레저연구』 25권 5호, 2013.

김원용, 「문용 옹주」, 전북일보, 2016. 9. 13.

Zoë Heller, The Haunted Mind of Shirley Jackson : A new biography explores one of the twentieth century's most tortured writers, *New Yorker*, 2016. 10. 17.

문학동네 장편소설
대불호텔의 유령
ⓒ 강화길 2021

1판 1쇄 2021년 8월 13일
1판 6쇄 2021년 12월 17일

지은이 강화길
책임편집 정은진 | 편집 권순영 오윤 이상술
디자인 최윤미 최미영 | 마케팅 정민호 이숙재 우상욱 정경주
홍보 김희숙 함유지 이소정 이미희
제작 강신은 김동욱 임현식 | 제작처 영신사

펴낸곳 (주)문학동네 | 펴낸이 염현숙
출판등록 1993년 10월 22일 제406-2003-000045호
주소 10881 경기도 파주시 회동길 210
전자우편 editor@munhak.com | 대표전화 031) 955-8888 | 팩스 031) 955-8855
문의전화 031) 955-3578(마케팅) 031) 955-8864(편집)
문학동네카페 http://cafe.naver.com/mhdn | 트위터 @munhakdongne
북클럽문학동네 http://bookclubmunhak.com

ISBN 978-89-546-8157-5 03810

잘못된 책은 구입하신 서점에서 교환해드립니다.
기타 교환 문의 031) 955-2661, 3580

www.munhak.com